JULIA

AF274919

HELEN R. MYERS

ROMANCE
TRAS LAS CÁMARAS

HARLEQUIN

Cualquier forma de reproducción, distribución, comunicación pública o transformación de esta obra solo puede ser realizada con la autorización de sus titulares, salvo excepción prevista por la ley. Diríjase a CEDRO si necesita reproducir algún fragmento de esta obra.
www.conlicencia.com - Tels.: 91 702 19 70 / 93 272 04 47

Una división de HarperCollins Ibérica, S.A.
Avenida de Burgos, 8B - Planta 18
28036 Madrid

© 2024 Harlequin Ibérica, una división de HarperCollins Ibérica, S.A.
N.º 465 - 5.2.24

© 2011 Helen R. Myers
Romance tras las cámaras
Título original: It's News to Her

© 2010 Kimberly Lang
Pasiones del pasado
Título original: Boardroom Rivals, Bedroom Fireworks!
Publicadas originalmente por Harlequin Enterprises, Ltd.
Estos títulos fueron publicados originalmente en español en 2011

Todos los derechos están reservados incluidos los de reproducción, total o parcial. Esta edición ha sido publicada con autorización de Harlequin Books S.A.
Esta es una obra de ficción. Nombres, caracteres, lugares, y situaciones son producto de la imaginación del autor o son utilizados ficticiamente, y cualquier parecido con personas, vivas o muertas, establecimientos de negocios (comerciales), hechos o situaciones son pura coincidencia.
® Harlequin, Julia y logotipo Harlequin son marcas registradas propiedad de Harlequin Enterprises Limited.
® y ™ son marcas registradas por Harlequin Enterprises Limited y sus filiales, utilizadas con licencia. Las marcas que lleven ® están registradas en la Oficina Española de Patentes y Marcas y en otros países.
Imagen de cubierta utilizada con permiso de Harlequin Enterprises Limited. Todos los derechos están reservados.

I.S.B.N.: 978-84-1180-658-9
Depósito legal: M-34638-2023
Impreso en España por: BLACK PRINT
Fecha impresión Argentina: 3.8.24
Distribuidor exclusivo para España: LOGISTA
Distribuidor para México: Distibuidora Intermex, S.A. de C.V.
Distribuidores para Argentina: Interior, DGP, S.A. Alvarado 2118. Cap. Fed./Buenos Aires y Gran Buenos Aires, VACCARO HNOS.

Capítulo 1

HUNTER Harding sabía siempre cuándo las cosas estaban a punto de torcerse. Solía ocurrir unas horas —generalmente unos minutos después de pensar que la vida le iba bastante bien. No era algo derivado de su trabajo de periodista. La primera experiencia le sobrevino cuando tenía dieciséis años y, más concretamente, la mañana en que se despertó pensando que era maravilloso que ese mismo día su padre volviera a casa de su último viaje y la viera vestida para el baile de graduación.

Bajó bailando las escaleras y se dirigió a la cocina, donde encontró a su madre sollozando frente a la mesa del desayuno. Por lo visto, mientras Hunter se estaba duchando, había telefoneado el director de la cadena de televisión de Nueva York en la que trabajaba su padre. El avión procedente de Colombia en el que viajaba Nolan Harding había desaparecido y se temía que se hubiera estrellado debido a una tormenta. Unos días después, encontraron los restos del aparato y se confirmó lo que todos temían: no había supervivientes.

Aunque su posición económica era desahogada, su madre vendió su hogar en Mahwah, Nueva Jersey, y se mudaron a San Antonio, Texas, ciudad en la que había nacido Hunter, para estar cerca de los abuelos maternos, ya que los padres de su padre hacía tiempo que habían muerto.

Aunque estaba en el último curso del colegio y no conocía a nadie, Hunter aprendió a amar Texas, hizo amigos con facilidad y, pese al vacío que había en su corazón, se propuso salir adelante por su madre y sus abuelos.

Entonces, justo antes de licenciarse en la universidad, cuando todos sus seres queridos iban a ser testigos del momento en el que recibiría su diploma y la vida volvía a sonreírle, recibió la noticia de que el hermano de Danica, su compañera de habitación, que andaba en malas compañías, estaba en coma en el hospital debido a una sobredosis.

El patrón de experiencias dolorosas continuó, siendo la más reciente su breve compromiso con Denny Brewster. Hunter seguía muy resentida por aquel episodio y trataba de no pensar mucho en él. Así pues, cuando aquella mañana de junio se despertó temprano en su piso de San Antonio y se desperezó con placer al recordar que el día anterior el telediario que presentaba junto a Greg Benson había vuelto a ser líder de audiencia en la franja horaria de las cinco y las diez, el sonido del teléfono le hizo entrar automáticamente en estado de pánico.

Pensó que la realidad volvía a llamar a su puerta. La pregunta era: ¿sería muy traumática?

«No, por favor. ¿Hasta cuándo me va a dar el destino una de cal y otra de arena?».

Se trataba de Tom Vold, productor ejecutivo de KSIO, informándola de que el senador por Texas, George Leeds, al que hacía dos días habían pillado en un escándalo muy dañino para su carrera, había anunciado a la prensa que iba a hacer declaraciones aquella mañana. Tom estaba convencido de que iba a presentar su renuncia al cargo y quería que Hunter llegara al trabajo lo antes posible para poder dar la noticia en directo.

El acontecimiento, que en circunstancias normales podría haber supuesto una oportunidad para su carrera, le produjo una sacudida. Tenía que volar a Nueva Jersey para pronunciar un discurso de inauguración en el colegio en el que se habría graduado de haber permanecido en la Costa Este. ¿Cómo iba a arreglárselas para seguir en directo la dimisión del senador y llegar a tiempo al aeropuerto? ¿Qué explicaciones iba a darle a la dirección del colegio de Nueva Jersey?

Pero si le pedía a su jefe que enviara a Greg, un co-presentador relativamente nuevo, a cubrir la noticia, daría la impresión de que Hunter no le daba al acontecimiento la importancia debida. Si Tom quería que fuera ella la que se encargara de aquello, no le quedaba más remedio que ir.

Pensando que no tendría tiempo de cambiarse aquella noche, se puso el traje de seda rojo que había planeado llevar para el evento y salió disparada al trabajo. Aunque no era demasiado exigente con su aspecto en su vida personal, cuidaba con esmero su imagen profesional e invertía en ropa y accesorios de calidad.

Sin embargo, llevaba con resignación lo de llevar zapatos, y se los quitaba a la menor oportunidad. A sus compañeros de equipo les decía en broma que había sido una hippie de playa en una vida anterior.

Cuando llegó a la tele, corrían rumores de que el senador estaba a punto de dimitir. Tuvieron la suerte de disponer de cuarenta minutos para preparar un programa interesante con invitados de calidad. Llegado el momento de la emisión, Hunter retransmitió las declaraciones y condujo las entrevistas hábilmente.

—Y con esto finaliza nuestro reportaje especial —dijo veinticinco minutos después de que el senador leyera sus declaraciones—. Con ustedes, Hunter Harding. Seguiremos informándoles en las noticias de las cinco y las diez de la noche. Hasta entonces, buenos días.

—Estamos fuera de antena. Excelente trabajo, Hunter —la felicitó Wade Spangler, director del espacio informativo.

—Gracias a ti, Wade, y a todos —contestó Hunter, con la adrenalina todavía bombeando por su cuerpo. Disimulando su nerviosismo, añadió—: Os invito a todos a una pizza. Que alguien le pregunte a Joey, en recepción. Debería de haber llegado ya.

De la sala de control salieron exclamaciones de agradecimiento. Hunter extrajo el audífono de su oreja, desenganchó el micrófono y retiró la batería metida en la cinturilla de la falda. La cadena seguiría con la emisión del programa de entrevistas desde Nueva York, por lo que no tenía necesidad de salir pitando, pero tenía que recordarle a sus jefes el compromiso de aquella noche y reservar otro vuelo.

—¿Sabe alguien si la competencia ha retransmitido en directo la dimisión del senador? —preguntó al grupo en general. Le alegraría enormemente saber que se habían adelantado a las cadenas rivales.

Una voz familiar proveniente de la sala de control habló.

—No, señora. KAST ha recurrido a su empresa madre y las otras dos no se han salido de su programación habitual. Enhorabuena, gracias a ti hemos sido los primeros, como siempre.

—Gracias, Fred —dijo Hunter a su productor, Fred Gant, levantando el pulgar—. Dile a tu mujer que esta noche te dé un beso de mi parte.

Entre carcajadas, Fred dijo:

—Y ella me dirá: «Cuando te bañes, cerdo asqueroso». Por cierto, los de arriba te reclaman. Papi Yarrow en persona requiere el placer de tu compañía.

—¿De veras? Ahora mismo debería estar a nueve mil metros de altitud sobrevolando Arkansas. ¿Es que nadie lo recuerda en este edificio?

—Recuerda ver la botella medio llena, querida —replicó Fred—. Puede que te lleve al aeropuerto en limusina para compensarte.

Hunter se puso en pie señalándolo con el dedo.

—Es lo suficientemente amable como para hacerlo. Dile a Kym que voy de camino.

En circunstancias normales no le habría importado ser convocada a la oficina de Henry Yarrow pues gozaba de una relación especial con el consejero delegado y presidente de Yarrow Communications, Inc., la empresa matriz. Don Henry, como ella prefería llamarlo, había sido su mentor desde que comenzó a hacer prácticas en KSIO en su época universitaria. Pero el empresario tendía a enrollarse bastante y aquel día el tiempo era precioso.

El edificio Yarrow contaba con cuarenta plantas. Sin ser la estructura más alta de San Antonio, constituía una resplandeciente adición de granito y cristal al perfil urbano de la ciudad. Albergaba a todos los empleados y operaciones de KSIO, la sede de Yarrow Communications y treinta y tres oficinas ajenas a la empresa. En una época en la que las grandes corporaciones absorbían a entidades más pequeñas y débiles, YCI se mantenía como una de las pocas empresas de comunicación gestionadas por propietarios particulares y no por un conglomerado.

Mientras subía en el ascensor observada por cámaras de seguridad, Hunter examinó maquinalmente su peinado y maquillaje en el bruñido panel que revestía la pared. Conservaba el aspecto impoluto que había ofrecido ante las cámaras: el pelo color caoba suelto a la altura de los hombros y remetido pulcramente por detrás de las orejas dejando al descubierto sus pendientes de oro de dieciocho quilates; máscara de pestañas, raya y sombra de ojos intactas y el traje sin apenas arrugas.

A pesar de la presión a la que se había visto sometida aquella mañana, tenía buen aspecto. Cierto era que podía resultar más seductora si llevara conjuntos más provocativos como hacían otras presentadoras, pero Hunter no se consideraba una atracción visual para el equipo técnico ni para el público.

Cuando se abrieron las puertas del ascensor y salió a la planta de dirección comprobó que la mayoría de las secretarias habían salido a comer temprano.

La asistente del señor Yarrow la recibió con una

amplia sonrisa de bienvenida. Jean, la secretaria de toda la vida del señor Yarrow, había tenido que jubilarse anticipadamente debido a un principio de Alzheimer, y Kym Lee había sido seleccionada entre todas las secretarias para sustituirla. El señor Yarrow había querido encontrar a alguien de dentro de la empresa por razones obvias: para fomentar la excelencia, satisfacer las aspiraciones de ascenso de sus empleados y consolidar la lealtad a la compañía.

También ayudaba el hecho de que su nueva asistente estuviera familiarizada con la política de la compañía, los empleados y los socios corporativos. Cuando su título de secretaria fue sustituido por el de asistente personal para estar más acorde con los tiempos, sus antiguas compañeras habían refunfuñado un poco, pero Hunter era partidaria de dicho cambio pues admiraba a Kym.

La bella y pequeña empleada se puso en pie. De padres asiático-americanos, rezumaba gracia y feminidad.

—Hola, señorita Harding. Entre, por favor. La están esperando.

Golpeó ligeramente la gran puerta tallada detrás de ella y abrió la hoja derecha.

—Gracias, Kym —dijo Hunter.

Sabía que no valía la pena escrutar el rostro de la asistente para averiguar de qué iba todo aquello. Era demasiado profesional para revelar información.

De pronto Hunter vio que alguien más estaba en el despacho y dejó de hacerse preguntas para empezar a preocuparse.

Su mirada se cruzó con la del hombre situado tras Henry Yarrow cerca del ventanal. Llevaba sin verlo de cerca unos dos años, calculó. Le habría encantado no volver a verlo jamás, pues de no haber sido por él ahora estaría casada y, posiblemente, con hijos. Él había sido la causa de un dolor y una humillación que había tardado meses en superar. Y la cicatrización había sido doblemente difícil pues se había guardado toda su amargura para sí.

—Vete a comer, Kym —dijo Henry Yarrow con un gesto amistoso de la mano—. Entra, Hunter, querida. Has hecho un trabajo estupendo.

La televisión que había en el rincón, cerca del sofá de piel negro y los sillones de cuero color café, estaba apagada pero Hunter sabía que había seguido su segmento.

—Muchas gracias, señor.

Le habrían emocionado tales alabanzas de no ser por la presencia de Cord Yarrow Rivers. Que este fuera nieto de Henry no contribuía a mejorar la opinión que tenía de él.

Apoyado sobre su bastón con más pesadez de la habitual, Henry Yarrow, antaño un hombre corpulento, parecía haberse encogido de la noche a la mañana, como si estuviera abrumado por un peso insostenible. Henry señaló con un gesto de la cabeza al hombre que había junto a él, mucho más viril.

—Ya conoces a Cord.

Centrando toda su atención en el abuelo, Hunter murmuró:

—Señor Rivers...

—Es un placer volver a verte, Hunter —dijo él con voz cálida, y Hunter tuvo que hacer un esfuerzo para no dejar traslucir su resentimiento.

Vale que fuera el único retoño de la hija de Henry Yarrow, su único nieto, pero había tenido la cara dura de dirigirse a ella por su nombre de pila, como si fueran viejos conocidos, incluso amigos.

Aunque no podía negar que el paso del tiempo lo había tratado con amabilidad. Debía de tener unos treinta y seis o treinta y siete años.

Con su traje de seda color gris, sus zapatos de piel italianos y su pelo castaño oscuro luciendo un corte de seiscientos dólares, parecía la imagen del éxito. Y lo era. Eso no lo podía negar. «Maldito sea», pensó ella con amargura.

—Toma asiento, por favor —dijo Henry sentándose tras la mesa—. Me temo que soy demasiado viejo para mostrar la cortesía que mereces.

—Gracias por el halago, pero no son necesarias las ceremonias.

Por dentro, sin embargo, no pudo evitar preocuparse. En los últimos dos meses había notado que Henry estaba cada vez más frágil. ¿Estaría a punto de anunciar que estaba seriamente enfermo e iba a vender Yarrow Communications? Sería típico de un hombre tan amable como él prepararla para la posibilidad de encontrarse sin empleo.

—Lamento saber que no se encuentra usted bien, señor —dijo, como si él fuera el único presente en la habitación—. Espero que sea algo meramente temporal.

—Me temo que no, querida. Pero no me puedo quejar; he llegado a los ochenta, aunque sé que eso hoy en día no es mucho.

Se arrellanó en el asiento y lanzó un gemido que trató de atenuar llevándose a la boca un pañuelo que se sacó del bolsillo. Tras recuperarse, continuó hablando.

—Hunter, quiero que seas una de las primeras en

saber que voy a jubilarme. Cord va a tomar las riendas de la empresa inmediatamente. Quería hablar contigo en su presencia para asegurarte que tu posición en esta empresa está garantizada. Representas mejor que nadie los estándares de calidad de KSIO, eres nuestra estrella. Muchas de las esperanzas de futuro de la compañía están puestas en ti.

Hunter tardó varios segundos en volver a respirar con normalidad y digerir lo que acababa de oír. No sólo la empresa iba a pasar a manos extrañas, sino que su futuro iba a depender del hombre que había enviado a su prometido y copresentador a Los Ángeles, precipitando el fin de su relación. ¡No era posible! Aquel hombre era un manipulador de sangre fría; no podía fiarse de él y mucho menos confiarle su carrera profesional.

—No sé qué decir, señor —comenzó, indecisa. Era consciente de la mirada impertérrita de Cord clavada en ella. Desesperada, se centró en el hombre que tan inspirador había sido en su vida.

—Gracias por el cumplido. Espero que sepa que ni yo ni muchos de mis compañeros estamos listos para decirle adiós.

El rostro gris pero digno de Henry se iluminó y sus ojos, de un color gris azulado algo más claros que los de su nieto, resplandecieron.

—Lo que me has dicho es más agradable que una ovación en una cena de empresa.

—También quiero que sepa que aprecio enormemente todo lo que ha hecho por mí. Si valgo una mínima parte de lo que usted dice es solamente gracias a su generosidad y sus consejos. Pase lo que pase, nunca lo olvidaré.

El hombre frunció las cejas.

—Si no te conociera como te conozco, diría que mi decisión no te acaba de gustar.

Hunter recordó que su futuro estaba en manos de Cord, aunque solo fuera para darle una carta de recomendación, y bajó la mirada.

—Lo que quiero decir es que ha dejado usted el listón muy alto.

—Hunter está demostrando más gentileza de la que merezco —intervino oportunamente Cord—. Me temo que todavía está molesta por mi decisión de enviar a Denny Brewster a la emisora de Los Ángeles en vez de a ella hace dos años.

Henry y Hunter se le quedaron mirando, sorprendidos. Henry se recuperó y habló primero.

—¿Es eso cierto, querida? ¿Cómo pasé por alto una cosa así?

—Porque es la primera noticia que tengo —replicó Hunter irguiéndose tanto que su espalda estuvo a punto de quebrarse. Lanzó a Cord una mirada de desaprobación por darle a su abuelo información falsa.

Pensó que debía mantener la boca cerrada para no herir al anciano, pero no estaba dispuesta a escuchar aquello.

—Yo no tenía la experiencia de Denny. No tenía derecho a aspirar a ese trabajo, y la verdad, no lo habría aceptado si me lo hubieran ofrecido. Lo que me sentó mal fue que el señor Rivers reubicó a mi prometido, lo que provocó el final de nuestra relación. Y él no solo dio pleno consentimiento a nuestra ruptura sino que, según tengo entendido, la provocó.

Henry y Cord reaccionaron como si los aspersores del techo se hubieran puesto en marcha.

—No puedes estar hablando en serio —dijo Cord, más incrédulo que enojado.

Hunter arqueó la ceja izquierda.

—¿Acaso no le dijo que su imagen de soltero era primordial para atraer a su nuevo público y que un hombre sin ataduras elevaría más rápidamente los índices de audiencia?

—Así es como él se presentó a sí mismo —dijo Cord cruzando los brazos—. No hubo coerción ni amenazas.

—Denny dijo que usted lo presionó.

—Pues te mintió —Cord meneó la cabeza con frustración para después añadir—: No vi ningún anillo, ni en tu mano ni en la suya.

Su mirada se quedó fija en las manos de Hunter, que bajó la mirada. Sus dedos estaban desprovistos de joyas y sus uñas, pulcramente limadas y aseadas, lucían solamente esmalte transparente. Su estilista siempre se quejaba cuando iba a cortarse el pelo pero ella respondía que las cámaras se centraban en su rostro y no en sus manos.

—El expediente de Denny decía que estaba soltero —añadió Cord—. Ninguno de los empleados con los que hablé me informó de compromiso alguno. Ni suyo ni tuyo.

Hunter reparó en el semblante descontento de Henry y decidió no continuar un debate que no llevaba a ninguna parte. Si Cord iba a ser su jefe, que así fuera. Pero en cuanto volviera de su viaje actualizaría su currículum y comenzaría a buscar trabajo en otras cadenas, incluidas las del norte de Alaska y el sur de Australia. Cualquier cosa que la llevara lejos de él.

—Hunter, gran parte del trabajo de Denny consistía en entrevistar a las artistas más bellas de Hollywood y, posiblemente, del mundo —explicó Cord—. Desde el punto de vista del marketing tenía sentido presentarlo al mundo como soltero y usar su personalidad y su química con las cámaras para atraer al público femenino —se inclinó hacia ella ligeramente, apoyando las palmas de la mano en el escritorio de su abuelo—. Una vez firmado el contrato, Denny y yo no teníamos nada que decirnos. Por lo que a mí respecta, y reconociendo su carisma, no es más que un oportunista. Y para tu información te diré que apenas una semana después de aterrizar en Los Ángeles lo vi muy acaramelado con su nueva copresentadora. Sospecho que si le llegara una oferta mejor, dejaría nuestra cadena de Los Ángeles —y a la chica con la que esté actualmente— en la estacada sin pensárselo dos veces. Estás mejor sin él.

Tragándose la amargura que comenzaba a amontonarse en su garganta, Hunter replicó:

—Quizá, pero eso es algo que nunca sabremos, ¿no cree?

Cord abrió la boca para contraatacar, pero Henry alzó la mano mirando a su nieto con desaprobación.

—Eso fue… Bueno, ya sabes lo que fue.

Cord inclinó la cabeza.

—Pido disculpas.

Pero cuando volvió a alzar la mirada y la fijó en ella, parecía más obstinado que arrepentido y Hunter se sintió humillada por haberse visto obligada a revelar aspectos tan personales delante de su abuelo. A fin de cuentas, era posible que Denny le hubiera tomado el pelo, pero eso no excusaba a Cord Rivers.

Con sus miradas enigmáticas y su aspecto de príncipe encantador no exento de peligro, Denny parecía un aficionado a su lado.

—Lo único que quería dejar claro es que los dos ocultasteis muy bien que estabais juntos —dijo Cord interrumpiendo sus pensamientos.

—Ni Denny ni yo pensamos que demostraría mucha profesionalidad —explicó Hunter. Por lo visto, a Denny le había resultado más fácil, pues nada más contarle que había recibido una oferta para trabajar en California le había sugerido posponer el compromiso hasta que estuviera establecido en su nuevo cargo. El compromiso era tan reciente que no habían tenido tiempo de adquirir un anillo, por lo que tampoco había uno que devolver.

En el incómodo silencio que siguió, ella reparó en que Henry parecía tan disgustado como ella con la conversación.

—Lamento haber estropeado la imagen que tiene de mí, señor —se disculpó.

—Tonterías, querida. Tienes derecho a tener tu propia vida. Lo que me preocupa es que te hayas guardado esto durante tanto tiempo. Dice mucho de tu profesionalidad, pero me imagino lo que habrás sufrido de puertas para adentro. Cord, quiero que os sentéis a hablar tranquilamente y encontréis una solución. Vais a tener que forjar una base de confianza y cooperación si queréis comunicaros el uno con el otro.

—Por supuesto —dijo Cord inmediatamente—. ¿Estás libre a la hora del almuerzo, Hunter?

—¡No! —Hunter alcanzó su bolso, que había dejado detrás de la silla—. No puedo perder otro vuelo.

Tengo que dar un discurso de inauguración en Nueva Jersey esta noche. Creí que estaban al corriente. Es en el instituto en el que me habría graduado si me hubiera quedado a vivir allí —le explicó a Henry—. Mis compañeros de abajo lo sabían, pero con los acontecimientos del día se les ha olvidado. Estaba a punto de buscar otro vuelo.

Nuevamente afligido, Henry consultó su reloj.

—¿Es esta noche? Por el amor de Dios, mira qué hora es. ¡Cord!

—Yo me ocuparé de todo —contestó—. Abuelo, si no te importa posponer la cena de hoy llamaré al aeropuerto y pediré que tengan el avión listo.

—Me parece estupendo. Haz todo lo posible por tener a Hunter contenta, para que siga siendo el orgullo de nuestra empresa.

Hunter miró alternativamente a los dos hombres sin comprender.

—¿Perdón?

Los ojos gris azulados de Cord se iluminaron de satisfacción.

—Te llevaremos en el avión de la empresa.

Antes de que pudiera reaccionar, Cord se apartó del escritorio y marcó varios números en su Black-Berry.

—Cambio de planes, Murray —dijo al aparato unos instantes después—. Llena el avión de combustible y organiza un plan de vuelo hacia… —se giró hacia Hunter—: ¿Dónde en Jersey exactamente?

—Mahwah. En la zona más septentrional del condado de Bergen. Pero…

—Mahwah, Nueva Jersey. Y dile a Lane que organice un servicio de limusina que nos lleve al instituto. Tenemos que estar allí a las… —volvió a mirar a Hunter.

—A las seis celebran una breve copa de bienvenida para los empleados e invitados especiales. El programa comienza a las siete —añadió ella, resignada.

—Lo antes posible —dijo Cord tras consultar su reloj y tomar en consideración el tráfico y la diferencia horaria—. Salimos del edificio en este momento. Gracias.

Cuando cortó la comunicación Hunter protestó.

—No puedo permitir que lo haga.

—¿Por qué? Por nuestra culpa has perdido el vuelo y, como ha dicho mi abuelo, tú y yo tenemos que hablar.

Viendo que estaba atrapada y como no tenía ganas de molestar al hombre al que debía tanto, Hunter se puso en pie tratando de aparentar una calma que no sentía.

—Don Henry, sé que me estoy repitiendo, pero quiero volver a dar las gracias por todo lo que ha hecho por mí. Quiero que sepa que estará en mis oraciones y en mi corazón todos los días.

—¿Podrían esas palabras tan cariñosas ir acompañadas de un abrazo?

Hunter se acercó a él y pasó cuidadosamente los brazos por su cuello.

—Gracias, mi querida y sabia amiga —le murmuró Henry al oído. Luego la besó en la mejilla y la apartó ligeramente. Volviendo a adoptar un tono profesional, afirmó—: Te van a pedir que seas tú la que divulgue la noticia mañana. Habrás vuelto para entonces, ¿no?

—Por supuesto —contestó ella con voz ronca.

Henry se relajó.

—Lo veré desde casa. Hazme inmortal. Muchas gracias, Hunter, por darme el placer de verte crecer y por tu delicioso sentido del humor.

—No siga, por favor, me está asustando.

—Paparruchas. Me estoy comportando como un divo. La verdad es que pienso vivir mucho para felicitarme a mí mismo por tu larga y distinguida carrera.

Hunter no vio a Cord rodear la mesa, pero cuando sintió que la tomaba suavemente por el codo, no opuso resistencia y se dirigió con él a la puerta. Una vez fuera del despacho vio que, a pesar de la orden de Henry, Kym no se había ido todavía a almorzar.

—¿Podrías llamar a recepción y decirle a mi chófer que vamos para allá y que tenemos que estar en el aeropuerto lo antes posible? Y convence a mi abuelo de que salga del edificio cuanto antes. Si hay algún problema, no dudes en llamarme.

—Así lo haré, señor Rivers. Que tengan un buen viaje, señor, señorita Harding.

Mientras se dirigía al pasillo Hunter ignoró las miradas curiosas que le dirigían las empleadas de vuelta a sus puestos. La jubilación por enfermedad de Henry Yarrow, Cord Rivers asumiendo el mando y el plan de viaje no eran cosas fáciles de digerir. ¿Cómo iba a aguantar estar atrapada con él en un avión durante horas?

—Siento que hayas tenido que enterarte así —dijo Cord—. Ha intentado aguantar lo que ha podido.

—Lo entiendo.

—Estás conmocionada.

Hunter sintió un pinchazo de dolor y reprimió las lágrimas al decir:

—Para mí ha sido algo más que un jefe y un mentor, ha sido un amigo.

—Un amigo que no sabía más que yo sobre la relación que manteníais Denny y tú.

Ella le lanzó una mirada cáustica y él se aclaró la garganta.

—¿Tienes equipaje en la oficina o en el coche que tengas que recoger?

—No, iba a tomar el vuelo nocturno de vuelta, por lo que no llevo equipaje.

Se dio cuenta de que su voz sonaba demasiado hostil y trató de controlarla.

—¿De verdad tiene que venir? Seguro que tiene cosas más importantes que hacer. Y reconozca que es un poco ridículo que me pongan una niñera.

—Mostrar apoyo a nuestra periodista estrella no puede considerarse una pérdida de tiempo —replicó Cord—. Además, como ha dicho el abuelo, esto nos brindará la ocasión perfecta para charlar.

Hunter observó su reflejo en las puertas de metal bruñido. A pesar de su imponente presencia y nuevo cargo, no pensaba quedarse calladita.

—Aun corriendo el riesgo de hacerle enfadar hasta el punto de que decida no renovarme el contrato, no pienso hablar con usted de Denny.

Él lanzó un suave silbido.

—Todavía estás enfadada. ¿De verdad era tan seria vuestra relación? Te vi en las noticias solo días después de que él se fuera de Texas y tu aspecto y tu trabajo fueron mejores que nunca. No se notaba en absoluto que estuvieras sufriendo emocionalmente.

A Hunter le hirvió la sangre. Durante casi una semana no había sido capaz de comer nada más que una tostada sin vomitar a los poco segundos. Había vacilado al pasarle un informe corregido al editor por miedo a que alguien notara lo mucho que le temblaban las manos. Se había sentido totalmente humillada y había perdido la confianza en su propio criterio. Pero se limitó a ofrecerle una sonrisa gélida al tiempo que decía:

—Para eso me pagan lo que me pagan.

—No me lo creo.

Las puertas del ascensor se abrieron y ambos entraron.

—Lo único que digo es que si nosotros estuviéramos enamorados tú no podrías ocultarlo. Yo por lo meno no podría.

Hunter no tendía a ruborizarse, pero al advertir la pasión de fondo en su voz, sintió una corriente de calor a su pesar.

—Señor Rivers…

—Cord.

Si trataba de dirigirse a él por su nombre de pila se atragantaría. El ascensor parecía estar tardando siglos en llegar a la primera planta.

—No puedo hacer este viaje con usted —soltó bruscamente—. Si me deja en el aeropuerto, trataré de buscar un vuelo alternativo.

—¿Tanto te asusto?

—Más bien me irrita.

—Por fin eres sincera. Gracias. Por lo menos tenemos un punto de partida.

—El comentario personal que acaba de hacer me ha parecido del todo inapropiado.

Cord se encogió de hombros.

—Puede que sea más informal que mi abuelo, pero no tengo ochenta años y nunca he sido políticamente correcto. La cuestión es que tú estás molesta conmigo y eso es algo que no podemos dejar así.

—Que yo sepa, su cadena arroja buenos resultados. ¿Qué más le da lo que yo piense de usted?

—Porque he estado pensando en ti desde el día en que hablé con mi abuelo de trasladar a Denny a Los Ángeles, más tiempo si te soy sincero, y es hora de que hagamos algo al respecto.

Capítulo 2

CORD era plenamente consciente de que podía arrepentirse de su confesión lo que le
quedaba de vida, pero estaba dispuesto a disfrutar del momento. La expresión en el encantador
rostro de Hunter no tenía precio: sus ojos marrones
oscuros, abiertos como platos, reflejaban una vorági-
ne de pensamientos circulando por su mente a toda
velocidad. No era fácil dejar a Hunter Harding sin
palabras. Cuando no estaba actuando como una consumada profesional, se dedicaba a devolverle las
bromas a los chicos de la sala de control. Lo sabía
por anécdotas que le habían contado su abuelo y
otros empleados. Siempre tenía salidas ingeniosas
pero nunca se daba aires delante de sus compañeros,
lo que la hacía popular.

Por su aspecto y personalidad, podía ser la hermana pequeña de Sandra Bullock.

Pero él llevaba mucho tiempo observándola y sabía que, detrás del bello caparazón que se había ganado fans tanto masculinos como femeninos, se escondía un alma delicada y herida que protegía su corazón con la determinación de un samurái.

Le fastidiaba que alguien tan egocéntrico y superficial como Denny Brewster le hubiera infligido tanto daño. Pero aquello no volvería a pasar, se dijo.

Cuando el pitido del timbre indicó que habían llegado a la planta baja vio que Hunter se ponía muy derecha, salía del ascensor y atravesaba el vestíbulo con determinación. Una proeza considerable con esa falda ajustada y esos tacones altísimos, que se ponía a pesar de tener tan largas las piernas. Debía de medir un metro setenta y siete con aquellos zapatos, pero aun así él era más alto. Si no hubiera estado tan preocupado por la posibilidad de que ella se resbalara en el encerado suelo de mármol italiano habría sonreído de placer ante el espectáculo seductor que ella le ofrecía.

—Señorita Hunter, señor Rivers —saludó Joey, el guardia de seguridad, saliendo del mostrador de recepción—. Su coche le espera, señor. Señorita Hunter, ¿desea que la acompañe a su vehículo?

—No es necesario —replicó Cord por ella—. Viene conmigo. Nuestro vuelo no llegará probablemente hasta pasada la medianoche. Dile a los compañeros del siguiente turno que vigilen su coche, ¿de acuerdo?

—Por supuesto, señor. Que tengan un buen viaje —respondió con expresión seria antes de sujetar la primera puerta y dar una zancada para abrir la puerta exterior.

Mientras Hunter le daba las gracias con amabilidad, Cord miró el Cadillac negro aparcado junto a la acera. La puerta trasera estaba abierta y su chófer lo esperaba de pie.

—Hunter, te presento a Phil Porter, mi chófer desde hace cuatro años. Phil, ésta es la señorita Harding. Aquel feúcho de detrás —añadió señalando con un gesto a un hombre rubio y atractivo también impecablemente vestido— es mi asistente ejecutivo, Lane Nugent.

Se produjo un discreto intercambio de saludos y los tres hombres esperaron a que Hunter se acomodara en su asiento antes de entrar ellos mismos.

Mientras Lane se abrochaba el cinturón de seguridad en el asiento delantero, Cord le dijo a Hunter:

—No puedo ofrecerte nada de beber hasta que lleguemos al avión.

—No me apetece nada, gracias.

Cord deseó estar en una limusina, donde con solo apretar un botón podía subir el cristal que separaba la parte delantera de la trasera e incluso correr las cortinas.

Quería hablar con ella de muchas cosas, preguntarle otras tantas, pero nada de eso era posible en aquel lugar. Su abuelo usaba la limusina, pues ofrecía más seguridad y protección. Y en los tiempos que corrían, con el terrorismo y los secuestros a la orden del día, un prominente empresario o un político de altura no podían tomarse a la ligera su seguridad.

—Cuéntame cómo es que te han invitado a hablar en Jersey —dijo cuando se percató de que Hunter permanecería en silencio si él la dejaba.

Sin dejar de mirar hacia delante, ella contestó cortésmente:

—Me habría graduado allí si mi padre no hubiera muerto y no nos hubiéramos mudado a Texas.

Cuado el Cadillac salió del aparcamiento y se incorporó al tráfico, Lane comenzó a hablar de trivialidades con Phil con el fin de darle a Cord algo de privacidad.

Éste se inclinó hacia Hunter y siguió hablando en voz baja.

—Lo que me produce curiosidad es por qué la dirección te eligió a ti. Ni siquiera tienes edad de haber asistido a una reunión de décimo aniversario.

Hunter le lanzó una mirada que indicaba que los halagos no lo iban a llevar a ningún sitio.

—Eso ocurrió hace dos años y puesto que no me gradué allí no consideré necesario asistir al evento. Según me han contado, una antigua compañera de clase, que está muy metida en las actividades extracurriculares del colegio, me vio en un reportaje que se emitió en nuestra cadena hermana de Nueva York. Debió de comentar algo a alguien, y me invitaron.

—Se te da muy bien promocionar a todo y a todos menos a ti misma —opinó Cord.

—Eso se lo debo a mis genes alemanes. Mi abuela Bayer solía decirle a mi madre: *Selb loben stinkt* cada vez que mi madre regresaba de sus clases de violín orgullosa de haberse aprendido una pieza difícil.

—Eso no suena a cumplido.

—Significa «el engreimiento apesta».

—Ah, eso lo explica todo.

—Hablando de cumplidos, este coche es sorprendentemente discreto.

—Conoces a mi abuelo y sabes que no le gusta que llamemos la atención. Pero en estos tiempos que corren, la seguridad es lo primero, y me he asegurado de que sea él el que usa la limusina. Yo utilizo este vehículo cuando estoy en la ciudad. Tenemos uno en cada costa, y cuando viajamos, nuestros chóferes vuelan con nosotros. Si vamos a algún otro sitio, alquilamos un vehículo. Nos resulta más barato y práctico trabajar con personas que conocen nuestras rutinas y agendas tan bien como nosotros.

—Conozco a Stuart, el conductor de don Henry —comentó Hunter con preocupación—. No deben de quedarle muchos años para la jubilación. ¿Qué será de él?

—Seguirá viviendo en nuestras propiedades. Habita un apartamento espacioso encima del garaje con su esposa, Meg, que trabaja en la casa.

El anciano iba a necesitar asistencia médica. Stuart, tan entregado a la familia, se aseguraría de que el abuelo de Cord y su mujer, recibían los mejores cuidados.

—Eso supondrá un gran alivio para don Henry y Lenore.

Su sincera preocupación animó a Cord a indagar un poco más.

—¿Qué me dices de tus abuelos? ¿Viven todavía?

—Mis abuelos paternos murieron cuando yo era pequeña. El padre de mi madre murió hace cuatro años y mi abuela vive con mi madre en Boston.

—Boston, eso es. Se dedica profesionalmente a la música.

—Has leído mi expediente —dijo con más resignación que resentimiento y Cord no lo desmintió.

Lo que no estaba dispuesto a admitir era que consultaba con regularidad su perfil de Facebook y su página personal en la web de la empresa.

—Saber quiénes trabajan para nosotros es una de mis obligaciones.

—Entonces sabrás que es primer violín en la Orquesta Sinfónica de Boston.

—Impresionante. ¿Tú tocas también?

Ella le lanzó una mirada que decía: «Está bien, pasemos el rato con este jueguecito tonto que te traes entre manos».

—El piano. Muy mal.

Pero tenía manos elegantes de dedos largos, apropiadas para ese instrumento.

—¿Ves a tu madre y a tu abuela a menudo?

—Ya conoces mi horario de trabajo.

Cierto. KSIO la tenía en antena el mayor tiempo posible y le pedía que hiciera apariciones especiales en representación de la cadena.

—Lamento que el trabajo no te permita verlas mucho. Lo que ellas pierden nosotros lo ganamos. Espero que estén orgullosas de ti.

—Les preocupa que acepte un empleo de corresponsal en el extranjero como hizo mi padre.

Cord dio un respingo y frunció el ceño.

—¿Esa es tu ambición?

Hunter miró por la ventanilla.

—¿Le preocupa perder a otra experimentada locutora?

—Sería tonto si te dijera que no —replicó amistosamente, pero se le formó un nudo en el estómago al imaginársela en un frente de guerra. Como era demasiado pronto para decirle que no tenía intención de permitirle correr ese riesgo, preguntó—: ¿Y tu madre no volvió a casarse?

—No. Mi padre era… Tenían una relación muy especial. Cuando él murió, mi madre concentró toda su pasión en la música. Posiblemente eso le permitió conservar la cordura. ¿Podemos cambiar de tema, por favor? Los chicos a los que voy a hablar se merecen un discurso algo más alegre.

Cord estiró el brazo y tocó ligeramente las manos que Hunter tenía entrelazadas sobre su regazo.

—Lo siento —se disculpó en voz muy baja para después añadir en un tono más jovial—: ¿Vas a leer tu discurso o has tomado notas?

—Lo tengo por escrito. Pero en las ocasiones informales me gusta improvisar; el público se relaja y muestra más interés.

—Tengo ganas de oírte. ¿O preferirías que desobedeciera las órdenes de mi abuelo y te acompañara solamente Lane?

—Señor Rivers —replicó ella con una risa triste—. Soy plenamente consciente de que lo que yo quiera no importa. Si los directores del colegio se enteran de que el nuevo consejero delegado de Yarrow Communications va a asistir a la ceremonia y yo les niego su presencia cancelarán mi aparición antes de que salga al estrado.

Cord se dio cuenta de que Hunter lo despreciaba y de que iba a costarle algo más que encanto y una conversación trivial para derrumbar las murallas. Con esos pensamientos reconcomiéndole por dentro, llegaron al aeropuerto.

Tras detenerse brevemente ante la puerta de seguridad, un vehículo los condujo hasta el avión de YCI.

Cord subió el primero y le ofreció la mano a Hunter, pero Phil se había colocado antes junto a la otra puerta y tuvo el honor de ayudarla a subir.

El capitán Zack Murray les dedicó un cortés saludo de bienvenida. Tras él estaba el sobrecargo Chris Duluth. Cord presentó a Hunter.

—Señorita Harding —dijo Chris señalando el pasillo con la cabeza—. Siéntese donde le plazca. Señor Rivers, el capitán Murray dice que podremos salir en cuanto estén instalados.

—Entonces, no perdamos más tiempo.

Cord vio que Hunter había escogido un asiento de pasillo y él se acomodó frente a ella.

—Sé que debería habértelo preguntado antes, pero ¿te pone nerviosa volar? —preguntó mientras se abrochaba el cinturón.

—Prometo no lanzarme hacia la puerta y tratar de abrirla cuando empiece el despegue.

Cord sonrió pero supuso con pesar que Hunter no podía subirse a un avión sin acordarse de su padre. Señaló con la cabeza la puerta de la cabina, que estaba abierta.

—Normalmente me la dejan abierta, pero si te molesta la vista, podemos cerrarla.

—No voy a mirar.

Hunter giró la cabeza y Cord le hizo señas a Chris para que cerrara la puerta. El sobrecargo se acercó a ella.

—¿Desea un poco de bicarbonato tras el despegue?

Adoptando una mueca, Hunter preguntó:

—¿Ya me he puesto de color verde? Si tiene, me gustaría tomar un ginger ale.

—Por supuesto —y, tras girarse hacia Cord, preguntó—: ¿Y para usted, señor?

—Agua, gracias.

Una vez hubo desaparecido el sobrecargo, Cord se inclinó hacia ella.

—Si quieres que hablemos de trivialidades hasta que despeguemos, estoy dispuesto a sufrir daños en el tímpano.

—Muy valiente por su parte. Pero créame, no va a servir de nada.

—Parece que no te caigo bien, y eso me preocupa.

Hunter replicó elevando las cejas.

—Lo dice como si las cosas hubieran sido diferentes en el pasado. ¿Cuántas veces le he visto a usted? ¿Una media docena antes del ascenso de Denny? ¿Y la mitad desde entonces? No sé en qué basa sus conclusiones.

Cord se aclaró la garganta para disimular una alegre carcajada. Estaba decidido a doblegar la actitud de Hunter, a pesar de su obstinación.

—Tengo treinta y ocho años; no tengo a mis espaldas matrimonios fracasados ni hijos ilegítimos que atestigüen graves defectos en mi personalidad. Y, aunque sé que no soy perfecto, mi abuelo y su mujer me quieren lo suficiente como para darme una llave de su residencia cuando estoy en la ciudad.

—¿Y tus padres?

—Vendieron su casa cuando mi padre se jubiló de la Universidad de Texas. Viven como gitanos, viajando por el mundo. Conocen a mucha gente y siempre tienen una casa donde alojarse. Me temo que si hubieran conservado su hogar, yo me trataría más con los ácaros que con ellos.

Aunque en sus labios se dibujó un amago de sonrisa, Hunter contestó rápidamente:

—La verdad es que no es asunto mío.

—Te ha picado la curiosidad, reconócelo.

—Estás intentando darme pena… y casi lo consigues. No da la sensación de que hayas vivido en un ambiente familiar feliz.

—Bueno, ahora soy un chico grande. Lo pasado, pasado. Hacer la carrera, estudiar un máster y disponer de buenos asesores me ha ayudado. Y Henry ha sido un abuelo estupendo. Tú has sido muy capaz de triunfar en la vida careciendo de la figura paterna.

—Mi madre es una mujer muy fuerte y tu abuelo ha hecho las veces de sustituto a tiempo parcial.

—Le agradeceré toda la vida que haya cuidado de ti —replicó Cord mirándola seductoramente.

—¿Quieres dejarlo ya?

—¿Dejar qué?

—El flirteo.

—Me temo que tendrás que acostumbrarte. Me sale espontáneo cuando estoy contigo.

El avión comenzó a deslizarse por la pista y el capitán Murray les indicó por el altavoz que permanecieran sentados y se abstuvieran de utilizar aparatos electrónicos.

Hunter bajó la mirada y Cord vio cómo jugueteaba con su reloj de oro o se miraba las uñas. Cualquier cosa menos mirar por la ventanilla. Tenía las pestañas largas y sus manos eran largas y elegantes, coronadas por unas uñas relativamente cortas y pulidas, pero sin esmaltar. No lucía anillo alguno, y las pocas joyas que llevaba eran de gran calidad. Su aspecto era elegante y refinado y no abiertamente sensual. Y, sin embargo, atraía a Cord como nunca le había atraído ninguna otra mujer. Mujeres llamativas las había en todas partes, en la televisión, por la calle. Hunter Harding no tenía nada de fácil. ¿Cómo era posible que una mujer de esa envergadura se hubiera enamorado de un idiota como Denny?

—Controlas bastante bien la ansiedad —comentó Cord, que comprendió por qué había escogido un asiento de pasillo—. Me imagino que esto es otra razón por la que no ves a tu madre y a tu abuela muy a menudo.

—He mejorado bastante. La hipnosis me ayudó.

—¿Has dejado que te hipnoticen? Me sorprende que te permitieras perder el control de esa manera.

—Que usted y yo no nos llevemos bien no significa que no confíe en la gente. La persona que me hipnotizó es psiquiatra, es la madre de una amiga. Me fío de ella tanto como de mi propia madre.

—Me alegro de que funcionara. ¿Tu madre también sufre el mismo problema?

—No, simplemente se niega a subirse en un avión.

—¿Y qué ocurre si la orquesta tiene que viajar a un lugar al que no puede llegarse fácilmente en coche?

—En ese caso, cede su posición al segundo violinista. El director de la orquesta es muy comprensivo.

—¿Y qué pasa durante las vacaciones? ¿Vas a visitarla?

—Cuando puedo.

—Demuestra mucha valentía… y generosidad.

Cord decidió que la próxima vez que él tuviera que viajar al norte del país trataría de convencerla para que fuera con él y visitara así a sus seres queridos.

Unos minutos después despegaron y Hunter sacó una carpeta del bolso y comenzó a leer su discurso. O, al menos, hizo que leía. Cord comprendió que con ello trataba de impedir que siguiera sometiéndola al tercer grado. El problema era que él se lo estaba pasando muy bien.

—Puedes leer en voz alta si te apetece —le dijo.

—No, gracias.

—¿No te dará corte hacerlo delante de mí, no?

—No es eso precisamente.

Cord sonrió.

—Voy a conquistarte. Vas a acabar apreciándome quieras o no.

—Buena suerte.

—Gracias. ¿Qué nos apostamos? —preguntó extendiendo su mano.

Hunter miró alternativamente la mano y su rostro y se quitó el cinturón.

—Si me perdona, tengo que concentrarme en el discurso. Voy a sentarme en la parte posterior para poder concentrarme.

Una limusina los esperaba en su destino. Hunter pensó que si Cord hubiera querido que los llevaran a la escuela en helicóptero, este los habría estado esperando también. Llevaban sin hablar unas tres horas, pero Cord actuaba como si no hubieran sido más de dos minutos.

—Le he encargado a Chris que compre comida decente para el vuelo de vuelta. Si no recuerdo mal no te gusta comer antes de despegar, ¿verdad?

Hunter no quiso demostrar su sorpresa y murmuró un simple «no». Por dentro, sin embargo, se preguntó intrigada cómo sabría él esa manía o a quién habría interrogado al respecto.

La limusina era larga y había una ventana entre ellos y Phil, el chófer.

—Phil conoce la ruta —Cord consultó su reloj—. Si no tenemos un problema mecánico ni nos vemos envueltos en tráfico, llegaremos a la escuela justo a tiempo.

Cuarenta minutos más tarde, el vehículo se detuvo junto al camino de entrada del edificio. Hunter había telefoneado para avisar de que estaban a cinco minutos de camino y un pequeño comité de bienvenida los esperaba en la acera.

—Señorita Harding, es un verdadero placer conocerla.

Hunter sonrió y ofreció su mano a un hombre delgado que empezaba a quedarse calvo. Le dedicó una amistosa sonrisa.

—Es un honor haber sido invitada.

—Me llamo John Updike y soy el director de Mahwah High. Desgraciadamente, no tengo nada que ver con el autor. Ésta es Denise Whitley, la jefa de estudios, que presidirá el evento de esta noche.

—Señor Updike, señora Whitley. Sé que este tipo de eventos son muy difíciles de organizar.

Cuando Hunter hubo estrechado las manos de ambos, Cord se unió al grupo.

—Quiero presentarles a Cord Yarrow Rivers, de Yarrow Communications, empresa a la que pertenece KSIO. Como les expliqué antes por teléfono perdí mi vuelo a causa de una importante noticia. El señor Rivers y su abuelo, Henry Yarrow, insistieron en traerme en su jet privado.

—Le estamos muy agradecidos. Un verdadero placer —dijo John Updike estrechándole vigorosamente la mano—. Qué suerte hemos tenido. Tenemos un salón privado por si desea asearse, señorita Harding. Llevaremos al señor Rivers a la recepción, donde otros dignatarios aguardan a que comience la función. Supongo que sabrá que también habrá periodistas.

—Incluidos los de nuestra filial de Nueva York, espero —intervino Cord.

—Por supuesto.

A partir de ese momento Hunter perdió de vista a Cord, lo cual no la entristeció demasiado. Aunque no podía evitar darle vueltas a lo que él le había dicho en el edificio Yarrow: «He estado pensando en ti… y es hora de que hagamos algo al respecto».

—¡Vaya! —murmuró en voz baja.

—¿Voy demasiado rápido? —preguntó Updike, que la guiaba hacia la prensa.

—No, perdone. Es que me acabo de acordar de algo que tenía que decirle a Co…, quiero decir, al señor Rivers, pero lo haré después de las entrevistas. Sigamos, señor Updike.

Quince minutos después acababa de terminar una conversación con un segundo periodista cuando una chica guapa y pelirroja de su misma edad emergió de entre las sombras esbozando una tímida sonrisa.

—¿Hunter?

—¡Lisa! ¡Eres tú! —exclamó abrazando a su antigua compañera de clase—. ¿Cómo estás?

—Bien, pero mírate a ti. Estás superglamurosa, ¡y menuda carrera tienes! Estoy muy orgullosa de ti. Te encontré en Facebook y leo el blog que publicas en la página web de la cadena.

—¿Y por qué no me has escrito?

Lisa se encogió de hombros.

—No quería molestarte. Estás tan ocupada… No quería traerte recuerdos tristes. Además —miró con nerviosismo por encima de su hombro— me casé, y me daba no se qué decirte con quién.

Un hombre alto de pelo castaño y ondulado y hoyuelos en las mejillas apareció tras ella.

—Hola, Hunter.

—¡Mike! ¿Lisa y tú? ¡Qué estupendo! —lo abrazó también—. ¿Cuándo ocurrió?

—Hace seis años y dos niñas —corearon al unísono.

Hunter se llevó una mano al corazón.

—¿Tenéis fotos?

Lisa abrió su móvil y le mostró una imagen de las dos niñas con sus mejores galas de Semana Santa.

—Qué graciosas, tienen tu pelo y los hoyuelos de Mike. Hay justicia en este mundo.

La última vez que los había visto Mike soñaba con ser lanzador de béisbol en los New York Mets y Lisa quería abrir su propia tienda de decoración. Su sexto sentido, desarrollado a lo largo de años de trabajo, le impidió preguntar si habían cumplido dichos sueños.

—¿Y tú qué tal? Tenía esperanzas de que hubieras encontrado a alguien tan especial como tu padre y estuvieras casada también.

El rostro de Cord se le apareció brevemente en contra de su voluntad y negó vigorosamente con la cabeza.

—No tengo tiempo —explicó encogiéndose de hombros como si aquello no fuera con ella—. Mi jefe me tiene ocupadísima.

—¿Es aquel chico tan elegante que está detrás de ti con pinta de haberle robado Manhattan a Donald Trump?

Hunter no se molestó en mirar atrás para comprobarlo.

—El mismo.

En ese momento sintió la mano de él en la cintura, una sensación que empezaba a resultarle familiar. Inmediatamente dijo:

—Cord Yarrow Rivers, estos son Lisa y Mike O'Neal, dos de mis mejores amigos del colegio antes de que nos mudáramos.

—Un placer. Podéis llamarme Cord —dijo estrechando las manos de ambos—. Siento estropear un buen momento como este pero el señor Updike dice que tiene que sentar a Hunter.

—Vaya, qué pena. ¿Crees que tendrás tiempo para vernos luego, Hunter? Nos gustaría invitaros a los dos a tomar una copa o a cenar.

Hunter hizo una mueca.

—Ya me gustaría, Lis, pero tenemos que volver a Texas esta misma noche. Mañana por la mañana vuelvo a estar en antena —explicó al tiempo que sacaba una tarjeta de su bolso—. Aquí está mi tarjeta. Llámame o mándame un correo e intentamos volver a vernos.

—Me encantaría. Ha sido estupendo volver a darte un abrazo.

Cuando comenzó la ceremonia Hunter volvió a perder de vista a Cord. Finalmente lo vio junto al reportero y el cámara de la cadena hermana. A continuación se metió de lleno en su labor profesional.

No estaba nerviosa. Había vivido demasiadas situaciones de emergencia en directo y sabía cómo desenvolverse. Cuando finalmente se puso en pie entre aplausos amistosos pero comedidos comprendió que su discurso tenía que ajustarse a ciertos límites. Aquel era el gran día para esos chicos y los discursos eran un mal necesario. El setenta y cinco por ciento no la conocía de nada, a menos que hubieran visto algunos de sus programas. La mayoría no recordaría nada de lo que dijera, sobre todo si hablaba con demasiada seriedad y formalidad. Pero, si se dirigía a ellos con demasiado desenfado, las autoridades locales y la dirección del colegio se arrepentirían de haberla presentado como la persona más triunfadora del colegio. Con la esperanza de alcanzar un término medio, aguardó mientras el señor Updike la presentaba y, a continuación, se puso en pie y colocó su carpeta de piel en la tarima.

—Señor alcalde, señor director, estimados alumnos y demás asistentes, hoy ha sido un día vertiginoso pero créanme cuando les digo que estar aquí con ustedes es el momento más especial del día.

Los estudiantes prorrumpieron en ovaciones y silbidos.

—Hace tan solo unas horas me encontraba en Texas tratando de moderar un coloquio con algunos de los políticos y especialistas en estrategia más prominentes del estado y del país, y ahora me hallo aquí frente a vosotros. Os veo, con esas caras inteligentes y emocionadas, listos para comeros el mundo. De no haber sido por un vuelco del destino, yo me habría sentado alguna vez en alguna de esas sillas. ¿Dónde estáis los de la letra H?

Unos cuantos alumnos vitorearon y saludaron y Hunter sonrió.

—Ahí estáis. Las chicas lleváis unos peinados mucho más bonitos que los que llevábamos nosotras hace diez años.

El público rió y uno de los alumnos del último curso gritó:

—¡Estás estupenda, Hunter!

—Si a algunos de vosotros se os dan bien las ciencias, os prometo que os haréis de oro si conseguís inventar un producto que haga que el pelo aguante entre doce y dieciséis horas al día bajo la luz de los focos y el calor y la humedad del Golfo.

Adoptando un tono ligeramente más serio, continuó.

—Vayáis donde vayáis, hagáis lo que hagáis, no dejéis nunca de creer en vuestros sueños ni de poneros a prueba. Cuando yo perdí a mi padre el día antes de mi graduación, pensé que la vida nunca volvería a ser soportable. Fue una época difícil, a pesar de que mi madre y yo teníamos una relación estupenda. Afortunadamente, mi padre había sido previsor y no tuvimos problemas económicos, como le ocurre a mucha gente.

Mi madre sufrió mucho y de pronto se vio a cargo, ella sola, de una hija adolescente que quería un coche, ir a la universidad y ser independiente. Mi madre estaba tan destrozada que le daba miedo que desapareciera de su vista, incluso cuando tenía que ir al colegio. Yo sabía que necesitaba un empujón, más ayuda de la que ofrecían mis abuelos. La parroquia y los orientadores de mi nueva escuela me ayudaron. La mentoría está a la vuelta de la esquina, basta con abrirse a la idea y preguntar. Así es como llegué a KSIO. Escribí a don Henry para preguntarle por qué no tenía un programa para estudiantes en prácticas y él me llamó y me dijo: «Ven y conviértete en nuestra rata de laboratorio».

El comentario y su cómica expresión de terror provocaron risas y aplausos.

—Aquel santo varón se convirtió en mi mentor y poco a poco la vida volvió a sonreírme. En los diez años que siguieron a mi marcha de Mahwah tuve el privilegio de entrevistar a dos gobernadores, un presidente, varios actores galardonados con el Óscar, un premio Nobel y demasiados soldados heridos que volvían de la guerra. Creo que no hace falta que os diga quiénes, de entre todos ellos, me impresionaron e inspiraron más.

Hubo más vítores y alguien gritó: «¡Viva el Ejército!». Otro exclamó: «¡Hurra por los marines!».

Los aplausos y ovaciones retumbaron estrepitosamente. Era evidente que varios chicos iban a enrolarse en el Ejército en lugar de ir a la universidad.

El discurso de Hunter tocaba a su fin.

—Sed curiosos, estad abiertos a nuevas ideas y considerad otras opciones con el respeto que se merecen. No perdáis nunca la pasión por la vida que sentís hoy ni os olvidéis de vuestros valores fundamentales. Y, ¡por el amor de Dios!, no salgáis nunca de casa sin protección solar ni desinfectante de manos. ¡Mi más sincera enhorabuena a todos los que os graduáis hoy!

La sala retumbó con los vítores y aplausos. El señor Updike se aproximó al estrado y tomó la mano de Hunter entre las suyas.

—Un discurso muy original y acertado.

—Bueno, las ideas entran mejor con un poco de humor.

A continuación, se entregaron los premios y diplomas. Una hora más tarde Cord y Hunter entraban en la limusina. De camino al aeropuerto Cord se deshizo el nudo de la corbata.

—Te vuelvo a felicitar. No sé cómo te las has arreglado para mantener ese nivel de pasión después de un día tan largo.

—Creo que no todo el mundo estaría de acuerdo. He visto a un par bostezando entre el público —repuso luchando con las ganas de liberar sus pies doloridos de los zapatos.

—Esta noche no voy a permitir que veas defectos donde no los hay.

En el asiento delantero, Lane se puso en contacto con la tripulación del avión para avisarles de que iban de camino. Mientras, Cord abrió el pequeño frigorífico.

—¿Tienes sed? El bar de este trasto está hasta los topes de champán.

—De momento, solo agua, por favor. Tengo la boca tan seca como si les hubiera leído la edición dominical de The New York Times. Quizá me tome una copa de champán en el avión si sigue en pie la oferta de alimentarme durante el viaje de vuelta.

Hunter aceptó encantada la botella fría que él le tendía. Mientras bebía miró por la ventanilla para ver cuánto recordaba de aquel ambiente. Estaba oscuro y había atascos de tráfico a causa de las ceremonias de graduación que se estaban celebrando en la zona. Hunter había disfrutado el día, pero se alegraba de que tocara a su fin. La celebridad que acompañaba a su trabajo la dejaba crispada y exhausta.

—Perdone que me tome estas confianzas —dijo

abruptamente—, pero no me queda más remedio que hacer esto —e, inclinándose hacia delante, se quitó los zapatos.

—Gracias a Dios, eres humana —murmuró Cord con aprobación—. No sé cómo te las has arreglado para aguantar esas cosas durante más de quince horas. Fred dice que normalmente te los quitas en cuanto te sientas en tu silla de locutora.

—Fred tiene la boca como un buzón —replicó Hunter. Pero lo dijo con cariño hacia su productor.

—No hace más que alabarte; está tan loco por ti como mi abuelo. Pensaba sugerir que Tom y él se plantearan hacer un programa sobre lo que ocurre tras las cámaras mientras preparas tu programa.

—¿No cree que ya hay demasiados *reality shows* en televisión?

—Sí, pero aquí no estamos hablando de basura, sexo y cotilleos. Los periodistas se han ganado mala fama durante los últimos años y a menudo provocan tanta desconfianza como abogados y políticos.

—Y usted quiere que me convierta en la *cheerleader* del sector… Preferiría que me echara del trabajo. Creo que sería mejor sacar por televisión a gente joven que animara a los de su generación a acudir a las urnas. Es una pena que en estos tiempos que corren voten más ancianos que jóvenes de menos de veinticinco años.

—Ahí te doy la razón —replicó Cord—. Puede que empecemos a hacer algo con las escuelas de la zona. Ten cuidado, porque puede que acabes de aumentar tu carga laboral.

Hunter hizo un gesto de saludo con la botella.

—Créame, ese tipo de trabajo sería una gozada.

—¿Porque tienes una mente cívica o porque te gustan los niños?

—Las dos cosas.

—¿Piensas tener hijos algún día?

«No ha tardado mucho en volver a la carga», pensó.

—Ya estamos otra vez con las preguntas personales.

—Me tomaré tu respuesta como un sí —repuso él impertérrito— a juzgar por cómo mirabas la foto de las hijas de tus amigos.

—La última vez que vi a Mike y a Lisa hablábamos de sacarnos el carné de conducir. No tenía ni idea de que estaban juntos y mucho menos que tenían hijos. Ha sido una agradable sorpresa.

—¿Ah, sí? ¿No era él el chico que te iba a llevar a la fiesta de graduación a la que no llegaste a asistir?

—No hacía falta rascarse mucho la cabeza para llegar a esa conclusión, señor Rivers.

—¿Cuándo vas a empezar a llamarme Cord?

—No somos amigos.

—Podríamos serlo si no fueras tan testaruda. Como jefe tuyo que soy, te autorizo a llamarme Cord siempre que estemos solos.

A pesar de su intención inicial de no confiar en aquel hombre, Hunter tenía que reconocer que se había mostrado amable y generoso con ella y comenzó a sentirse culpable. Sospechó que la fatiga y la noticia de la enfermedad de don Henry estaban nublándole el juicio, pero aun así, cedió.

—Tal vez, a veces… Cord.

Él esbozó una amplia sonrisa.

A Hunter el vuelo de vuelta se le hizo más corto que el de ida y tuvo que reconocer que también más agradable. Ni siquiera sintió el miedo a volar. El champán la ayudó sin duda.

Eligió el mismo asiento que en el viaje de ida y Cord ocupó su puesto frente a ella. Seguramente lo hacía para que a ella le resultara más fácil no mirar por la ventanilla. Y también, por qué negarlo, para obtener una vista mejor de sus piernas y sus pies descalzos, pues ya lo había pillado mirando cuatro veces.

Algunos compañeros suyos habían hecho comentarios acerca de sus pies en varias ocasiones, por lo que supuso que no estaban mal. No llevaba las uñas pintadas, pero tenían naturalmente un color rosado parecido al algodón de feria. A algunos hombres no les gustaban que las mujeres se pintaran las uñas de los pies.

—¿Eres demócrata o republicana? —preguntó Cord.

La pregunta la pilló desprevenida. Acababan de poner punto y final a un debate sobre dónde encontrar la mejor comida asiática para llevar en San Antonio mientras devoraban la cena que Chris les había procurado.

—Eso no es asunto tuyo. Primero soy americana y luego periodista, y técnicamente se supone que no deberías ser capaz de averiguar por qué opción me inclino. Además, no soy ni una cosa ni otra. Soy independiente.

Cord hizo un expresivo gesto.

—Otra cosa que tenemos en común. ¿Quién lo hubiera pensado? ¿Y qué me dices de la televisión en general?

Sus ojos refulgieron en la tenue luz del interior del avión y Hunter parpadeó para no quedarse atrapada en ellos.

—Ya te he dicho que mi trabajo no me deja mucho tiempo para seguir ningún programa de la tele. Como mucho veo los avances de las películas para no sentirme completamente fuera de onda cuando oigo las conversaciones de la gente en los pasillos o cuando entrevistamos a personajes del mundo de la farándula. Estoy igual de pez en lo que respecta a los libros de ficción más leídos. Mi escritorio y mi mesita de noche están cargados de obras de ensayo.

—¿Quiere eso decir que tampoco sabes nada de deportes?

—Inocente, su señoría. A mi madre le preocupaba que me convirtiera en un marimacho pues siempre que podía veía los partidos de los New Yor Mets con mi padre. Seguro que sé más jugadores de béisbol, fútbol y baloncesto de Texas que tú presidentes.

Entrecerrando los ojos, Cord replicó:

—George Washington.

—Tony Dimples Romo, Dallas Cowboys.

—Eso es facilísimo teniendo en cuenta que te gustan los hombres con hoyuelos —se burló Cord.

—Simple coincidencia. ¿Y quién eres tú para quejarte de lo fácil? Casi todos los niños de escuela tienen que memorizar la lista de presidentes del país. Yo tengo que conocer el modo de juego y comprender las posiciones para acordarme de los jugadores.

Era casi la una de la mañana cuando llegaron al aeropuerto de San Antonio.

Habían caído en un silencio agradable. Hunter estaba tan cómoda que se quedó adormilada.

—Estás exhausta —dijo Cord—. Tómate el día libre. Me encargaré de que…

—Por supuesto que no —incorporándose para estirar la columna e inclinando la cabeza de un lado a otro, añadió—: ¿Te olvidas de que tu abuelo quería que yo anunciara su jubilación por la mañana?

Él dejó caer la cabeza en el asiento.

—¿Sabes? Me lo estaba pasando tan bien que se me había olvidado. Trataba de no pensar en la operación del abuelo —se giró hacia ella—: Te estamos pidiendo demasiado.

—Es un honor. A mí también me da miedo lo que queda por venir.

A Hunter le agradó ver el lado vulnerable de Cord. Contrarrestaba la desconfianza que le provocaban los cambios que, irremediablemente, se iban a producir en la cadena.

—Tendré algo preparado para las noticias de la mañana. ¿Quieres que te lo envíe por fax a casa o por email a tu BlackBerry?

—Sería estupendo que me lo enviaras por fax a casa, porque quiero estar con él y con Lenore cuando salga en televisión. De ese modo, estaré mejor preparado para sobrellevar el impacto emocional y ayudarles a ellos a hacer lo propio. Tienes un talento natural para tocar la fibra sensible de la gente.

—¿Soy demasiado emotiva? —preguntó Hunter, preocupada.

—Tienes el equilibrio perfecto de sinceridad y calidez que hace que el televidente sea capaz de aceptar sus propios sentimientos. Es un don maravilloso.

Bajando la mirada, Hunter se ajustó el cinturón de seguridad.

—Gracias. Te lo enviaré en cuanto lo tenga preparado.

—Pero te voy a dar mi dirección de correo y mi número de teléfono, por si acaso.

Hunter sacó su BlackBerry para guardar la información antes de que Chris se acercara a pedirles que apagaran los aparatos electrónicos y tecleó los números que Cord le dictaba.

—Supongo que debería darte los míos.

—Ya los tengo.

Hunter no ignoró el sutil temblor que la recorrió. Podía deberse a la suavidad de su voz, que era casi una caricia, o a la manera en que la miraba, como si ella fuera el último sorbito de champán que acababa de degustar.

La intimidad se le hacía rara desde Denny, y la combinación de este concepto con Cord Rivers era más embriagador que el champán.

—¿Por si acaso? —preguntó ella sintiendo que le faltaba el aire.

—Por supuesto.

Una vez hubieron aterrizado, Hunter volvió a dar las gracias a la tripulación y Phil Porter los llevó de vuelta a la oficina. Cuando llegaron a su destino, Hunter se despidió de Lane y Phil y Cord insistió en acompañarla hasta su coche.

—¿Podemos seguirte hasta tu casa? Eso me evitará preocuparme por ti, sola por la calle a estas horas —le preguntó cuando estaban a pocos metros del Cadillac.

Ya eran las dos de la mañana, pero no era una

hora desacostumbrada para ella. A menudo tenía que atender a eventos o cubrir noticias importantes.

—No es necesario, de verdad. Además, Texas permite llevar armas encima y tengo licencia. Tengo un arma ahí dentro —dijo señalando con la cabeza el Escalade plateado aparcado en una plaza reservada—. Don Henry lo sugirió cuando llevaba un año trabajando en la cadena a tiempo completo. Una locutora de otro estado fue asesinada y él se quedó muy preocupado. Voy a la pista de tiro cada tres meses para practicar.

—Me alivia saber que estás protegida —dijo él—, pero insisto. Te acompañaremos a casa.

Hunter meneó la cabeza pero su caballerosidad le hizo sonreír.

—Pobres Lane y Phil. Son los que menos van a dormir esta noche.

—Serán compensados. Además, ahora mismo se están apostando una copa a que me voy contigo a casa o a que te vas tú solita.

—Ganará el que haya adivinado que soy agradecida pero no una tonta de la que uno se pueda aprovechar —dijo al tiempo que abría el coche con el mando a distancia—. Pero gracias por todo lo que has hecho.

—Hunter —Cord aguardó a que sus miradas se encontraran—. Me lo he pasado muy bien esta noche. Es la primera vez que me he sentido yo mismo y no una mercancía en no sé cuánto tiempo.

Hunter supuso que eso le pasaría bastante a menudo siendo quien era. Un poco aturdida, susurró:

—Buenas noches —y buscó refugio en el interior del Escalade.

Fue un alivio llegar a su calle y meterse en el ca-
minito de entrada hacia su casa. El Cadillac la había
seguido fielmente manteniendo las distancias para
no cegarla con las luces. Si Phil había ganado o perdido veinte dólares no se le notaba en su manera de
conducir.

Metió el coche en el garaje. Se sintió aún más aliviada cuando volvió a apretar el botón del mando a
distancia y la puerta del garaje se cerró tras ella. No
estaba al mismo nivel que Cord Yarrow Rivers y necesitaba darse una tregua.

Su BlackBerry emitió un pitido y vio que había
recibido un mensaje de texto. Lo leyó mientras abría
la puerta de su casa.

*Hay muchos oídos en este coche. Sólo quería de-
searte las buenas noches.*

Hunter no pudo resistirse y devolvió el mensaje.

¿Quién ganó la apuesta?

Tras una breve demora, llegó un nuevo mensaje.

Que tengas dulces sueños.

Hunter echó la cabeza hacia atrás y soltó una carcajada.

No, no estaba a su mismo nivel, pero sabía defenderse. Al menos, aquella noche.

Capítulo 3

SERÍA exagerado decir que Hunter llegó descansada al trabajo. No se sentía en absoluto preparada para dar la noticia sobre don Henry, pero llegó a la misma hora que los empleados de la mañana advirtiendo a todo el mundo que iba a necesitar más gotas para los ojos y maquillaje de lo habitual.

La noche anterior, tras ponerse el camisón y la bata más cómodos que tenía, leyó un mensaje de texto en el que su productor ejecutivo, Tom Vold, manifestaba su preocupación por lo rápido que viajaban las noticias y le pedía que se hiciera público el traspaso de poder a Cord antes de que los telespectadores salieran de casa para ir al trabajo.

Sabiendo que el redactor y el equipo de grabación iban a necesitarlo todo lo antes posible, Hunter no llegó a acostarse.

A juzgar por el caos que reinaba en la sala de llamadas de la cadena, se había producido alguna filtración de información. Los empleados parecían confusos. La dirección había considerado que las circunstancias justificaban un refuerzo de la seguridad y Joey se vio acompañado de un somnoliento agente llamado Earl. Con sus ojos hinchados, miraba fijamente las puertas, como si esperara que de un momento a otro apareciera un platillo volante en los estudios.

Por lo demás, todo parecía funcionar con normalidad.

Hunter apareció vestida en un chándal de color negro. Llevaba al hombro un traje de chaqueta de color marfil con un broche de oro en forma de rosa que le había regalado don Henry las últimas navidades. Él la había llamado la rosa de KSIO y le había asegurado que tendría su trabajo el tiempo que quisiera.

Hunter sabía que a Tom y a Fred les había gustado el texto que había preparado pues habían estado en contacto aquella mañana.

—¿Te has planteado ganarte la vida escribiendo discursos presidenciales? —preguntó el director de su programa, Wade Spangler, cuando entró en la sala de maquillaje sosteniendo en la mano una copia del texto—. Esto va a emitirse a escala nacional y probablemente saldrá en las noticias de la noche.

—Dámelo —replicó Hunter agarrando las hojas—. Puedo modificarlo fácilmente.

Le agradaba que Wade hubiera dado su aprobación, pero las exageraciones le provocaban recelo. Se sentía susceptible pues no había tenido noticias de Cord, a pesar de que había cumplido su promesa de enviarle un mensaje de texto por la mañana temprano.

Wade le arrebató los papeles de las manos.

—Harás cambios por encima de mi cadáver. Les ha encantado a los directores. Quería ver qué llevabas puesto para elegir la iluminación —miró con aprobación el atuendo que Hunter acababa de ponerse—. Menos mal que no eres pálida. Bien, Fred vendrá en cualquier momento para decirte que estamos preparados. Saldrás en el segmento de cierre.

Hunter asintió, sabiendo que habían dejado la noticia para el final con el fin de dejar a la audiencia conmovida.

—Habla con Fred de las noticias de mediodía —continuó Fred consultando sus notas—. En lugar de volver a emitirlo todo otra vez, quieren hacer un resumen y que aparezcas sentada entre Molly y Ed, que te harán un par de preguntas. ¿Entendido?

Mientras se giraba para marcharse, Hunter dijo:

—Entendido, jefe. Espero que me hagas salir favorecida y ocultes las bolsas de los ojos que este maquillaje no consigue cubrir.

—Ojalá todo el mundo saliera tan bien como tú —murmuró Wade mientras salía de la sala.

—¿Ve? Le dije que era usted demasiado joven para que se le notara —comentó Linda, su maquilladora.

Cuando apareció el equipo de la mañana, Hunter ya estaba lista. Había hecho ese turno cuando comenzó a trabajar en la empresa y le tenía cariño a sus antiguos compañeros. Ellos la consideraban un ejemplo a seguir y la trataban con deferencia. Curiosamente, esto aumentó su sensación de nostalgia y melancolía.

Una vez tomó asiento tras las cámaras se concentró en el hombre que tanto había significado para ella. Cuando le dieron la entrada, comenzó a hablar:

Buenos días. En nombre de Yarrow Communications, KSIO y el resto de cadenas hermanas del país, siento tener que anunciarles la jubilación de nuestro querido director, mentor y fundador de YCI, el señor Henry Yarrow.

Es imposible condensar en unas pocas palabras lo que él ha significado para mí y para esta gigantesca familia de empresas de comunicación. Acababa de salir de la universidad cuando me invitó a trabajar aquí en San Antonio. Él fue mi guía durante mis primeros fascinantes, inestables y angustiosos pasos en los informativos de televisión.

Cuando alguien anunció la muerte de la televisión convencional y predijo que el cable era el futuro, Henry Yarrow se negó a aceptar esta extremista conclusión.

Cuando políticos mangoneadores y empresarios oportunistas trataron de silenciar su voz, él lideró una protesta pública para proteger la libertad de expresión.

No obstante, ser el número uno nunca fue el principal deseo de don Henry. Él quería algo más que anunciarle al público cuáles eran las grandes historias, por qué todo el mundo hablaba de ellas y qué cuestiones debían de ser planteadas. Nos dijo a todos sus reporteros: «Contadle al público lo que este no sabe todavía. Facilitadle los hechos para ayudarle a formarse opiniones sólidas y nunca permitáis que se vuelva aburrido y complaciente hasta el pun-

to de que cambien de canal sin haber comprendido que el futuro está en sus manos».

Por el audífono Hunter oía un murmullo de aprobación proveniente de la sala de control y la voz de Wade tratando de controlar los ánimos.

Cuando don Henry decidió hacer de San Antonio la sede de YCI, la ciudad vivió una época de crecimiento acelerado. El país entero salió beneficiado cuando KSIO lanzó o adquirió cadenas hermanas en ambas costas y en el Medio Oeste.

Durante su mandato YCI ha fundado departamentos de comunicación en varios institutos de la zona, dotado a hospitales y residencias con centros de entretenimiento y bibliotecas y modernos centros de recursos.

Él y su mujer, Lenore, colaboran a menudo de forma anónima con organizaciones benéficas y centros de artes escénicas. Siempre que hay una necesidad, él es el primero en preguntar: «¿Qué puedo hacer para ayudar?».

Desgraciadamente, su estado de salud le exige dedicar ahora todas sus energías a cuidarse, pero tenemos la fortuna y el honor de que su nieto, el señor Cord Yarrow Rivers, está dispuesto a tomar el relevo en estos difíciles momentos.

Finalmente, como contribución personal, me gustaría decirle a don Henry que lo queremos y lo echaremos de menos. Usted seguirá siendo el punto de referencia al que siempre aspiraremos. Para siempre.

La cámara dejó de enfocarla, y Hunter siguió el

resto de la emisión en un monitor cercano. Se sucedieron imágenes y vídeos de algunos de los grandes logros de Henry Yarrow que culminaron en una fotografía de él y Lenore en su última aparición pública juntos: los premios Emmy del año anterior, cuando él recibió un premio honorífico a su carrera. Ambos tenían muy buen aspecto y parecían felices. Los ojos de Hunter se llenaron de lágrimas de tristeza y cariño cuando la pantalla se tornó negra.

—Ya hemos acabado —dijo Fred desde la sala de control—. Gracias a todos.

Normalmente, cuando se anunciaban acontecimientos especiales, se oían vítores y ovaciones, pero en este caso la sala quedó en completo silencio. Hunter pasó la mirada por sus compañeros y vio que un técnico se apretaba el puente de la nariz para ocultar su emoción, mientras que otro se enjugaba las lágrimas. Hunter parpadeó y comenzó a pensar en el resto del día para evitar una crisis nerviosa.

—Ha sido un momento histórico que tendremos el orgullo de recordar. Buen trabajo, Hunter.

Ella correspondió a la alabanza de Tom con un gesto de la mano y se quitó el audífono. Se sentía incapaz de hablar en ese momento pero se dio cuenta de que no iba a tener oportunidad de recuperarse, pues Cord apareció entre las sombras.

—Mi abuelo va a estar encantado —dijo al tiempo que se aproximaba a ella.

—No tendrías que estar aquí.

Cord le había dicho que vería la retransmisión con Henry en su casa.

—Gracias por la cálida bienvenida.

Hunter meneó la cabeza.

—Ya sabes a qué me refiero. Dijiste que tenías que estar con él.

—Y esa era mi intención, pero el abuelo tenía una idea mejor —miró sus pies descalzos y sonrió—. Si te pones los zapatos, te acompaño a mi oficina.

Hunter se calzó los tacones de color beis descontenta con el comentario.

—¿Por qué tengo que ir a tu oficina? —preguntó mientras Kandi, una técnico de sonido, le quitaba el micrófono, la batería y el audífono.

En cuanto se fue la chica, Cord replicó:

—Porque tenemos que hablar de algo, y mantener la conversación aquí podría incomodarte.

Hunter se le quedó mirando, boquiabierta. Estaba casi segura de que no la iban a echar, lo que solo le permitía sacar una conclusión.

—Señor Rivers...

—Cord.

—No estamos solos —dijo ella en voz baja, pegándole mentalmente.

—Pero anoche pasamos la noche juntos. Al menos, la mayor parte.

Horrorizada ante la idea de que alguien pudiera haber oído el comentario y malinterpretarlo Hunter agachó la cabeza y se dirigió al pasillo. Cord la alcanzó en unas pocas zancadas. Su sonrisa la puso aún más nerviosa.

—¿Por qué te compras esas faldas tan estrechas si te pasas la vida intentando andar más deprisa que yo?

Hunter se detuvo ante el ascensor y pulsó el botón con parsimonia. Estaba tratando por todos los medios de no perder los estribos.

—Hoy es un día triste para mí —dijo mirando los botones del ascensor—. Debería de serlo para ti también. No sé cómo puedes reducirlo a…

—Es un buen día. Lo duro va a ser cuando entre en el hospital para la operación —intervino Cord.

El ascensor llegó y Hunter entró, reconociendo que él tenía razón. Le perdonó un poco pues comprendió que era su manera de hacer frente al problema, ¿y quién era ella para juzgarlo?

El timbre anunció su llegada a la planta superior. Con su delicadeza acostumbrada, él le rozó la parte baja de la espalda con la mano para ayudarla a salir. Aunque no se trataba de un gesto abiertamente físico, el cuerpo de Hunter se puso tenso y su temperatura interna subió como si alguien hubiera accionado un interruptor. Mientras caminaban por el pasillo atrajeron la atención de varias secretarias, y Hunter suspiró aliviada cuando llegaron a la oficina de Cord. Kym no estaba allí; debía de estar haciendo algún recado. Esto provocó una pregunta.

—Ayer me di cuenta de que llamabas a Lane tu asistente ejecutivo. Dime por favor que Kym no va a salir mal parada de todo esto.

—En absoluto. Hemos hablado sobre ello y seguirá siendo ayudante del consejero delegado. Pero no puedo tener a Lane de esbirro ni siquiera de jefe de seguridad sin despertar la curiosidad de la gente.

Él la rodeó con el brazo para abrir la puerta de la oficina y Hunter se apartó a un lado para evitar el contacto físico que él parecía buscar.

—Gracias por la explicación. Me quedo más tranquila.

—¿Te tranquiliza saber que soy algo más que un traje de chaqueta?

Hunter se quedó de pie en mitad del despacho y entrelazó las manos tras la espalda. No pensaba responder al comentario. Se sentía aliviada por Kym pero no sabía qué era lo otro que tenía que decirle Cord.

—¿Por qué me has traído aquí? —preguntó.

—¿Quieres tomar algo? —cerró la puerta y le indicó con un gesto que tomara asiento—. El café está recién hecho y la nevera tiene de todo.

—No, gracias.

Mientras se sentaba comprobó que la oficina no había experimentado muchos cambios. Todavía. No había pasado mucho tiempo y él tenía todo el derecho del mundo a eliminar todo lo que recordara a Henry Yarrow y convertir aquel despacho en su propia sala del trono.

Lo único que había desaparecido eran las fotografías familiares de Henry del aparador. De momento, éste estaba desprovisto de objetos personales.

—Bueno, vayamos al grano. Tengo buenas noticias, para variar —dijo Cord mientras se desabotonaba la chaqueta del traje azul marino y se apoyaba en el borde del escritorio—. Queremos que empieces a presentar tú sola las noticias de la noche.

Hunter se quedó boquiabierta. ¿A eso le llamaba él buenas noticias?

—¡No! No podéis despedir a…

—Para el carro, ¿quién ha hablado de despedir a nadie? Quiero que la gente conozca y se fíe de la persona que les da las noticias. Y para que esto ocurra hay que pasar más tiempo con los telespectadores. Desde que Walter Cronkite se jubiló, siempre que hay algún escándalo o algo parecido, la credibilidad de la información depende de quien la esté dando. Muchas veces oímos: «Si Walter estuviera aquí, no pasaría esto» —Cord la señaló con el dedo—. Lo que quiero es que la gente tenga esa confianza en ti.

Hunter no comprendía la necesidad de modificar una fórmula que había demostrado tener éxito.

—Pero nuestras audiencias siguen subiendo. ¿Por qué cambiar algo que funciona?

Cruzando los brazos, Cord meneó la cabeza.

—Eres posiblemente la única periodista que conozco que trataría de convencer a su jefe de que no la convirtiera en una estrella.

—Yo soy la que trata con el público y se entera de sus opiniones. La gente me dice que prefiere nuestro formato al de las otras cadenas. Les gusta Greg —la sola idea de que Greg, su compañero, pudiera enterarse de aquel plan le revolvía el estómago—. ¿Tienes idea de lo mucho que ha trabajado Greg para conseguir este puesto y de todos los candidatos que entrevistamos antes de contratarlo?

Recordó el momento en que se reunió por segunda vez con Greg y lo mucho que le había gustado aquel joven de veintisiete años y padre de gemelos. Retirarle del programa o de la cadena sería un acto injusto y devastador económicamente. No solo era un buen periodista, sino que además tenía buena química con las cámaras.

—¿Sabías que fue el décimo candidato al que entrevistamos y que casi no llegamos a conocerle porque ya nos habían gustado algunos de los otros? —

continuó mientras Cord escuchaba pacientemente—.
Cuando hizo la prueba, nos olvidamos de los demás.

—No está mal, pero no creo que sea tan convincente como tú. Su juventud y falta de experiencia son
parte del problema. Según un estudio de marketing
que hemos llevado a cabo, atrae a chicas jóvenes y a
hombres de su edad, y estos no son los grupos de
edad que ven las noticias con regularidad —Cord inclinó su cabeza hacia ella—. En comparación, tú eres
solo un poco más mayor pero emocionalmente transmites más. Puede que se deba a la trágica pérdida que
sufriste, combinada con el tiempo que pasaste de reportera, pero desde luego no es algo que se aprenda
en una clase de comunicación. La gente se siente
atraída por ti y ya es hora de que aprovechemos tus
cualidades y te demos un empujón hacia el estrellato.

Aunque oírle hablar de sus valores y capacidades
le resultaba halagador, el precio le resultaba demasiado alto.

—Si don Henry hubiera pensado que estaba preparada me habría ascendido él mismo.

—Me dijo que era un egoísta y que quería tenerte
cerca todo el tiempo que pudiera. Un empujón como
este te dará a conocer ante un público mucho más
extenso que el de San Antonio —se quedó atónito al
comprobar la reacción de Hunter—. ¿De verdad te
sorprende tanto? ¿No lo sospechabas? Hunter, mi
abuelo desprecia a mi padre y está muy decepcionado con mi madre a pesar de haberme tenido a mí. Tú
eres la hija que le gustaría haber tenido, una persona
que quiere aportar algo y mejorar el mundo en lugar
de complacerse en la fama y la buena vida y codearse solo con los de su misma clase.

La dinámica de la familia de Cord no era asunto suyo pero Hunter tuvo que reconocer que le estaba picando la curiosidad.

Don Henry nunca hablaba de su hija ni del padre de Cord. ¿Serían de verdad tan superficiales?

—Gracias —intervino ella—. Quiero que sepas que me siento muy halagada, pero no puedo aceptar. Quiero avanzar en mi carrera profesional, pero no de esta manera.

—Sé que te gustaría que tu padre estuviera orgulloso de ti. Si estuviera aquí, ¿crees que te aconsejaría rechazar esta oportunidad?

—Probablemente no, sin embargo…

—Tu madre se ha volcado en su carrera, ¿no crees que aprobaría que tú hicieras lo mismo?

—Claro que sí —a Hunter le frustró que él no le permitiera rematar sus pensamientos—. Lo que no entiendo es por qué hay que apresurarse. ¿No podríamos esperar a que te asientes en tu nuevo cargo? Además, ahora tienes que centrarte en la operación de tu abuelo. ¿Y no deberían estar Tom, Fred e incluso Wade presentes en esta conversación? Prefiero no pensar que estás siendo tan espontáneo que ni siquiera Kevin Dalworth está al corriente —dijo Hunter refiriéndose al director de la cadena.

—Todos están al tanto y prefieren que yo tenga la conversación preliminar contigo. Ni Fred ni los demás estaban dispuestos a lidiar con una Hunter suplicante.

—Cobardes —musitó Hunter.

Cord la observó claramente sorprendido.

—Lo creas o no, yo pensé que estarías encantada con la noticia —de pronto su expresión cambió como si hubiera tenido una revelación—. Espera un momento, seguro que estabas pensando que íbamos a despedir a Greg. Al contrario, le vamos a pedir que presente las noticias del fin de semana y que te sustituya siempre que surja algo que te impida hacer tu programa. Tengo entendido que Larry está pensando en jubilarse, y a Becca le quedan solo unas semanas para tomarse el permiso de maternidad —explicó refiriéndose a los presentadores de los informativos de fin de semana, Larry Jackson y Rebecca Devon—. De momento, Benson puede dedicarse a los reportajes de investigación, lo que le ayudará a mejorar su técnica de entrevista.

Aquella revelación hizo que Hunter se sintiera aliviada.

—Ojalá hubieras dicho eso desde el principio. ¿No te das cuenta de lo mal que lo he pasado desde que me fui ayer de la oficina?

En silencio, Cord se levantó y se dirigió al minibar, de donde sacó una botella de agua que vertió en un vaso de cristal. Añadió unos cubitos de hielo que tintinearon al golpear el vaso.

—Aquí tienes —dijo en tono conciliador—, te hará sentir mejor.

Murmurando unas palabras de agradecimiento, Hunter aceptó el vaso y bebió un sorbito lentamente mientras pensaba.

—Hunter, comprendo perfectamente el impacto que todo esto está teniendo sobre ti —continuó con voz apaciguadora—. Que te preocupes primero por el bienestar de tus compañeros dice mucho de tu generosidad y lealtad.

Él entornó los ojos y la atmósfera que compartían

se hizo densa. Hunter se temió que él estuviera a punto de inclinarse hacia ella y besarla.

—No cambies —dijo él finalmente—. Que sepas que he estado a punto de besarte. Es culpa tuya, por ser tan irresistible. Pero aunque soy un hombre apasionado, no me gusta precipitarme. El día que te bese quiero estar seguro de que vas a corresponderme.

A ella no le costó imaginárselo. Tenía un efecto increíble sobre ella. ¿Sería hipnosis? Su médico le había asegurado que no era una presa fácil.

—Lo siento, yo… —dándose cuenta de que el agua se bamboleaba peligrosamente cerca del borde del vaso, lo depositó sobre la mesa y se levantó.

—Pensé que te gustaba la sinceridad. ¿No sería mejor que dejara las cosas bien claras? —preguntó Cord tranquilamente, como si estuvieran debatiendo adónde ir a cenar—. Te deseo.

Aunque la afirmación no la pilló completamente desprevenida, Hunter fue incapaz de hacer otra cosa que volverse a sentar.

—En fin —murmuró Cord unos segundos después—. Mi ego se acaba de llevar un buen chasco. Cambiando de tema… ¿Quieres advertir a Greg antes de que Kevin hable con él?

—¿Cómo quieres que haga nada relativo a estos cambios que propones sabiendo que lo único que buscas es tener una aventura conmigo? —preguntó.

—Una cosa no tiene nada que ver con la otra.

—¿Quién es el ingenuo ahora? No voy a ser capaz de mirarte a la cara sin sentir que me estoy ruborizando. Si me miras como me estás mirando ahora el edificio entero empezará a cotillear. Vas a destrozar mi reputación tú solito. Nadie creerá que he ganado el ascenso por mis méritos profesionales.

—¿Y qué podemos hacer?

—¿Podemos? No vuelvas a hablar en plural.

Él se apoyó en el borde del escritorio y la miró durante unos segundos. Finalmente, habló.

—Como quieras.

¿Así de fácil? Hunter no sabía si sentirse aliviada o decepcionada.

—Está bien —dijo poniéndose en pie y alisándose la falda—. Hablaré con Greg. Muchas gracias.

Comenzó a caminar hacia la puerta. En el momento en que su mano tocó el pomo oyó su nombre. Se dio la vuelta y aguardó.

—Las palabras han sido pronunciadas, querida. Siempre que estemos en la misma habitación, pensarás en ellas, aunque haya cuarenta personas delante. Veremos cuánto tiempo aguantas fingiendo que no existe algo entre nosotros.

Ella se marchó sin responder, no porque estuviera enfadada sino porque él tenía razón.

Tardó un buen rato en llegar a su oficina, aunque esto no se debía solamente a Cord. Compañeros de trabajo y demás empleados la detuvieron por el camino para preguntarle sobre la jubilación de Henry Yarrow, felicitarla por sus palabras y preguntarle qué pensaba de Cord Rivers. Esta última pregunta le resultó la más difícil de responder.

Consultó el reloj de pared para asegurarse de que no llegaba tarde al siguiente telediario ni a las reuniones que tenía que mantener con Tom y Fred para hablar del segmento de la noche. Acababa de desplomarse ante su escritorio y buscaba a tientas un

pañuelo de papel para enjugarse las lágrimas que
había derramado tras hablar con la chica que limpia-
ba la oficina de don Henry cuando oyó que llama-
ban a la puerta.

Greg asomó la cabeza.

—Ahí estás. ¿Tienes un minuto? —preguntó.

Imposible disponer de diez minutos para sosegar-
se y tratar de controlar sus pensamientos y emociones, pensó al tiempo que suspiraba hondo. Se secó
los ojos con discreción esperando no haber estropeado demasiado el trabajo de Linda y se obligó a esbozar una sonrisa amigable.

—No hace falta ni que preguntes. Sé que voy re-
trasada con mis notas para los programas de hoy,
pero…

—Lo comprendo. Has estado genial y me parece
increíble lo bien que lo has hecho después del día
que tuviste ayer.

Con su camisa azul arremangada y sus pantalones marrón claro, Greg ofrecía el aspecto de tantos
periodistas jóvenes y entusiastas que hacían a diario
el trabajo duro de retaguardia. El pelo rubio oscuro
le hacía parecer más joven de lo que realmente era,
al igual que las mejillas sonrosadas y unos ojos azules que brillaban a menudo de emoción por una u
otra historia.

Por primera vez Hunter reconoció que un poquito
más de experiencia ayudaría a Greg a asentarse en
una profesión tan seria como la suya.

—Gracias por tu comprensión —dijo Hunter mientras él cerraba la puerta y tomaba asiento en la única
silla del despacho que no estaba cubierta de archivos y
periódicos.

—Has despedido al señor Yarrow con mucha elegancia.

—¿Te puedes creer que me ha resultado más fácil hacer eso que oír las opiniones y testimonios de la gente?

Viendo que el tema de conversación era un preludio idóneo de lo que tenían que hablar, añadió:

—Me alegra que hayas llegado a conocerle un poco.

—Yo también. ¿Qué tal es el señor Rivers? ¿Crees que se reunirá personalmente con los miembros del equipo?

«Abróchate el cinturón», pensó Hunter con humor.

—Esa era la manera de proceder de don Henry. Conocía a todo el mundo por su nombre de pila, incluidos los conserjes del edificio. Nunca habría dado el relevo a alguien que pudiera dañar lo que se ha pasado la vida construyendo. Dicho esto, no conozco a Cord Rivers mucho mejor que tú —se sintió mal al pronunciar estas palabras.

—Pero fuisteis juntos a Nueva Jersey. Seguro que algo hablasteis.

«Claro que hablamos, sobre todo esta mañana».

—Quería conocerme mejor, pero él no se deja conocer. Además, tenía que preparar un discurso y en eso se me fue la mitad del viaje.

Greg asintió.

—Lo siento. Esperaba oír palabras tranquilizadoras. Supongo que no nos queda más remedio que esperar en la cuerda floja.

—No exactamente. De hecho, me alegro de que hayas venido a hablar conmigo —Hunter dio un hondo suspiro—. Cord, quiero decir el señor Rivers, quiere introducir algunos cambios y me ha dejado que te hable de ello porque trabajamos juntos.

El semblante de Greg reflejó el cambio de periodista entusiasta a empleado en apuros.

—Qué mal suena eso.

—No, no lo creas. Puede que te lleves un chasco al principio, pero es una gran oportunidad.

—Dime que no me van a echar —gimió mirando al techo.

—En absoluto, por supuesto que no —replicó Hunter—. Pero… me temo que no vamos a seguir presentando juntos el telediario. El señor Rivers cree que sería buena idea que volviera a haber un solo locutor.

—¿A pesar de que los índices de audiencia han subido durante los últimos meses?

—Eso fue exactamente lo que dije yo, pero no sirvió de nada —Hunter se inclinó hacia él tratando de sonar entusiasta—. No obstante, hay algo positivo. Te van a ofrecer presentar tú solo el telediario del fin de semana.

Greg adoptó un gesto de preocupación al oír aquello.

—¿Y qué va a pasar con el señor Jackson y Becca?

—Sé que Larry ha hablado de jubilarse. Su mujer quiere viajar y siempre se pierde los partidos de sus nietos, que son deportistas. En cuanto a Becca, sinceramente no sé lo que ocurrirá cuando acabe su permiso de maternidad.

—Bueno, no es tan malo como pensaba. No me sorprende lo tuyo, te mereces este gran empujón. En cuanto a mí, siempre me he sentido un impostor.

—Todo el mundo tarda un poco en aprender el oficio.

—Tú me has ayudado mucho —todavía preocupado, Greg se mojó los labios—. No sé qué voy a hacer si me bajan el sueldo.

Con unas ganas tremendas de rodear el escritorio y darle un reconfortante abrazo, Hunter hizo un gesto con el dedo índice.

—Vas a hacer más reportajes de investigación durante la semana, probablemente para mí. Por lo que me has dicho, te servirá de entrenamiento y aumentará tu credibilidad.

Greg echó la cabeza hacia atrás y exclamó:

—¡Sí!

Hunter, sintiéndose algo más tranquila, se atrevió a preguntar:

—¿Te parece bien, entonces?

—Me parece maravilloso.

—Probablemente tendrás que pasar más horas fuera de casa. Y el trabajo de reportero en la calle no está exento de peligros.

—Pero es necesario. Y no me malinterpretes, me encanta dar las noticias junto a ti, pero me siento un poco pegote. Y no es una sensación muy agradable, por lo menos para mí.

Aquel punto de vista era todo lo que necesitaba oír.

—Todo te va a ir bien. Estoy contenta y orgullosa de ti.

—Gracias por pelear por mí. No, no te hagas la inocente —añadió él cuando Hunter comenzó a protestar—. Sé que sin tu intervención ahora estaría sacándole brillo a mi currículum.

—Hablé en tu favor porque te mereces el apoyo. Sé que vas a ser un peso pesado en la cadena.

—Lo haré lo mejor que pueda, aunque de momento tendré que dejar a un lado mi adicción a los videojuegos de medianoche.

Hunter rió, sabedora de que él a menudo se entretenía en los tiempos muertos con todos y cada uno de los videojuegos que encontraba. Era su manera de evitar la máquina de *snacks*, según él mismo había confesado.

De nuevo sola en su despacho Hunter pensó que ahora tenía derecho a sentirse mejor por lo que estaba pasando e incluso a emocionarse ante la idea de presentar las noticias ella sola. Sabía que podía hacerlo, pero como siempre había imperado el espíritu de equipo, a ella no le había importado formar parte de él. Le resultaba extraño, sin embargo, deberle esta oportunidad profesional a Cord, especialmente teniendo en cuenta que, según había dicho él, aquello representaría el primer paso de un recorrido que la proyectaría inevitablemente fuera de San Antonio.

¿Por qué ofrecerle algo que iba a alejarla de él?

Te deseo.

Claro que ahora que era él el que manejaba el cotarro, Cord no tendría que preocuparse de buscar excusas para estar con ella. Podría seguirla a todas partes y en todo momento si eso era lo que quería. El dinero nunca había sido un impedimento y claramente no iba a serlo ahora.

¿Qué te pasa? Cualquier mujer estaría encantada con la situación: un hombre con dinero, guapo, que se muere por ti y encima te apoya profesionalmente...

Esa era la cuestión, pensó. Que ella no tenía que hacer nada, todo le vendría dado. Su orgullo no podía permitirlo, aquello no estaba bien.

—Maldito sea —dijo entre dientes—. Te vas a enterar, Cord.

Capítulo 4

TE agradezco muchísimo la compañía, Hunter, querida. Sé que acabas de terminar la emisión y que debes de estar cansadísima, pero Cord todavía no ha vuelto y no creo que pudiera mantenerme positiva sin tu ayuda.

Sentada junto a Lenore Yarrow en un sofá en un tranquilo rincón de la habitación de hospital, Hunter tomó las manos de la ansiosa y fatigada mujer y las acarició con suavidad. Sí, estaba cansada. Desde que había empezado a presentar las noticias sola la carga de trabajo se había duplicado. Cord le había ofrecido contratar a otro becario o incluso a otro periodista si era necesario, pero Hunter no quería que la cadena tuviera que incurrir en gastos extraordinarios por su culpa. Además, le gustaba el aspecto práctico de su trabajo tanto como presentar las noticias.

Pero no iba a permitir que un poco de cansancio le impidiera ofrecer compañía y consuelo a la mujer que tanto la había apoyado, especialmente en un momento tan crítico y difícil como aquel.

Aquella noche, apenas había acabado la primera emisión de las noticias cuando Cord la llamó desde Chicago para darle una noticia terrible. A pesar de que Henry no iba a operarse hasta el miércoles siguiente se había desmayado y habían tenido que llevarle de urgencia al hospital. Fue entonces cuando Cord le contó la verdad sobre su abuelo: que el tumor cerebral que tenía podía ser maligno.

—Siento tener que pedirte esto —dijo él—, pero ¿te importaría ir al hospital después de las noticias de las diez para darle apoyo moral? No creo que yo pueda estar de vuelta para entonces. Ha habido un aviso de bomba y no dejan pasar a los coches al aeropuerto. Esto parece un aparcamiento gigante.

La noticia la había dejado tambaleante, pero le prometió que iría. Nada más colgar fue corriendo a la oficina de Kevin Dalworth para informar al director de la cadena, que se mostró de acuerdo en que Hunter debía acudir junto a Lenore inmediatamente y regresar para las noticias de última hora. Para entonces Cord ya se hallaba de camino, pero tardaría una hora en llegar, por lo que Tom y Fred habían tenido la amabilidad de sacarla del edificio tan pronto terminó el programa.

—Ojalá pudiera hacer algo más —le dijo Hunter a Lenore—. Pero estoy segura de que Cord regresará pronto.

—La reunión ha debido de retrasarse —comentó ansiosamente la anciana—. No se tarda tanto en volar desde Chicago. Quizá deberíamos encender la televisión. No me acuerdo del tiempo que hace allá arriba. Podría haber una tormenta. Ay, este es uno de esos momentos en los que preferiría que volara en un avión comercial.

Nada más jubilarse su abuelo, Cord había empezado a visitar las cadenas de YCI para evaluar y tranquilizar a los empleados. Su vuelo de vuelta no estaba programado hasta la víspera de la operación de Henry. Después de Chicago, volaría a Nueva York. Al igual que Henry, no era despilfarrador y no le parecía sensato regresar a Texas para tener que volver a volar dirección norte dos días después.

Hunter cambió de tema, para evitar que Lenore encendiera la televisión. Si veía las noticias del aviso de bomba se preocuparía aún más.

—¿Seguro que no quiere un poco de sopa? —preguntó—. No ha comido en todo el día y tiene que tomar algo. Cord se enfadará conmigo si acaban internándola a usted también.

—Sabe perfectamente que eres un tesoro —Lenore inclinó la cabeza hacia Hunter y sus sienes se rozaron—. Pero no puedo comer nada, lo echaría en seguida. Además, sentada aquí como una *okupa* no he quemado calorías. ¡Oh! —se estremeció—. Estos sitios están siempre tan fríos. Hasta los pasillos parecen depósitos de cadáveres.

—Seguro que lo hacen para evitar los gérmenes, pero sospecho que está temblando porque tiene el estómago vacío.

—Yo lo siento por los bebés que están en la maternidad —continuó Lenore como si Hunter no hubiera dicho nada. Luego añadió en tono jocoso—: A este paso van a tener que quitarle el tumor a Henry con un cincel.

Tenía una admirable capacidad para conservar el sentido del humor en circunstancias difíciles como aquella. Por lo que le había contado don Henry a lo largo de los años, sabía que Lenore era la segunda señora Yarrow. Su primera esposa había muerto cuando Cord era adolescente. No sabía qué tenían los padres de Cord contra ella pero fuera lo que fuera, hería profundamente a Henry.

Hunter sabía que Lenore y Henry se conocieron cuando ella, que era profesora de comunicación, llevó a sus alumnos de visita a la cadena. Henry había salido de su despacho para dedicarles unas palabras de bienvenida y había acabado haciendo la visita con ellos para pasar más tiempo con la atractiva viuda.

«Qué romántico», pensó Hunter. Llevaban juntos casi veinticinco años y siempre que posaban juntos para los fotógrafos seguían pareciendo unos recién casados.

—¿Cuándo fue la última vez que ha tenido noticias? —preguntó Hunter.

—A ver, tú llevas aquí más de una hora… diría que hace tres horas —contestó Lenore—. Puede que estén a punto de acabar, ¿no crees? Si no hubieran sido capaces de detener la hemorragia hace tiempo que habrían acabado.

Lenore le contó que el internista, tras hacer un examen preliminar, dijo que Henry mostraba síntomas de hemorragia y que habían llamado a los neurocirujanos para practicarle una operación urgente. Hunter se preguntó cuánto habrían tardado en reunir a todo el equipo.

—Supongo que el hecho de que no haya noticias es buena señal —murmuró.

El sonido de unos pasos les hicieron alzar la mirada.

Cord acababa de doblar la esquina a grandes zancadas. Tenía un aspecto tan pálido y estresado como el de Lenore, pero su pelo y atuendo permanecían impecables. Hunter sintió un pequeño vuelco en el estómago al verlo y agradeció que hubiera vuelto sano y salvo.

—¡Cord, bendito seas! —exclamó Lenore echándole los brazos—. Qué alivio verte.

Hunter se puso en pie y se apartó para que él pudiera sentarse junto a su abuelastra y compartir un momento de intimidad. Pero no apartó los ojos de él. Estaba fascinada con el cariño con el que abrazaba a la mujer que había ayudado a su abuelo a salir de una depresión y le había dado una segunda oportunidad de experimentar el amor y la felicidad.

—Siento muchísimo no haber podido llegar antes —se excusó—. Podríamos haber volado a Panamá en el tiempo que hemos tardado en volver.

—Lo importante es que estás sano y salvo y que no corrieras ningún riesgo.

—¿Qué sabemos del abuelo? —preguntó Cord, desviando la conversación con habilidad—. Voy a ver qué puedo averiguar.

Se puso en pie y desapareció por otro pasillo con la misma rapidez con la que había llegado.

—Espero que no le eche la bronca a nadie —dijo Lenore mordiéndose los labios sin pintar—. Es lo que haría Henry si me estuvieran operando a mí. Los hombres no tienen paciencia, ¿te has dado cuenta?

Somos las mujeres las que tenemos esa bendición. O maldición, según se mire.

Hunter volvió a sentarse junto a ella y la rodeó con el brazo.

—Seguro que se siente culpable por haber estado fuera. Esta es su manera de contribuir en algo.

—Tienes razón. No estoy pensando con claridad. Te habrás dado cuenta de que se me da peor aceptar consuelo y protección que proporcionarlo.

—Tonterías —replicó Hunter—. Ha tolerado con mucha entereza todos mis ruegos y sugerencias.

—Me temo que no has conseguido mucho —sonrió Lenore—. Voy al baño a mojarme las manos con agua templada. Si quieres prepararme una taza de té bien caliente haré lo posible por bebérmelo.

—¿Quiere que vaya con usted?

Lenore le dio unas palmaditas en la rodilla.

—Estoy un poco espesa y no razono demasiado bien, pero creo que todavía puedo tenerme en pie.

Cuando Cord regresó Hunter estaba preparando el té. Lenore no estaba.

—Ha ido al cuarto de baño —explicó antes de que Cord pudiera preguntar nada—. Este té es para ella; se está quedando congelada.

—Tiene un aspecto muy frágil. Gracias de nuevo por estar aquí. He hablado con Kevin y me ha dicho que has hecho mucho más de lo que te pedí.

—Me imagino lo sola y temerosa que me sentiría si fuera yo la que tiene que pasar por esto. No dudé en hablar con Kevin y pedirle su autorización.

Consciente de su proximidad, mantuvo la mirada en el té y lo removió sin cesar a pesar de que no había puesto nada en él todavía.

—¿Has averiguado algo?

—Dicen que están a punto de acabar la operación. Su médico saldrá a informarnos dentro de poco.

Hunter cerró los ojos y suspiró.

—Entonces está vivo. Gracias a Dios.

Cuando abrió los ojos se lo encontró mirándola fijamente. Durante unos breves segundos pareció que estaban solos en el universo.

—¿Me das permiso para decirte que te he echado de menos?

Ella se rió.

—¿Cómo es posible? Hemos hablado por lo menos dos veces al día, y me has mandado por lo menos el doble de mensajes.

—Solo quería asegurarme de que te sentías cómoda en tu primera semana presentando el informativo sola —replicó él haciéndose el inocente.

—Sí, claro. Como si preguntarme qué había cenado o pedirme ayuda para hacer el crucigrama tuviera algo que ver con mi trabajo.

—No quería que mi ausencia te diera la oportunidad de volver a construir un muro entre nosotros.

—La mayor parte de las veces no hacías otra cosa que flirtear y, al menos en dos ocasiones, tenía gente en la oficina. Una vez estaban Fred y Wade y ambos reconocieron tu voz. Fue un momento muy embarazoso.

—Bueno, ahora no estás en la oficina y estás especialmente guapa —observó de cerca su traje de seda color rosa—. Es nuevo.

—Estoy estudiando la psicología de los colores en la ropa. Las noticias de hoy han sido duras, y en teoría el rosa ayuda al espectador a no echarle la culpa al mensajero.

—Nadie te va a echar la culpa de nada con esos ojos tan compasivos, esa boca tan tierna y esa cosilla que tienes en la barbilla.

—¿Una cosilla en la barbilla?

—No es exactamente una hendidura ni un hoyuelo pero hace que me resulte muy difícil contener las ganas de besarte.

El pulso de Hunter se aceleró y se alegró de ver a Lenore.

—Dale el té —le pidió ella pasándole la taza.

Él obedeció con una mirada de ligero reproche pero en seguida volvió a meterse en su papel de nieto atento.

Hunter sintió alivio al oír que hablarían pronto con un médico.

—¿Crees que habrán extraído el tumor entero, Cord? ¿Qué haremos si se despierta y no nos conoce?

Lenore le había dicho a Hunter que, debido a la ubicación del tumor, aquella era una de las posibilidades.

Para darles la intimidad que aquella conversación merecía, Hunter se deslizó hacia el otro extremo de la habitación. Pero mientras hacía como que hojeaba una revista no pudo evitar escuchar la conmovedora conversación.

—Seguirá siendo el hombre al que amamos —dijo Cord—. Y ya encontrarás la manera de llegar a él. Me acuerdo de cómo convenciste al abuelo para que dejara el *buggy* de golf y saliera de paseo contigo cuando el médico lo regañó por no cuidarse mejor.

—Aquello no fue mérito mío —replicó Lenore—. Lo que ocurrió fue que la segunda vez que salimos a pasear vimos a una cierva con su cervatillo recién nacido. A Henry le encantó y se dio cuenta de que no volvería a ver algo tan bello si seguía yendo de un lado a otro del campo de golf en aquel cacharro. Eso sí, nunca caminaba sin su bastón preferido. Decía que era para espantar a los animales y protegerme, pero yo sabía que lo necesitaba para no caerse. Ahora me doy cuenta de que el tumor estaba creciendo y afectando a su equilibrio.

Cord le llevó la taza a los labios.

—Siempre me ha dicho que eres la mejor guía de flora y fauna. Lo que perdieron sus alumnos lo ganó él.

Hunter vio cómo el rostro de Lenore se iluminaba ante sus cariñosas palabras. Aunque la atención personal que Cord le dedicaba la ponía nerviosa, no podía evitar que le gustara por la amabilidad y ternura que demostraba con Lenore.

—Querida —dijo Lenore dándose cuenta de su lejanía—. ¿Qué estás haciendo allí? Ven y siéntate con nosotros.

Hunter acababa de sentarse frente a ellos cuando dos hombres aparecieron por el pasillo. El de rostro más serio, ataviado con el uniforme azul y el gorro de cirujano, los examinó buscando a la persona a la que debía de darle las noticias. Su mirada se detuvo en Lenore.

—¿Es usted la señora Yarrow?

—Sí.

Hunter vio cómo Cord la tomaba de las manos y la conminaba a permanecer sentada y sintió una punzada de ternura ante el gesto protector. Si las noticias eran malas Lenore tendría menos posibilidades de hacerse daño que si se ponía en pie.

—Soy el doctor Stack. Henry ha sobrevivido a la operación.

—¿Y la hemorragia…?

—Hemos conseguido detenerla.

—¿Y el tumor?

—Hemos extraído tanto como hemos podido.

—Pero no todo —susurró Lenore.

El cirujano oprimió los labios y bajó la vista unos instantes.

—No podíamos tratar de sacarlo entero, era demasiado arriesgado. Lo lamento. Nuestro consuelo es que hemos conseguido darle algo más de vida. Meses, quizá.

—Comprendo, doctor —replicó Lenore. Pero la mirada que dirigió a Cord contradecía sus palabras.

—Es un hombre increíblemente fuerte y el descanso es una magnífica medicina. Lo mantendremos en un coma inducido esta noche para que descanse y comience a recuperarse.

—Gracias, doctor Stack —replicó Lenore—. ¿Puedo quedarme con él?

—Está muy débil; preferiría que esperara hasta mañana, pero puede verle un minuto.

—Llévala —susurró Hunter a Cord—. Os espero aquí.

Cord se sintió aliviado al comprobar que Hunter había mantenido su palabra. Cuando regresaron, la encontró acurrucada en una silla, descalza y con la cabeza apoyada en una mano. Debió de sentir su presencia, pues se incorporó rápidamente y recorrió el suelo con los pies buscando sus zapatos.

—¿Cómo está? —preguntó.

—Apenas he podido verlo con tantos tubos y máquinas —contestó Lenore—. Ay, espero que éste no sea mi último recuerdo de él. Sería demasiado cruel.

—Basta de hablar así. Vamos a llevarte a la cama —dijo Cord—. Una vez hayas descansado lo verás todo con más optimismo.

—No puedo dejarle —repuso Lenore—. Déjame que me quede; haré que me traigan una manta.

—Olvídalo —replicó Cord con amable firmeza—. Aquí no descansarás, vuelve a casa.

—¡Está a una hora en coche de aquí! No me pidas eso, Cord. ¿Soportarías tú estar tan lejos del amor de tu vida?

Él miró de reojo a Hunter y dijo:

—Entonces te llevaremos al hotel que hay aquí enfrente.

—Eso es tirar el dinero a la basura. Además, no tengo ropa y no dormiré. Me resultará imposible.

—Te traeré ropa limpia para que te cambies a primera hora de la mañana. Vamos, cariño. Estás agotada y flaco favor le vas a hacer al abuelo si descuidas tu salud. Te instalaremos y te prepararemos un baño caliente. Te ayudará a conciliar el sueño. Vas a necesitar toda tu fuerza cuando mañana el señor Gruñón se despierte y exija volver a casa.

—Está bien —resopló Lenore.

—¿Puedo ayudar? —preguntó Hunter.

Cord la habría besado en ese momento.

—¿Estás segura?

—Verla segura y relajada me haría sentir mejor, Cord.

Al oír que ella lo llamaba espontáneamente por

su nombre de pila decidió que le debía dos besos. Insistió en que Hunter dejara su coche en el aparcamiento y las llevó él mismo en un vehículo parecido al del otro día. Se imaginó que ella se estaría preguntando cómo había conseguido deshacerse de sus guardaespaldas. Encontrando su mirada en el espejo retrovisor se limitó a levantar el dedo índice del volante para indicarle que no debía hacer ninguna pregunta.

Diez minutos después, Cord había registrado a Lenore en el hotel y estaba preparándole la cama mientras Hunter abría el grifo del baño.

—Si esto no la ayuda a entrar en calor, nada lo hará —comentó Hunter saliendo del cuarto de baño envuelta en una nube de vapor. Mirando la hora en el reloj junto a la cama, añadió—: ¿Esperamos a que salga? No me gustaría dejarla sola por si acaso se resbala o necesita ayuda.

—Buena idea —Cord pensó que unos minutos a solas con Hunter eran un incentivo.

Ella pasó junto a él para correr las cortinas de color metálico que hacían juego con la colcha.

—¿Puedes mirar si hay una botella de agua en el minibar y ponerla en su mesita de noche con un vaso? Mientras, voy a bajar el aire acondicionado.

—Tenemos suerte de que estés aquí —dijo Cord obedeciendo sus instrucciones—. Tengo la cabeza a nueve mil metros de altura. No se me habría ocurrido nada de eso.

—Tienes demasiadas preocupaciones—dijo ella en voz baja para que Lenore no la oyera desde el baño—. Por cierto… ¿lo del aviso de bomba fue una broma?

—Por lo que he oído, encontraron paquetes sospechosos en varios puntos.

—Santo Dios.

Mientras acometían sus tareas, se encontraron cara a cara de pronto. Hunter profirió una nerviosa exclamación de sorpresa y trató de rodearle, pero él la tomó por los hombros y la estrechó contra su pecho.

—Cord…

—No —le imploró él—. Dame… danos un segundos.

Aunque ella no se resistió, dijo:

—Esto no es una buena idea.

—¿Te das cuenta de que has dicho mi nombre de pila dos veces esta noche sin atragantarte? —bromeó. Luego suspiró—. Tengo miedo, Hunter. No estoy preparado para perderlo.

Ella le acarició la espalda.

—No pienses en eso.

—Cuando lo vio en la UCI Lenore estuvo a punto de venirse abajo. Estaba tan quieto y se le veía tan mayor… Era como si las máquinas fueran lo único que lo mantenían con vida.

—Pero ya has oído al médico. Es un luchador, y os ama a ti y a Lenore profundamente. No se irá de este mundo si puede evitarlo.

—Gracias —dijo él depositando un suave beso en su frente.

Estaba muy a gusto abrazándola. Si pudiera, se quedaría así toda la noche. Cada día estaba más seguro de que estaban destinados a estar juntos. Pero convencerla iba a resultarle difícil, pensó al notar que ella trataba de desasirse.

—No lo hagas —le rogó resistiéndose a dejarla escapar.

—Tu abuela está a pocos metros de aquí.

—La puerta está cerrada. Y yo me estoy limitando a darte las gracias por hacer que esta noche haya sido soportable. No estoy intentando meterme en esa cama contigo, por mucho que me apetezca.

Hunter ocultó su rostro bajando la cabeza.

—Cambia de tema, por favor.

—Ni hablar, me gusta este.

Con una mirada de reprobación, Hunter trató de liberarse.

—¿Por qué no ha venido tu madre? Tendría que estar ayudando a Lenore, aunque solo fuera por su padre. Me imagino que le habrás avisado de lo mal que están las cosas, ¿no?

Aquel era el último tema del que quería hablar Cord aquella noche y compuso una mueca.

—Por supuesto. Mis padres están en la villa de unos amigos en el Mediterráneo. Los telefoneé en cuanto supe que el abuelo se había desmayado. Están de camino, pero no podrán cambiar los vuelos hasta mañana.

—Perdona si ha sonado a crítica.

—No te preocupes. Ya te dije que mi abuelo y mi padre no se llevan bien. El abuelo lo considera un *snob* materialista. Una de las razones es que a mi padre se le ocurrió decir que Lenore no estaba a la altura de la familia.

La expresión de Hunter reflejó su incredulidad.

—Ella también era profesora.

—Sí, pero como mi padre te dirá, hay una diferencia entre una profesora de instituto y un catedrático de universidad que además escribe artículos para revistas. Mi padre cree que él aportó un toque de seriedad a la familia mientras que ella, según sus palabras, no hizo más que contribuir a la deuda sanitaria de su difunto marido.

—¡Qué comentario tan espantoso! —exclamó frunciendo el ceño.

—Los profesores suelen tener un buen seguro médico.

—Pero su marido tenía una rara enfermedad de la sangre que devoró el seguro. Lenore trató de desalentar a mi abuelo, temerosa de que pudieran considerarla una cazafortunas. Pero, como ves, no surtió mucho efecto en él.

—Siempre ha sido, y será, un hombre excepcional.

En otro momento, el cariño sin restricciones que Hunter sentía por Henry lo habría puesto un poco celoso.

—Me gustaría que hablaras de mí con el mismo entusiasmo.

—A lo mejor cuando tengas ochenta años…

Aquel travieso comentario casi le hizo ceder al impulso de darle un beso de no haber sido por el estrépito que salió en aquel momento del cuarto de baño. Hunter salió corriendo y cerró la puerta del baño tras ella.

Mientras Hunter le preguntaba a Lenore si estaba bien, se oyeron más chapoteos y resoplidos. Instantes después Hunter volvió a abrir la puerta.

—No pasa nada. Se ha quedado dormida y tragado un poco de agua.

La puerta volvió a cerrarse y Cord oyó que Hunter le daba instrucciones a Lenore mientras la ayudaba a salir de la bañera. Finalmente ambas salieron del baño. Lenore, todavía húmeda, envuelta en el albornoz del hotel y apoyada contra una Hunter más empapada aún.

—Cord ha bajado el aire acondicionado para que no se quede fría —dijo Hunter arropándola bajo las sábanas y mantas.

—Siento haber estropeado ese traje tan bonito —se disculpó Lenore.

—Sólo ha sido un poco de agua.

—Qué a gusto estoy, me estáis mimando demasiado.

Mientras Hunter la tapaba y le daba un beso de buenas noches, dijo:

—Ha sido un placer. Espero que descanses.

A continuación, tomó su bolso y se dirigió a la puerta de la habitación, donde esperó a Cord.

Éste también besó a Lenore.

—Volveré para desayunar contigo y luego iremos juntos al hospital. ¿Entendido? Ni se te ocurra irte tú sola.

—¿Y mi ropa? ¿Te importaría traerme una bolsa con unas cuantas cosas?

—Le diré a Inez que prepare todo lo que puedas necesitar —dijo Cord refiriéndose a la sirvienta de sus abuelos—. Te quiero —murmuró.

—¿Crees que no se moverá de aquí? —preguntó Hunter mientras avanzaban por el pasillo.

—Ni idea. Gracias al cielo, el hospital está justo enfrente.

Cord se detuvo en recepción para expresar su preocupación y dar instrucciones concernientes a su abuelastra. Dejó su tarjeta de visita, en la que figuraba su número de móvil, antes de acompañar a Hunter hasta su coche.

—Voy a volver a seguirte hasta que llegues a casa —dijo mientras arrancaba el vehículo—. Y también a pagar la tintorería.

—Qué tontería. Además, estás exhausto. ¿Y dónde están Lane y Phil?

—Se han ido a casa por sus propios medios —ante la mirada censuradora de Hunter, explicó—: ya sé que va contra las normas, pero sabía que la situación era mala y quería privacidad.

—Pues entonces, disfrútala —dijo ella mientras Cord cruzaba la calle en dirección al aparcamiento—. Puedo volver a casa yo sola.

—Una vez lo haya visto con mis propios ojos no tendrás que llamarme para confirmarlo.

Hunter sacudió la cabeza sin decir palabra.

Tan pronto se detuvo él detrás de su coche, ella salió del vehículo, abrió su todoterreno con el mando a distancia y se introdujo en él. Cord se retiró para dejarla salir y Hunter puso rumbo a su apartamento.

Una vez en su garaje, Cord salió corriendo hacia ella antes de que activara el mecanismo de cierre de la puerta.

—No te he invitado a entrar —le advirtió.

—Ya lo sé. Pero podrías darme las buenas noches.

—Cord.

—¿Por qué me dan ganas de saltar de alegría cada vez que me llamas por mi nombre de pila?

—Lo hago porque me has obligado. Te portas

muy bien con Lenore, pero en el fondo eres un chico malo.

—Hubo un tiempo en que lo fui, pero esa época quedó atrás —Cord elevó la mano derecha como si estuviera haciendo un juramento—. He cambiado gracias a ti.

—Me siento halagada. Buenas noches.

Él se acercó aún más. Hunter no retrocedió pero sus ojos expresaron inseguridad.

—Me voy —dijo cuando estuvo junto a ella—, pero no antes de besarte.

Y lo hizo.

Ella se quedó inmóvil en un principio, pero al sentir los labios de Cord acariciando y mordisqueando los suyos, gimió suavemente e inclinó la cabeza hacia un lado para que sus cabezas encajaran mejor. Cord no necesitó más incentivo para besarla con más fuerza.

Sus labios se abrieron paso entre los de ella. En ese momento Hunter pareció salir de un trance y se apartó de él, jadeante.

—¡Oh, Dios mío! ¿En qué estoy pensando? —suspiró.

—En que te ha gustado tanto como a mí, espero —respondió él mirando sus labios suaves y lustrosos—. Tengo la sensación de que podría emborracharme con tus besos. Tendremos que descubrirlo. Pronto.

—Cord, he cometido una equivocación —dijo ella con voz temblorosa—. De verdad, no soy una coqueta. He tenido un momento de debilidad provocado por una sobrecarga emocional. No debería haberte dado la impresión de que… No me pongas en una situación tan difícil. Vete a tu casa, por favor.

Él se marchó porque no quería decirle una mentira. Si ella necesitaba un poco de tiempo para acostumbrarse a la idea, que así fuera. Pero iba a volver a besarla. Más de una vez.

Capítulo 5

EL viernes por la mañana, tras comprobar que Cord se estaba encargando de Lenore y que el estado de Henry no presentaba ningún cambio, Hunter asistió a la habitual reunión con los productores. Informó a los empleados del estado de Henry y respondió a todas las preguntas que pudo, pero respiró aliviada cuando cada uno volvió a sus tareas y ella pudo perderse en las historias y pequeños detalles que la mantenían ocupada la mayor parte del día.

La sola mención del nombre de Cord le subía la temperatura corporal. No podía evitar recordar la sensación de su boca, cuya sorprendente ternura la había dejado deseando más. No había sido su intención animarlo y se sentía tonta después de haber protestado tanto. Seguro que él la consideraba una hipócrita o aún peor, una incitadora. ¿Cómo iba a poder mirarle a la cara?

Cuando Lenore le dijo que Cord se iba a poner al teléfono Hunter se despidió precipitadamente y puso punto final a la conversación.

Por esa razón, cuando volvió a su despacho y se encontró a Eva sosteniendo su teléfono móvil entre las manos, el corazón le dio un vuelco.

—Te llaman, Hunter.

«Por favor, no», pensó.

—¿Quién es?

—Una chica que dice que es amiga tuya. Danica Anthony.

Suspirando de alivio, Hunter le indicó con la cabeza que tomaría la llamada desde su despacho.

—Una vieja amiga del colegio, gracias —le dijo a la periodista, una madre soltera que estaba decidida a llegar alto en la cadena y se ofrecía para hacer recados y filtrar llamadas siempre que era necesario.

Hunter cerró la puerta y descolgó el auricular antes de sentarse a la mesa.

—Danica, ¿qué tal estás? Cuánto tiempo sin oír tu voz.

—Mira quién fue a hablar. Yo tengo una excusa: un niño pequeño que me trae loca y un bebé gruñón de tres meses. Tú no tienes más que éxito y una agenda demasiado apretada.

Riendo, Hunter tomó asiento. Se llevó una mano al estómago tembloroso. Había temido que la llamada fuera de Cord.

—Creo que mi trabajo es mucho más fácil. Tus niños son una monada, los he visto en Facebook. Y su mami está muy guapa también.

—Gracias. Todavía tengo que perder un par de kilos, pero Paul quiere celebrar los progresos que he hecho y resulta que un viejo amigo suyo está de paso en la ciudad. Está soltero, Hunter. ¿Podría convencerte de que quedemos los cuatro?

Hunter solía declinar este tipo de propuesta porque la mayoría de las veces tenía que trabajar las noches en las que era invitada o cancelar en el último momento debido a una noticia de última hora. A los hombres no les gustaba quedar relegados a un segundo plano y las noticias, ya fueran nacionales o locales, suponían un auténtico menoscabo a sus egos.

—No lo sé, Danica. Es que desde que estoy presentando sola las noticias…

—¡Por cierto, enhorabuena! Otro motivo de celebración. Estoy muy orgullosa de ti. ¿Son los índices de audiencia tan buenos como parecen?

Hunter sabía que Paul era abogado del mundo del espectáculo y que probablemente sabía la respuesta a la pregunta, pero no estaba dispuesta a que el éxito se le subiera a la cabeza.

—Las cosas parecen ir bien —dijo, más cómoda en su papel de optimista moderada.

—Está bien, señora Modesta. Veo que no quieres fardar. Pero escucha, los fines de semana los tienes libres, ¿no? Sería mañana. Espero que no tengas una entrevista o cena programada. Dime que puedes venir y le pediré a la madre de Paul que haga de canguro mientras me voy de compras. Sus padres pueden quedarse con los niños por la noche, y no quiero perder la oportunidad de comprarme un vestido nuevo.

Hunter se percató de que aquello era justo lo que necesitaba para retomar el control de su vida y mantener las distancias con Cord. No tendría que inventarse una excusa para no volver al hospital o unirse a cualquier plan que él sugiriera. Una cena planificada era una excusa bien real.

—¿Mañana, dices? —preguntó—. Está bien, dime dónde y cuándo. Será mejor que nos encontremos en el restaurante, por si acaso. Ya sabes cómo es mi trabajo —dijo antes de que su amiga tuviera oportunidad de protestar.

—¡Vas a venir! —gritó como una colegiala—. Gracias, Hunter. No te arrepentirás.

Hunter garabateó rápidamente el nombre del restaurante y la hora de la cena en su calendario de mesa y colgó el teléfono, que volvió a sonar una y otra vez. Pronto se vio absorbida por una montaña de trabajo.

Se acordó de que se había saltado el desayuno cuando le asaltaron punzadas de hambre. Se estaba poniendo en pie con la idea de comprar algo en la máquina expendedora cuando Cord entró en su oficina.

Desplomándose sobre su silla, saludó casi sin aliento.

—Hola. Pensé que estarías todo el día en el hospital —parecía cansado, pero más animoso que el día anterior.

—He venido a hacer recados y llamadas mientras Lenore visita a mi abuelo.

—¿Se lo han permitido? Eso es buena señal, ¿no crees?

—Parece que sí. Lenore ya está hablando de que lo trasladen a su propia habitación, aunque personalmente pienso que es un poco prematuro. Lenore es muy inteligente, pero creo que se niega a aceptar las implicaciones de un tumor cerebral.

—Razón de más para no perderlo de vista —replicó Hunter—. Seguro que pide que instalen una cama supletoria

Cord asintió, sonriente.

—Si eso es lo que ella quiere, no se lo discutiré. Sé que su presencia calmará a mi abuelo —dijo acariciándola con la mirada—. ¿Qué tal estás tú? Pareces… un martini de lujo.

Hunter llevaba un traje de chaqueta de color gris plata y las perlas que su abuela le había regalado por su graduación.

—Gracias —señaló su escritorio cubierto de papeles—. Hasta arriba. Pero no me quejo.

—Entonces no te entretengo. Sólo quería pedirte que vinieras a cenar conmigo.

Hacer las cosas en el momento oportuno era importantísimo, pensó Hunter. ¿Qué habría pasado si se hubiera puesto al teléfono cuando había hablado con Lenore? ¿Habría sido capaz de responder con sinceridad?

—Lo siento. Ya sabes que nunca salgo del edificio entre emisiones y que no pruebo bocado antes de salir en antena.

—Me refería a mañana por la noche.

—Tampoco puedo.

Esperaba sentir alivio por disponer de una excusa, pero lo único que experimentó fue una punzada de culpabilidad.

Cord, por su parte, se quedó atónito.

—Mañana es sábado. Es tu día libre. Pensé que si el estado de mi abuelo sigue igual podríamos…

—He quedado para cenar.

La chispa en los ojos de Cord se apagó, pero no

hizo ningún comentario. Hunter señaló su calendario para evitar su penetrante mirada.

—Da la casualidad de que me ha llamado una antigua compañera de universidad. Un amigo de su marido está en la ciudad y hemos quedado los cuatro.

—¿Me estás diciendo que vas a acudir a una cita a ciegas? —el tono de su voz implicaba que le parecía una malísima idea.

—Danica es una buena amiga —repuso ella, tratando sin mucho éxito de conservar la dignidad—. Me fío de su criterio. Y Paul trabaja de abogado en el mundo de la farándula, así que su amigo bien podría ser un actor o un deportista famoso. ¿Quieres que te consiga un autógrafo? —preguntó con falsa jocosidad.

Cord salió del despacho sin contestar.

Una vez sola de nuevo, Hunter cerró los ojos. Se sentía ligeramente indispuesta y avergonzada de sí misma. Años atrás había cancelado una cita en el último minuto porque un chico con el que realmente quería salir la había llamado de repente. Consciente de que se había portado mal, no se lo pasó nada bien. Además, el segundo chico no resultó ser el hombre que ella había imaginado. No volvió a aceptar una invitación suya, pero el otro chico —que descubrió lo que había hecho— nunca le devolvió la llamada que ella le hizo para disculparse.

«Pero Cord y tú no estáis saliendo. Ya le advertiste que no querías», pensó.

Era cierto. Tenía derecho a hacer lo que quisiera. Es más, el cariño que sentía por don Henry no tenía por qué convertirla en una marioneta que bailara al son de Cord.

Quizá ahora él entendiera que la escena del beso no volvería a repetirse.

El sábado por la noche Hunter se encontró con los Anthony y el amigo de estos en un restaurante a las afueras de la ciudad: el Vineyards, ubicado en un viñedo y uno de los establecimientos más populares de San Antonio.

Se habían ofrecido a llevarla pero ella pensó en el trabajo, como era habitual, y en la posibilidad de que podría necesitar un medio de transporte en caso de que se produjera una emergencia.

Aun así se vistió con una celebración en mente. Eligió un vestido de cóctel de diseño, una compra impulsiva realizada tiempo atrás y que no había llegado a estrenar. El tejido de seda de color chocolate resaltaba sus ojos y realzaba su figura. Unos zapatos de colores cobre y dorado, un bolso a juego y pendientes y collar color topacio completaban el conjunto.

Resultó que Jack Porter no era ni actor ni deportista, pero sí increíblemente guapo. Llevaba el pelo, tan rubio como oscuro era el de Cord, tan acicalado como el de éste. Hunter calculó que ambos tendrían la misma edad, año arriba año abajo y esperó que aquella fuera la última de aquellas involuntarias comparaciones. Ayudó el hecho de que Jack fuera un conversador encantador, divertido e inteligente. Pero Hunter no tardó en darse cuenta de que aquel deleite inesperado estaba destinado a ser cosa de una sola noche, pues Jack trabajaba en Nueva York. ¿Qué sentido tenía considerar una relación con él?

—Lo siento —dijo Hunter al darse cuenta de que se había perdido un comentario importante mientras tomaban cócteles en el bar—. Menuda periodista estoy hecha. Creo que no me he enterado de en qué trabajas.

Jack intercambió una breve mirada con Paul.

—Paul y yo tenemos una ocupación parecida, pero trabajamos para diferentes empresas. La gente importante considera a Paul el mejor al oeste del Mississippi. Yo me conformo con conseguirle a un futbolista de tercera un anuncio de cerveza.

—Es demasiado modesto —le informó Paul.

—¿Qué es lo que más te gusta de tu trabajo? —le preguntó ella a Jack.

—Conseguir que los grandes actores y actrices se queden en Broadway.

—Ya veo —sin apenas haber bebido, Hunter dejó su copa de vino con soda—. Ésa es la única razón por la que consideraría mudarme a Nueva York. Me deprime pensar en la cantidad de obras magníficas que me estoy perdiendo.

—Eso tiene fácil arreglo. Dime cuándo vuelves a tener un fin de semana libre y te llevaré a ver unas cuantas —replicó Jack.

Lo dijo tan de buena fe que Hunter se permitió fantasear un poco.

—Acabo de aceptar un ascenso —dijo volviendo a la realidad—. No puedo plantearme hacer nada nuevo de momento.

—Pero estás libre los fines de semana, ¿no?

Hunter se mostró sorprendida.

—¿Cómo lo sabes?

—Porque… estás aquí. O quizá fueron Paul o Danica los que me lo dijeron.

—Creo que fui yo —intervino Danica.

Hunter pensó en don Henry, todavía enfermo en el hospital.

—Estoy atravesando un momento difícil. Ahora mismo estoy ocupada las veinticuatro horas del día.

No tenía intención de desatender a Lenore. Seguiría ayudándola si ésta quería, aunque ello ocasionara complicaciones con Cord.

—Entiendo que quieras dar lo mejor de ti —opinó Jack—, pero también tienes vida propia. Dame tus datos de contacto; te tentaré con lo mejor de la cartelera.

Hunter sonrió.

—Veo que no te das por vencido a la primera.

—No, cuando creo que algo o alguien merece la pena.

Su mirada era halagadora, pero Hunter era consciente de que Jack, además de abogado, era vendedor y por tanto la capacidad de halagar era tan importante en su trabajo como la credibilidad lo era en el suyo.

—He oído que Henry Yarrow se ha retirado —continuó Jack—. ¿Qué te parece su sustituto?

Hunter llevaba en el sector el tiempo suficiente como para responder a ese tipo de pregunta con extrema cautela. Aunque no estaba en antena más que una hora al día, sabía que cualquier cosa que comentara en su tiempo libre podía tener consecuencias para ella, para la cadena y para YCI. No pensaba hacer o decir nada que pudiera terminar en una columna de cotilleo o en un blog de Internet. Ese tipo de cosas podían escapar de su control fácilmente y costarle a la cadena valiosos contratos de publicidad o algo peor.

—El señor Rivers parece tan capaz y comprome-
tido como lo estuvo don Henry —dijo diplomática-
mente. No pensaba mencionar la razón por la que
Henry se había jubilado, si bien no era ningún secreto pues había aparecido en una breve nota de prensa.

Esperó que Jack no hubiera oído nada al respecto
y que Danica y Paul no estuvieran interesados. Así
era, y pronto el tema de conversación se desvió hacia
la comida cuando la camarera se acercó a anunciarles que su mesa estaba lista.

Todos menos Hunter terminaron sus copas y de-
jaron los vasos. La camarera llevó la copa de Hunter
a la mesa.

La velada estaba resultando divertida y la cena
estaba deliciosa, pero Hunter no probó el vino que
Paul había pedido, y siguió bebiendo su vino blanco
con soda, pues tenía que conducir.

Cuando Danica había dicho que aquella noche
iba a desmelenarse, hablaba en serio. Fue el alma in-
discutible de la fiesta. Contó multitud de anécdotas
de la época en que ambas estudiaban en la universidad de Texas, cuando Hunter se metía en líos con el
personal por investigar historias para el periódico de
la escuela, historias que más de una vez despertaron
el interés de los medios de comunicación regionales.

—Veo que tu amiga es una gran fan tuya —opinó
Jack cuando Hunter puso los ojos en blanco para indicar que Danica se estaba pasando con sus alabanzas.

—Es como una hermana pequeña, irritante pero
encantadora —replicó Hunter.

—¡Ja! Tiene solo dos meses más que yo, pero
cualquiera diría que es Matusalén —dijo Danica.

—Mientras que tú, mi querida borrachina, estás diciendo cada vez más tonterías —bromeó Paul besándola.

Cubriéndose la boca cuando le sobrevino un hipido, la rubia soltó una risita.

—Esto es lo que pasa cuando no pruebas el alcohol durante más de un año por haber estado embarazada y dando de mamar —dijo inclinándose hacia Hunter, destinataria de la confidencia. Pero lo dijo tan alto que se enteró toda la mesa.

—Esto es señal de que tenemos que volver a casa —le dijo Paul a Jack—. Para cuando lleguemos a tu hotel, estará en estado comatoso en el asiento de atrás y no podré despertarla hasta que vayamos mañana a casa de mis padres a recoger a los niños.

Jack se volvió hacia Hunter.

—Reservé una habitación en un hotel cerca del aeropuerto. Se me olvidó que estos dos habían comprado una casa al otro lado de la ciudad.

—A mí me pilla de camino. Puedo llevarte.

—¿Estás segura? —preguntó Jack, esperanzado.

Dándole la espalda a Paul, Hunter cruzó miradas con Danica y le guiñó un ojo.

—¿Lo habéis hecho aposta? —preguntó, suspicaz.

—No —contestó Paul—. Considéralo la fantasía de un marido solitario.

Hunter deseaba creerlo, pero tenía sus dudas.

—Espero no arrepentirme de esto —le susurró a su antigua compañera de piso mientras se daban un abrazo de buenas noches.

Si Danica pensaba que quería un rollo de una noche es que no la conocía tan bien como antes. Sus dudas se disiparon un poco en el camino de vuelta a la ciudad. Jack era un perfecto caballero y habló sobre todo de lo mucho que le gustaban los Anthony y la envidia que le daban.

—Me imagino que no estás saliendo con nadie, pero ¿has estado casado? —le preguntó Hunter.

—Estuve a punto una vez —se encogió de hombros—. Escogí a la chica equivocada: no estaba dispuesta a reducir a uno el número de compañeros de cama.

—Vaya, lo lamento.

—¿Y tú? —preguntó Jack.

—Es difícil mantener una relación cuando estás casada con tu trabajo.

—Lo que pasa es que no has conocido todavía al hombre que te haga replantearte esa idea.

Percatándose de que estaba dando a entender que él podría ser ese hombre, Hunter rió suavemente mientras detenía el coche a la entrada del hotel.

—Has llegado sano y salvo —dijo ella en referencia a un comentario jocoso que había hecho él antes acerca de las mujeres conductoras.

—Te llevarías bien con mi hermana —dijo Jack desabrochándose el cinturón—. A ella tampoco le impresiona mi pico de oro. Por cierto, ¿te puedo invitar a una bebida? Sería en el bar… —añadió al ver que ella estaba a punto de declinar la oferta—. Me lo he pasado genial; no recuerdo cuándo fue la última vez que me divertía tanto con otra persona.

—Me tomaré un capuchino —dijo ella—. Pero solo si me sigues hablando de tu hermana.

Hunter aparcó el coche mientras Jack fingía un gemido. Sabía que no necesitaba ingerir cafeína pero sospechaba también que no iba a dormirse pronto. Tenía demasiadas cosas en la cabeza. Por un lado, estaba preocupada por Henry y, por otro, había recibido dos mensajes de texto de Cord que la inquietaban. Les había echado una discreta mirada mientas Jack se despedía de los Anthony para asegurarse de que no iban sobre Henry. Por lo menos podía quedarse tranquila a ese respecto. ¿Pero qué iba a hacer con ese jefe que la perseguía abiertamente no solo en persona sino también por escrito?

En uno de los bares del hotel parecía que estaba a punto de celebrarse una fiesta de las buenas.

—Parece divertido —dijo Jack—, aunque dudo que pudiéramos oír nuestros propios pensamientos, por no hablar de mantener una conversación.

Ella no tenía interés alguno en bailar, especialmente en una pista tan pequeña donde cualquier movimiento podía ser interpretado como un prolegómeno.

—Mira, una opción más apropiada —exclamó Jack señalando un bar que estaba justo al otro lado del vestíbulo.

La sala estaba iluminada con luces tenues y la música provenía de un CD y no de una ruidosa banda en directo. Ellos eran los únicos clientes aparte de una pareja de avanzada edad.

—¿Estás segura de que quieres un café? —preguntó después de sentar a Hunter en una de las mesas delanteras que ofrecían una buena vista del vestíbulo.

Apreciando su caballerosidad, Hunter asintió.

—No soy muy de fiestas.

Jack volvió a la mesa después de acercarse al bar

para pedir dos cafés. Apoyando los brazos en la mesita de cristal, entrelazó las manos y la miró con admiración.

—Gracias por correr el riesgo.

—¿Riesgo? —sorprendida por la palabra, Hunter consideró que era merecedor de unas palabras tranquilizadoras—. Danica es una vieja amiga. Si tú le caes bien, estoy encantada de aceptar la invitación.

—Bueno —dijo Jack con mirada avergonzada—, Danica estaba bastante influenciada por Paul.

—¿Qué quieres decir exactamente?

—Todavía estoy en lo que podríamos llamar «horas de trabajo».

En otras circunstancias ella habría aceptado el comentario con naturalidad. Dada la coyuntura económica, cualquiera que tuviera un buen trabajo estaba dispuesto a echar más horas de las habituales. Pero tenía la sensación de que Jack se refería a algo más complicado.

—¿Por qué no me dices de qué se trata y qué tiene que ver conmigo?

—Represento a un cliente. Un cliente que está muy interesado en ti.

—¿Quién es?

Él eludió la pregunta.

—Ya llegaremos a eso. Lo más importante ahora es asegurarte que se trata de una oportunidad excepcional para tu carrera profesional.

Resultó que una de las mayores empresas de comunicación de Nueva York quería ofrecerle un puesto de presentadora de su programa matutino. Tras hacer un breve repaso de los índices de audiencia de todos los programas mañaneros, Jack continuó.

—Mi cliente considera que los formatos de las otras cadenas no acaban de cuajar, pero no está convencido del carisma de sus propios presentadores. Sabe perfectamente que la relación que se establece entre el público y el presentador es clave para el éxito de ese tipo de programas.

Hunter lo entendía perfectamente. Tu valor como presentador se mide en cifras. Los índices de audiencia regulan el precio al que la cadena vende sus espacios comerciales. Cuanto más alto el precio, mayores los beneficios. Al final era todo una cuestión de rendimiento económico.

—Resulta que un alto ejecutivo de la cadena en cuestión viajó a Texas recientemente. Vio algunos de tus programas y se quedó encandilado contigo —esbozando una calurosa sonrisa, añadió—: Algo que comprendo y comparto.

A Hunter se le había borrado la sonrisa cuando Jack mencionó que representaba a un cliente. Apenas pudo darle las gracias a la camarera, que llegó con dos espléndidas y humeantes tazas de capuchino.

¿Cómo se había dejado arrinconar de esa manera? Mientras repasaba las conversaciones que habían mantenido durante la cena, comprobó que algunas de las reacciones de Jack cobraban sentido. Lo mismo podía decir de Paul y Danica. ¡Danica! Que ella hubiera participado en aquellas maquinaciones le dolió de verdad.

Miró la exuberante espuma del café y deseo haber pedido directamente una copa de vino o algo más fuerte. Estaba tan sumida en sus propios pensamientos que no se dio cuenta de que una persona se acercaba a su mesa.

—Porter, te estás pasando.

¡Era Cord!

El rostro bronceado de Jack adquirió momentáneamente un tono grisáceo, pero se recuperó antes que ella.

—Rivers —se puso en pie y, sonriente, extendió su mano—. Menuda sorpresa.

¿De verdad le sorprendía? Hunter se cuestionó las tácticas y motivaciones de ambos hombres. Su confianza se rompió en mil pedazos y sintió un escalofrío.

Paseando la mirada de uno a otro comprobó que ambos estaban visiblemente tensos, e increíblemente guapos también. Podrían competir por una portada de la revista *GQ*, pensó con amargura.

Jack iba vestido de gris claro, que favorecía a su pelo rubio y piel bronceada, mientras que Cord llevaba gris oscuro, lo que le daba un aspecto distinguido y poderoso.

—Pues sí que lo es —replicó Cord haciendo caso de la mano que le ofrecía Jack.

Miró a Hunter.

—¿Qué estás haciendo aquí? —fue lo único que se le ocurrió a ella preguntar.

—He venido a acompañar a la familia al hotel. La sobrina de Lenore y su marido han llegado de fuera.

—Qué bien.

Había estado a punto de decir «qué amable de su parte», pues sabía que la razón de su visita era mostrar su apoyo a Lenore. Quería preguntarle por ésta y, por supuesto, por Henry, pero no podía ahora que sabía la verdadera razón por la que Jack había queri-

do conocerla. Como representante de la competencia, Jack no tenía ningún derecho a saber nada que
concerniera a YCI ni a los miedos y tribulaciones de
la familia.

Asintió débilmente, angustiada al darse cuenta de
la mala impresión que se había llevado Cord de la situación… y de ella.

—Por favor, dales recuerdos a Lenore y a Henry
de mi parte.

Cord también hizo caso omiso del comentario y
volvió a mirar a Jack.

—Lo digo en serio.

«Dios mío», pensó Hunter.

Jack soltó una risa forzada y señaló una silla vacía.

—Ven y siéntate. Te invito a una copa.

—No, gracias. Me necesitan en otra parte. Además, prefiero marcharme pensando que Hunter no
estaría aquí sentada contigo si supiera quién eres y
por qué la buscas.

A continuación, tras lanzarle una mirada enigmá-
tica a Hunter, masculló entre dientes:

—Buenas noches.

Mientras salía del bar y atravesaba el lujoso vestíbulo hacia la salida dando grandes zancadas, Jack
lanzó un silbido y volvió a acomodarse en su silla.

—Caramba, me alegro de que no sea uno de esos
tejanos que andan por ahí con una recortada.

—Para eso están su chófer y su guardaespaldas,
que lo esperan fuera.

Más enfadada cada segundo que pasaba, Hunter
dio un golpe en la mesa de cristal con el índice de su
mano derecha.

—Yo también me voy, pero no antes de que te disculpes. No solo me has hecho una encerrona esta noche sino que has venido aquí sabiendo que Cord te reconocería hasta en un bar oscuro.

—Cariño, seamos sinceros. Te ha visto a ti mucho antes que a mí. ¿Y por qué adopta esa actitud de macho? Ni que fueras propiedad suya.

—Contractualmente lo soy.

Meneando la cabeza Jack la observó con los ojos entornados.

—¿Hay algo entre vosotros dos?

—Don Henry y él tienen toda su confianza puesta en mí —respondió ignorando deliberadamente su pregunta—. Y ahora mira lo que has hecho —añadió señalando por donde se había ido Cord.

Jack se inclinó hacia delante y trató de tomar su mano entre las suyas.

—Hunter, te pido disculpas. Pensé que un hotel cercano al aeropuerto es el último sitio que frecuentaría alguien como el heredero de la dinastía Yarrow.

—Pues no tuviste en cuenta una cosa: su familia. Y ahora, respóndeme: ¿por qué os conocéis?

—He representado a gente de las emisoras que YCI tiene en la costa este —contestó prácticamente encogido ante el duro escrutinio de Hunter.

Su confesión la hizo enfadar todavía más.

—Eres un cazatalentos. Sabes de sobra que esta situación podría dañar para siempre mi carrera profesional. Ni Cord ni ninguna de las otras personas que han puesto su confianza en mí van a creer ni una palabra de lo que les diga. Ni yo misma me lo creería.

—Como te he dicho, he intentado hacerlo con la máxima discreción posible. Lo lamento muchísimo.

Pero Hunter, dame un minuto más, te lo ruego. Esto puede resultar ventajoso para ti. El cliente al que represento quiere ofrecerte un sueldo de siete cifras que compensaría con creces cualquier pérdida económica que pudieras sufrir como consecuencia de una rescisión anticipada de tu contrato.

Nunca habría imaginado que alguien valorara tanto su trabajo pero aun así rechazó tan emocionante oferta con un gesto despreciativo de la mano.

Se puso en pie. Con Henry Yarrow en el hospital, nunca abandonaría KSIO. A menos que Cord no le dejara otra opción. Pero Jack no tenía por qué saberlo; no se lo merecía.

—Te llamaré mañana —dijo Jack poniéndose también en pie—. Consúltalo con la almohada. Si no quieres discutir la oferta, podemos hablar de cualquier otra cosa que tú quieras. —La ansiedad de Jack parecía sincera—. Hunter, por favor. Me gustaría pasar más tiempo contigo. Creí que habíamos conectado.

Minutos antes Hunter habría estado de acuerdo. Pero ahora… ¿qué parte de él había sido realmente sincero, y qué parte estaba representando un papel para conseguirle a su cliente aquello que quería y embolsarse así una buena cantidad de dinero? Sospechó que concederle el beneficio de la duda no haría más que conducirla a otra decepción.

—Soy un desastre juzgando a las personas, Jack —le dijo—. Tú y yo hemos terminado.

Capítulo 6

AFORTUNADAMENTE, Jack sabía encajar una derrota y no salió del bar para seguir a Hunter. Ella salió temblando por la puerta principal, que un observador botones abrió para ella.

—¿Tiene servicio de aparcacoches, señora?

—No, gracias. He aparcado el vehículo aquí al lado. Buenas noches.

Mientras se alejaba abrió el bolso para sacar las llaves, esperando que el apacible aire nocturno apaciguara sus emociones. No miraba por dónde iba, y se hubiera chocado con Cord, de pie en la acera junto a su todoterreno, si éste no la hubiera sujetado los brazos para detenerla.

Pensaba que nada podría empeorar las cosas esa noche, pero se equivocaba. ¿Iba a despedirla en el acto? ¿A estrangularla? Parecía capaz de cualquier cosa.

—Te seguiré a casa —dijo él con tono sombrío.

—Cord, por favor. Me he quedado tan sorprendida al averiguar el porqué de la invitación como tú al verle.

—Vamos a tu casa o a la oficina. Tú eliges. Pero tenemos que hablar.

Hunter vio su Cadillac aparcado detrás de su coche. No parecía que hubiera nadie en el interior.

—Señora, ¿está todo bien?

El aparcacoches, a pocos metros de ella, los observaba con preocupación. Era bastante bajito y parecía joven, por lo que Hunter se apresuró a tranquilizarlo. Lo último que necesitaban era que llamara al servicio de emergencias. La cara del joven se iluminó al reconocerla.

—¿Es usted…?

—No, lo siento —sonrió forzadamente y se encogió de hombros—. Me confunden con ella todo el tiempo.

Su sonrisa duró el tiempo que tardó en volverse hacia Cord.

—Sácame de aquí, por favor —dijo tan bajo como le fue posible—. No quiero pelearme contigo, ni en público ni en la oficina. La gente comenzará a chismorrear. Pero me da miedo llevarte a mi casa. Estás empezando a actuar como un obseso.

—Estoy ofendido, pero no soy violento.

—Cord, me estás asustando.

Su expresión se volvió aún más implacable. Comenzó a alejarse. Hunter pensaba que había decidido dejarla en paz cuando se volvió hacia ella.

—Te pido disculpas. Pero tienes que reconocer que esto ha dado muy mala impresión.

—Sí.

—¿Puedo seguirte y oír tu explicación?

Aunque estaba agotada emocionalmente, Hunter sabía que se lo debía. Asintió antes de introducirse en su coche y poner rumbo a casa.

Una vez en su condominio, esperó a que él cerrara su coche y entrara en el garaje. Apretó el botón para cerrar la puerta y abrió con su llave la entrada principal a la casa. Había recobrado un poco la calma durante el trayecto, pero empezó a ponerse nerviosa otra vez.

Una lamparita estilo Tiffany iluminaba suavemente la cocina. El apartamento era más bien pequeño, de tan solo dos dormitorios, pero a Hunter, tan ocupada siempre, le bastaba.

Enmarcando la chimenea había un sofá verde salvia y dos sillones color chocolate alrededor de una mesita baja cubierta de periódicos y revistas. Hunter hubiera preferido que estuviera todo más ordenado, aunque aquella no era una visita de cortesía.

—No sé qué explicación esperas que te dé, pero la verdad es que yo creía que lo de esta noche era una cita para cuatro, como te conté ayer —dijo ella mientras depositaba el bolso y las llaves sobre la encimera de granito.

—Y la verdad es lo único que busco —replicó él con el mismo tono cortés—. En cuanto a tus amigos, menuda manera de jugar con tu reputación.

Ella asintió con tristeza.

—No sé qué les hizo pensar que esa táctica era ingeniosa. Paul conoce el sector y sabe que eso no se debe hacer. Si no hubieras aparecido en el hotel te habría enviado un mensaje de texto para avisarte de lo que estaba ocurriendo.

Si Cord creyó sus palabras, no lo manifestó.

—¿Dónde estaban tus amigos? ¿Por qué estabais los dos solos? —preguntó él finalmente.

—Nos despedimos en el restaurante. Danica había bebido una copa de más, por lo menos daba esa impresión. Los Anthony viven al otro lado de la ciudad y cuando me enteré de que Jack se alojaba en un hotel cercano al aeropuerto me ofrecí para traerlo para alegría de todos.

—Pero no te limitaste a eso —observó Cord—. Entraste en el hotel con él, lo que indica que te lo estabas pasando bien.

La BlackBerry de Hunter comenzó a vibrar y ésta abrió su bolso para sacarla. Le echó un vistazo antes de mostrárselo a Cord. En la pantalla aparecía un número local y el nombre de Danica.

—Parece que no estaba tan achispada como me hizo creer. O puede que sea Paul. En cualquier caso, deben de haber hablado con Jack.

—Contesta si quieres. No me importaría escuchar la conversación.

—Ahora no me apetece tenerla; probablemente no me apetezca nunca.

Hunter apagó el aparato y lo colocó sobre la encimera.

—¿Y ahora qué?

Sólo quería que aquello terminara. Él estaba a pocos pasos de ella y la miraba como si Hunter fuera un problema sin solución, con las manos hundidas en los bolsillos del pantalón. Se había quitado la corbata en el trayecto a casa y algunos vellos oscuros asomaban por los dos botones superiores de la camisa. Presentaba un aspecto menos autoritario, más accesible. Lo cual solo empeoraba las cosas.

—Me podrías ofrecer algo de beber.

—Preferiría no animarte a que te quedaras.

—Hablas como si todavía tuvieras algo que ocultar.

No era justo.

—Ya te he contado lo que ocurrió.

A Hunter le dolían muchísimo los pies, pero psicológicamente necesitaba estar a la altura de Cord, por lo que no solo no se quitó los tacones sino que se puso lo más derecha que pudo.

—¿Llegaste a hablar del trabajo y a considerar la oferta del cliente? No digas que no, porque la expresión de tu cara cuando me viste te delató.

—Se trata de un sueldo de siete cifras. Por lo que me pareció entender, el trabajo consistía en algo menos estructurado que lo que hago aquí. En uno de los programas matutinos líderes de la cadena.

Cord adoptó una expresión severa.

—Todavía queda un año para que venza tu contrato. No permitiré que lo rescindas.

—Ahórrate las amenazas. Le he dejado claro que no iba a considerar la oferta.

El profundo silencio que siguió se vio roto por el repentino campanilleo del teléfono fijo. Hunter dio un respingo. Convencida de que sería Danica dejó que el contestador saltara al tercer timbre.

—Hunter, guapa, ¿has apagado tu BlackBerry? Responde, por favor. Estás enfadada conmigo, ¿verdad? Cuando Paul me contó sus planes sabía que reaccionarías así. Pero te mereces esta oportunidad profesional. Serías perfecta para el puesto. Y piénsalo: verías a Jack todo el tiempo. No me digas que no estás interesada. Es tan guapo como ambicioso. A él le has…

Había oído suficiente. Hunter tiró del cable para desenchufarlo.

—¿Estás contento ahora? —masculló entre dientes.

—En una cosa tiene razón —replicó él acercándose a ella—. Jack es ambicioso. No se dará por vencido y no solo porque te quiera su cliente. Jack también te desea. Cualquiera que tenga ojos en la cara se daría cuenta.

A Hunter no le gustaron los celos de Cord.

—Pues está perdiendo el tiempo. Por lo que a mí respecta, Jack Porter es historia.

—No sé que habría hecho si no hubieras salido del hotel… Si hubieras subido a su habitación.

Puede que Cord quisiera halagarla, pero Hunter no se lo tomó así.

—No hablas en serio. Si ni siquiera sé su nombre completo ni su fecha de nacimiento. ¿Por qué diablos iba a subir a su habitación después de dos horas de conversación intrascendente? ¿De verdad me ves tan desesperada por medrar en mi carrera profesional?

—No —respondió Cord tomándola por la cintura y estrechándola contra su cuerpo—. Pero si lo estuvieras, te dejaría practicar conmigo.

Sabiendo lo que iba a ocurrir Hunter trató de desasirse. No podía permitir que la besara, se sentía disgustada, vulnerable. Pero él la tenía bien atrapada y, buscando su boca, la tomó con desesperación.

Antes de que ella recuperara el aliento el beso se hizo más profundo. Su lengua acarició la de Hunter y sus manos se deslizaron desde su cintura hasta su pelo y de vuelta a las caderas para atraerla hacia sí y que no le cupiera duda del efecto que ella tenía sobre su cuerpo.

—Dilo —su voz ronca resultaba tan excitante como su beso—. Reconoce que sientes lo mismo que yo.

—Esto es tan poco ético como lo que ha hecho Jack.

Atrapando su cabeza entre las manos, la obligó a encontrarse con su mirada hambrienta.

—Vaya si lo es —afirmó antes de volver a besar-la.

Cuando Cord sintió que se entregaba la estrechó como si ella fuera lo único que pudiera aliviar su sobrecarga emocional. Liberó sus labios solo para dejar una ristra de besos hambrientos en el lado izquierdo del cuello. Hunter sintió los latidos del corazón de Cord en cada uno de sus puntos de pulso y supo que era inútil seguir escondiéndose de él.

—Dímelo —repitió él quemándole la piel con su aliento.

—No te voy a invitar a entrar en mi cama, Cord.

—No, esta noche no.

Con un suspiro reticente, la soltó. Miró con una mezcla de ternura y posesividad los labios de Hunter, hinchados a causa del beso.

—Tengo que volver a casa —le arregló con dulzura el pelo que previamente le había despeinado—. Pero ocurrirá.

—¿De qué rama de la familia has heredado esos genes de Neanderthal? Nunca los he advertido en don Henry.

—Pregúntale a Lenore.

Amparada en su pasión, Hunter se centró en lo que ambos amaban tanto.

—¿Cómo está tu abuelo?

—Lo han trasladado a una habitación privada, pero aparte de eso no ha habido ningún cambio significativo.

—¿Sigue en coma inducido?

—Los médicos creen que es mejor que siga así un tiempo.

—Perdona mi curiosidad, pero ¿por qué se queda la familia de Lenore en un hotel si han venido a echarle una mano?

Rodeándola para volver a enchufar el teléfono en la pared, él explicó:

—Su vuelo se retrasó y no querían resultar una molestia. Como Lenore no quiere dejar al abuelo solo en estos momentos, decidieron pasar la noche en la ciudad y alquilar un coche por la mañana. Espero que convenzan a Lenore para que hagan turnos.

—¿Han llegado también tus padres?

Una sombra de tristeza oscureció sus ojos.

—Todavía no.

—Seguro que estarán aquí en cuanto puedan.

—Puede ser —acunándole el rostro entre las manos, volvió a besarla—. Échame. Lane me está amenazando con dejar el trabajo si no empiezo a cumplir con el protocolo.

—Vete.

Volvió a besarla.

—Quiero que sepas que he estado preocupadísimo. Pero pensé que mi abuelo raras veces se equivoca al juzgar a la gente.

—Vete —repitió ella con suavidad.

—Solo una vez más —le rogó antes de efectuar una última exploración, lenta y ardiente, de su boca.

Hunter estaba a punto de envolverle el cuello con los brazos cuando la BlackBerry de Cord comenzó a vibrar.

Mascullando un juramento ininteligible miró a la pantalla y apretó un botón.

—Estoy de camino —dijo y, tras escuchar unos segundos, añadió—: No es asunto tuyo. Te veo en treinta minutos.

Sonreía cuando colgó el teléfono.

—Lane te manda saludos.

¿Cómo demonios sabía Lane dónde estaba Cord?

—No me lo creo.

—Créeme, ha sabido dónde estaba en el momento en que he dicho «no es asunto tuyo».

Hunter le empujó suavemente a la altura del pecho.

—Por favor, deja de correr riesgos y vete a casa. Por el bien de todos.

Una vez en la puerta principal, Cord vaciló.

—No vuelvas a levantar muros mientras duermes.

—Alguien tiene que demostrar tener sentido común —respondió ella espontáneamente. Luego, al ver su expresión, preguntó—: ¿Puedo ir al hospital mañana? Sé que es domingo y que no ha habido cambios, pero…

Él suspiró profundamente.

—Me encantaría.

—No quiero importunar a la familia, pero me gustaría mostrarle mi apoyo a Lenore.

—Ven.

Cuando las luces del Cadillac desaparecieron de su vista, Hunter cerró la puerta y echó el pestillo. Se ganaba la vida con las palabras pero en aquel momento no hubiera podido describir sus sentimientos.

Ligeramente mareada corrió todas las cortinas del apartamento y se dirigió a su habitación. Encendió la lámpara de la mesita de noche antes de entrar al cuarto de baño para cambiarse. Lo primero que se quitó fueron los zapatos.

Observó detenidamente su imagen en el espejo. Su aspecto externo reflejaba su estado interior. Se sentía más viva que nunca, y a la vez, confusa... Deseada —se llevó la mano a los labios turgentes—, y a la vez deseosa... Esperanzada y, a la vez, aterrada.

Se apartó del espejo pensando que sería un milagro si lograba conciliar el sueño aquella noche.

En cuanto se puso el camisón satinado colgado detrás de la puerta regresó a su dormitorio y consultó el reloj. Eran las 10:42 de la noche en Texas, una hora más tarde en la costa este. Conocía al menos una persona con la que quería hablar que estaría todavía despierta.

Accedió a la agenda del teléfono y pulsó varias teclas hasta que apareció en la pantalla el número deseado. A continuación, apretó el botón verde y se llevó al aparato al oído. Sonó una vez, dos...

—Qué sorpresa tan agradable.

—¡Hola, mamá! ¿Qué tal la función de esta noche?

Sabía que su madre estaba muy ocupada en verano; tenía el calendario de actuaciones de la orquesta sinfónica colgado en el corcho del cuarto de invitados que hacía las veces de oficina.

—Mejor ni preguntes. Se me ha roto una cuerda.

—Ay, mamá. Lo siento —Hunter sabía que ese

tipo de incidentes eran bastante comunes en su profesión—. ¿En qué momento?

—Casi al final, menos mal. Podría haber terminado con solo tres cuerdas, pero me tocaba hacer un solo. Y tampoco podía salir a cambiarla; ya sabes lo que tarda una cuerda nueva en ceder.

—Ya me has hablado de eso. Sería horrible que se desafinara en pleno solo.

En ese momento se dio cuenta de lo que su madre le iba a contar.

—¡Caramba! Willem te dejó su instrumento.

—Y él terminó como pudo con el mío.

Willem Burchfield y M.K —como se conocía profesionalmente a Marnie Kay, su madre— mantenían una relación complicada. Desde que Marnie había rechazado una invitación a cenar de Willem, raramente hablaban.

Hunter lo había visto en fotos y en un concierto televisado. Le parecía un hombre atractivo, del estilo de Steve Martin. Sus labios solían estar curvados hacia arriba en una sonrisa que sugería accesibilidad. Excepto en lo referente a su madre.

—Le habrás dado las gracias después de la función, espero.

Contuvo el aliento mientras aguardaba una respuesta.

—Por lo visto no con suficiente amabilidad.

—¡Mamá!

—¿Qué? Dije «gracias».

Seguro que lo dijo con esa brusquedad, se lamentó Hunter.

—Pero mamá, ha salvado la función.

—Sí, eso mismo dijo él justo antes de sugerir que

lo mínimo que podía hacer yo era invitarle a una copa.

Se llevó la mano a la boca para contener la risa. Su madre era una mujer bella y Hunter deseaba que volviera a encontrar la felicidad junto a alguien, a pesar de su resistencia.

—Más te vale hacerlo. Sabes perfectamente que esto puede ocurrirte más veces y puede que en la próxima ocasión él no se muestre tan generoso.

—Cambiemos de tema, por favor. Me estresa.

—Vale, vale, cálmate. ¿Qué tal la abuela? Espero no haberla despertado.

—Tiene el canal del tiempo puesto desde hace un buen rato. Le apagaré la televisión en un minuto.

Sonrió al imaginarse a su abuela profundamente dormida frente a una estridente televisión.

—Dale un beso de mi parte cuando se despierte por la mañana.

—Así lo haré. ¿Y tú qué tal, cariño? ¿Cómo está el pobre Henry?

Hunter había llamado a su madre el día en que se enteró de las malas noticias.

—Todavía está en estado crítico, pero no se lo cuentes a nadie, ¿vale?

—Por supuesto. ¿Y tú, cómo estás?

—Ya sabes cómo es el mundo del periodismo. Delincuencia por doquier y la corrupción, celosa, tratando de ponerse a su altura.

—No te estaba preguntando por el trabajo, doña Evasivas. Estoy tan al tanto de tu horario como tú del mío y sé que hoy librabas. He estado pensando en ti, ya sabes lo que quiero decir.

—¿Que vienen los rusos?

—Hunter, querida, deja de andarte con rodeos. ¿Qué ha ocurrido?

—Nada, solo un pequeño tropezón en este centro vacacional llamado vida. No es importante.

—Lo dice mi hija, que nació vieja y es hoy más adulta que su madre. Cuéntamelo. Si no lo haces, no pegarás ojo esta noche.

Así que Hunter le contó lo de Cord, que no había formado parte de sus conversaciones desde que Denny salió de Texas. Comenzó con el viaje a Nueva Jersey, del que no había hablado con su madre, y continuó con el comportamiento de Cord desde entonces haciendo hincapié en lo que había ocurrido aquella noche tras la cena con Jack.

—Ahora, te ruego que no digas ninguna obviedad —dijo finalmente—, porque no pienso rescindir mi contrato, ni siquiera por esa cantidad de dinero.

—No iba a hacerlo —replicó su madre—. A ti nunca te han interesado la fama o el dinero. Eres igual que tu padre; solo te interesa la noticia pura y dura. El trabajo que te ha ofrecido Jack —¿se llama así?— no te supondría ningún desafío. No te reportaría ninguna satisfacción profesional.

—Acabas de echar por tierra a algunos de los presentadores más queridos de la televisión —protestó Hunter.

—A ellos les gusta lo que hacen. Pero estoy hablando de mi hija que, a pesar de su sentido del humor, es una periodista seria. Entonces, ¿crees que las cosas no van bien con Cord? ¿Te preocupa la posibilidad de perder tu empleo?

—No —respondió Hunter—, pero la palabra «bien» es subjetiva.

—Entonces es la idea de acostarte con tu jefe. Sé que esas cosas no están bien vistas en el entorno laboral, pero por lo que cuentas parece que ese hombre está enamorado de ti.

—Si lo está, la primera sorprendida sería yo. El amor no ha sido mencionado para nada, pero sí la palabra deseo. Lo cual nos lleva al principio: es mi jefe.

—¿Estás enamorada de él?

Hunter se desplomó sobre la cama y se quedó mirando el techo.

—He estado demasiado ocupada aborreciéndolo.

—¿No me acabas de decir que en el viaje a Nueva Jersey descubriste que no era responsable de que Denny y tú rompierais?

—Sí.

—Entonces has tenido tiempo de sobra para enamorarte. Acuérdate de que yo me enamoré de tu padre la primera vez que lo vi.

—Ya lo sé. Salías de clase en Julliard —recitó Hunter—, y había tanta gente en la calle que se te cayó el estuche del violín. Él arriesgó su vida para evitar que un camión lo aplastara. Tu caso es la excepción, no la regla. Normalmente, es una cuestión de simple deseo sexual.

—En nuestro caso hubo deseo sexual y amor, y ambos éramos conscientes de la diferencia. Lo que cambia con el tiempo es la profundidad del amor.

Hunter se sintió culpable al percibir el dolor en el tono de su madre.

—Ay, mamá. Siento haber traído a colación recuerdos tristes.

—No es culpa tuya. Esos recuerdos los tengo

siempre conmigo. Tanto los buenos como los malos. Así son las cosas para los que se quedan.

Pronunció las palabras con el tono de los que han aprendido a aceptar su situación.

—Razón de más para darle una oportunidad a Willem. Invítale a esa copa.

Desde que meses atrás el hombre había empezado a formar parte de la orquesta, Hunter había advertido cierta tensión en la voz de su madre cada vez que mencionaba su nombre. Sospechaba que su aversión hacia él ocultaba unos sentimientos que no quería reconocer.

—Está bien, lo haré. Siempre que tú le des una oportunidad a Cord.

—Eres la única madre que conozco que animaría a su hija a tener una aventura.

—Que toque música antigua no significa que sea una carca. Eso sí, espero que esto acabe en boda.

—Me has ayudado mucho. Voy a tener que colgar.

—Buenas noches, cariño. Ya me contarás cómo evoluciona el pobre Henry. Dale a Lenore un abrazo muy fuerte de mi parte.

—Así lo haré.

Capítulo 7

ERAN pasadas las dos y media de la mañana cuando Hunter logró conciliar el sueño. Como no había programado el despertador, pues al día siguiente era domingo, no se levantó hasta las ocho.

Salió de la cama desperezándose y encendió el ordenador de su despacho para leer las noticias en línea. Luego se dirigió a la cocina y a la máquina de café.

Veinte minutos más tarde, completamente despierta gracias a la cafeína y puesta al día de las noticias estatales, nacionales y mundiales, entró en la página web de KSIO para leer los correos electrónicos de los espectadores y actualizar su blog. Informó a sus lectores sobre un sitio web creado para ayudar a una familia cuya casa había ardido tras una explosión de gas y publicó el número de teléfono del refugio de animales para aquellos que querían adoptar un perro o un gato.

Volvió a pensar en la posibilidad de adoptar uno, pero con su horario de trabajo, sería cruel dejar a un animal solo durante casi todo el día. Era mejor limitarse a acariciar al gato del vecino, que escalaba la verja para visitarla cada vez que Hunter tenía tiempo de sentarse en el porche trasero para abrir cartas y hojear catálogos.

Cuando acabó, se metió en la ducha. En un día como aquel, generalmente se dedicaba a sus quehaceres cotidianos, como poner lavadoras, limpiar la casa y apuntar los temas que le gustaría tratar en la reunión del lunes. Pero sabedora de que Cord habría informado a Lenore de su visita, tenía que prepararse para ir al hospital.

No había más mensajes en el contestador pero sí en la BlackBerry. Contestó a los del trabajo por mensaje y borró uno de los de Anthony y otro de Jack sin escucharlos ni leerlos. Que sufrieran. Ella ya había aguantado bastante por su culpa.

Una vez en el hospital, fuera de la habitación de Henry, se encontró a Cord hablando con una pareja más o menos de su edad. No tardó en averiguar que eran la sobrina y el sobrino de Lenore.

—Hunter —dijo Cord extendiendo el brazo para admitirla en el grupo—. Te presento a Emily y Joseph Cummings. Son la sobrina de Lenore y su marido.

Hunter estrechó manos con la pareja. Ambos tenían aspecto de ratoncillos de biblioteca. Tenían las mejillas sonrosadas, el pelo castaño y una agradable mirada.

—Oí que habíais llegado. Lenore debe de estar muy agradecida por vuestra ayuda.

—La tía Len ha sido una segunda madre para mí —replicó Emily—. Cuando mi madre se estaba muriendo de cáncer, la tía Lenore se aseguró de que seguía estudiando y sacaba la nota suficiente para acceder a la universidad. Le debemos mucho. Tenemos ganas de verte en la tele —añadió mirando emocionada a su marido—. Nunca hemos conocido a alguien famoso.

—Pues seguís son conocerlo —contestó Hunter sonriendo—. Creo que en la actualidad los periodistas no gozamos de mucha popularidad.

Cord le lanzó una mirada afable y meneó la cabeza.

—Con todo el dinero que nos gastamos en publicitar la cadena y ahora vas tú y echas por tierra nuestros esfuerzos.

—Perdona, jefe —dijo fingiendo contrición, pues sabía que él no hablaba en serio.

—Mi tía dice que eres la favorita del tío Henry —la reconfortó Emily.

Hunter les dio las gracias y luego miró la puerta cerrada.

—¿Cómo se encuentra hoy? ¿Ha habido algún cambio?

—No, me temo que no —respondió Cord—. Como te habrás podido imaginar, Lenore está con él en este momento. Le está aplicando una loción de aloe para que no se le reseque la piel con el aire acondicionado.

Hunter observó a Cord. Parecía cansado pero más relajado que la noche anterior en el hotel. Esto podía deberse al hecho de que había depositado su mano en la espalda de Hunter y se la acariciaba con el pulgar. A pesar de llevar una chaqueta negra y una camiseta blanca con sus vaqueros, las lentas caricias le hicieron sentir que iba desnuda.

—Ojalá me hubiera dejado ayudarla —dijo Emily—. Ella es la que necesita un masaje después de tantos días inclinada frente a una cama de hospital.

Hunter asintió, comprensiva.

—Por otro lado, disfruta del tiempo que pasa con él. Y no cabe duda de que el contacto humano tiene un efecto muy reconfortante.

—Tienes razón —murmuró Cord sin interrumpir las caricias.

—Qué tonta, no lo había considerado desde ese punto de vista —dijo Emily.

—Mímala luego, cuando volváis a casa —continuó Hunter. Calculó que Emily tendría unos cuarenta años y su marido, uno o dos más—. ¿Tenéis hijos?

—Dos niñas. Ambas están terminando sus diplomaturas en enfermería en la Universidad de Mary Hardin Baylor.

—Ah —dijo Hunter con respeto—. Hice un reportaje sobre esa universidad hace poco. Es una de las mejores escuelas de enfermería de Texas y por lo menos la tercera de todo el país. Si no recuerdo mal tienen sus propios criterios de admisión. Y si sacas suficiente de nota, se considera un suspenso y tienes que repetir. Pero los estudiantes están tan inspirados que nadie suspende.

—Es una escuela dura —convino Joseph—. Pero cuando terminan la carrera y buscan trabajo se ahorran las pruebas de entrada gracias a su excelente reputación.

—Eso he oído —intervino Hunter—. Prácticamente necesitan un agente porque se los rifan. Me impresionó mucho.

Emily y Joseph intercambiaron miradas de orgullo.

—Hunter insiste en hacer un reportaje sobre un tema que le llega al alma por cada entrevista a un famoso que tiene que hacer —repuso Cord—. Si no la necesitara tanto frente a las cámaras, la encerraría en el departamento de investigación.

Mientras los Cummings reían, Hunter vio a Lenore saliendo de la habitación de Henry. Parecía agotada, pero su mirada se iluminó al verlos.

—Qué estampa tan bonita ofrecéis. Hunter, me alegro de que hayas podido venir. Quería que conocieras a mis queridos sobrinos.

Abrazando a Lenore, que parecía haber perdido varios kilos, dijo:

—Ha sido un placer. Debe de estar bien orgullosa de sus sobrinas-nietas.

—Orgullosísima. Pero estudian tanto que no las veo muy a menudo.

—¿Cómo van las cosas ahí dentro?

Lenore suspiró.

—Le hablo, esperando que sienta mi tacto. Le recuerdo todas las cosas que nos quedan por hacer. Y él se limita a estar ahí tumbado, tan quieto. Y esas máquinas horribles… Sé que son milagros tecnológicos, pero esos pitidos tan monótonos no animan mucho que se diga. —Lenore agachó la cabeza—. Estoy empezando a asustarme.

Hunter volvió a abrazarla. Luego le dijo a Emily y a Joseph:

—Estabais aquí primero. Entrad, por favor. Yo esperaré. Cord y yo intentaremos que Lenore se siente y se tome una taza de té —dijo abrazando a Lenore.

Una vez entraron los Hummings, Lenore anunció que necesitaba ir al baño a asearse un poco. Cuando se alejó lo suficiente para que no pudiera oírles, Hunter miró a Cord.

—¿Y tú, cómo estás?

—Mejor ahora que estás aquí. Había empezando a preguntarme si habrías cambiado de planes.

Ella adoptó de broma una mirada acusadora.

—¿Ya estamos poniéndonos en lo peor?

—Pórtate bien o te llevaré a la habitación vacía más cercana y te besaré hasta que pierdas el sentido.

Hunter se aclaró la garganta mientras trataba de alejar esa excitante imagen de su mente.

—Sí, señor.

Observó que se habían vestido de manera muy parecida. Él llevaba una chaqueta de sport azul marino, camisa de seda blanca y tejanos. Pero se había puesto botas de vaquero, mientras que ella llevaba sandalias. Se sintió muy pequeña a su lado.

Respirando hondo, Cord volvió a ponerse serio.

—Está corriendo el rumor de lo mal que está. No sé de dónde ha salido, pero me imagino que el personal del hospital es responsable en parte.

A Hunter no le sorprendió la noticia, pero la descorazonó igualmente.

—No me extrañaría. No olvides que para ellos es

un símbolo de estatus tener aquí a un Yarrow. Lo siento.

—Corre también el rumor de que podríamos perder a un importante patrocinador.

Hunter no daba crédito.

—¿Por qué? Siempre se ha sabido que sucederías a Henry. Y la continuidad es lo que asegura la fiabilidad de YCI.

Cord se encogió de hombros.

—Es lógico, pero a lo mejor no es por mí.

—Está bien, ¿me vas a contar de quién estamos hablando?

Cord mencionó una empresa de artículos de atletismo. Al principio, Hunter se quedó sin saber qué decir. La compañía había comprado varios bloques de tiempo para las noticias de las cinco y las diez, poco después de que ella empezara a presentarlas. Aquello le hizo recordar algo de la noche anterior.

—¡Oh, no! Ayer Jack se hizo el modesto diciendo que se daba con un canto en los dientes si le conseguía una intervención a un viejo futbolista. ¿Crees que él o alguien cercano ha comenzado a alardear de estar a punto de dar un golpe que diezmaría los índices de audiencia de KSIO?

—¿Te refieres a la cadena que quería contratarte? Ellos serían los más beneficiados —murmuró Cord, pensativo.

—¿Te parece demasiado simple?

—No se me ocurre otra cosa.

Cord la miró profundamente a los ojos.

—Sé que odias hacer publicidad de la empresa, pero vamos a tener que orquestar una campaña publicitaria del equipo de noticias. Y tú irás a la cabeza.

—Está bien. Pero, por favor, no nos hagáis caminar otra vez por prados de flores tomados del brazo como si acabáramos de salir de una clase de baile *country*.

A Cord le pareció graciosa la comparación.

—Aquél fue un anuncio estupendo. Y no salió barato.

—Os habría salido más caro si alguno de nosotros hubiera tropezado con una serpiente cascabel o se hubiera dislocado el tobillo al caer en la madriguera de una ardilla.

Lenore regresó, lo que puso fin por el momento a la conversación. Hunter acompañó a la mujer de Henry a la salita de espera que habían utilizado el otro día y se sentó con ella.

—Voy a preparar un té.

—No, por favor. Estoy muy acalorada después del masaje que le he dado a Henry. Siéntate conmigo un ratito y cuéntame qué tal te han ido las cosas desde la última vez que te vi.

Hunter no podía explicarle los acontecimientos de los dos últimos días, así que se limitó a comunicarle los buenos deseos de su madre y a contarle el episodio de la cuerda de violín rota y la interesante relación de su madre con su principal rival. No estaba revelando ningún secreto —Hunter sospechaba que la orquesta entera estaba esperando a que la relación prosperara—, y con ello esperaba conseguir que Lenore se olvidara de sus miedos durante unos instantes.

—Una situación muy dura, pero también excitante. —Lenore se inclinó hacia ella—. ¿Es guapo?

—Tiene pinta de estudioso. Y bastante vulnerable, como mi madre.

—Cuida de ella, Hunter —dijo Lenore dándole palmaditas en la mano—. Sé que tiene mucho talento, pero su logro más importante es haber criado una hija tan especial como tú.

—Si sigue avergonzándome de esa manera, me voy —le advirtió Hunter.

A unos metros de distancia, Cord intervino:

—Créela, abuela. Yo tengo que andarme con mucho ojo cuando estoy con ella.

Emily y Joseph aparecieron por una esquina y Hunter besó a Lenore en la mejilla.

—No voy a quedarme mucho tiempo; sé que necesita descansar.

—Entraré contigo —dijo Cord. Cuando se alejaron de los otros, añadió—: Sé lo difícil que te estará resultando esto.

—Tampoco debe de resultarte muy fácil a ti. A veces pienso que fue una suerte no ver a mi padre al final. El ataúd fue lo suficientemente triste.

—Por eso voy a entrar contigo. Y cuando lo veas… Hunter, creo que lo estamos perdiendo.

—¡Cord!

Hunter se detuvo ante la habitación y apretó su mano antes de abrir la puerta. Aunque era un día muy soleado, la habitación estaba en penumbra. Las máquinas emitían chasquidos y zumbidos y el tanque de oxígeno sonaba como una monja mandando callar: shh, shh.

Hunter soltó la mano de Cord y se acercó a la cama de Henry Yarrow. Podía tratarse de cualquiera, pues tenía la cabeza cubierta de vendajes y el rostro tapado por la máscara de oxígeno. Sus mejillas llenas se habían marchitado y el brillo de sus ojos quedaba oculto por los hundidos párpados.

Sentándose en el borde de la cama, acercó su mejilla a la de él.

—Le echo de menos —susurró—. Quiero que sepa que le queremos mucho.

Al levantarse, cometió el error de mirar a Cord y no pudo contener la emoción. Él abrió inmediatamente los brazos para cobijarla. Cord no trató de reconfortarla con palabras. Ambos permanecieron en silencio en la sombría, aunque apacible, penumbra artificial, y se ofrecieron mutuo consuelo.

Un ligero cambio en el sonido de las máquinas hizo que Cord levantara la cabeza y Hunter mirara hacia la cama. Y ahí estaba Henry Yarrow, observándolos con los ojos bien abiertos y una dulce sonrisa iluminándole la cara.

—¿Cómo van las cosas? ¿Estás contenta con el nuevo formato?

Sentada en la oficina de Kevin Dalworth el lunes por la mañana, Hunter se sintió contagiada por su energía.

—¿Quién no lo estaría? ¿Y Greg? ¿Sigue satisfecho con la situación?

—Le va bastante bien. No ha alcanzado tus índices de audiencia, pero va progresando poco a poco.

Hunter miró la carpeta que había sobre la mesa.

—Es increíble la rapidez con la que habéis organizado la nueva campaña de publicidad.

—Bueno, la verdad es que empezamos a planearla en cuanto Cord asumió sus funciones. Con el beneplácito de Henry, por supuesto.

—Hay muchos anuncios.

—Mi mujer se gasta nuestro dinero. Esta es la única ocasión que tengo yo de divertirme.

Su sufrida expresión la hizo sonreír.

—Lo haces muy bien.

—Los halagos no te van a llevar a ninguna parte. Cord ya te ha concedido el derecho, dentro de unos límites, a rechazar los anuncios que te parezcan excesivos o innecesarios. Y ahora, a trabajar.

Hunter ya había empezado a trabajar aquella mañana. Había llegado una hora antes de lo habitual. Se sentía llena de energía: lo del día anterior había constituido una auténtica recarga de baterías. Henry se había despertado.

Su consciencia no había durado mucho, pero había sido un milagro. Mientras Hunter fue corriendo a buscar a Lenore, Cord se quedó con su abuelo. Dijo que Henry no había hablado pero se habían apretado la mano. Henry volvió a hacerlo cuando llegó Lenore. Y luego se sumió de nuevo en el sueño. En unos momentos en los que todos trataban de conservar la esperanza, aquellos fueron unos instantes para atesorar.

—Ahí estás —dijo Tom saliendo del ascensor en la planta baja—. ¿Te has olvidado de que la reunión editorial comenzó hace diez minutos?

—¿Entonces, por qué estás aquí fuera conmigo? —preguntó ella tomándose con tolerancia su tono gruñón.

—Me he quedado sin café de máquina —sacudió ante ella dos paquetitos de aluminio con la mano que

tenía libre. En la otra llevaba una jarra de agua filtra-
da—. Y alguien ha comprando donuts. Tengo que
enviar a alguien a que se haga con unos cuantos antes de que los becarios hambrientos terminen con todos. Tenía las manos llenas.

—Envíalo a mi oficina. Tu caja de donuts está encima de mi mesa. —al ver su expresión de contento,
añadió—: De nada.

—Ve a buscarlos. Conozco tu costumbre de dejar
las puertas abiertas y sé que aquí hay gente con las
manos largas. No te puedes fiar ni de tu sombra.

Cuando Hunter llegó finalmente al despacho de
Tom, todas las sillas estaban ocupadas y la estancia
olía a café recién hecho y a expectación.

Los periodistas, investigadores y redactores la
ovacionaron cuando Hunter entró.

Sosteniendo la caja entre las manos, Hunter dijo:

—Este soborno continuará mientras me hagáis
quedar bien.

—Vamos, Hunter —un redactor llamado Don Tuc-
ker saltó de su silla solo para liberarla de la caja—.
Comeremos mientras tú nos hagas quedar bien a nosotros. No sabes lo bien que queda tener tu nombre en
mi currículum.

—Pelota —proclamó otro chico a través de una
hoja de papel enrollada.

Apiadándose del joven que sólo había querido ser
amable, Hunter le guiñó un ojo.

Después se pusieron a trabajar. La conversación
se animó con discusiones sobre diferentes historias y
la posibilidad de conseguir entrevistas que corrobo-
raran declaraciones. Uno de los reporteros se desplomó en su silla al perder el espacio dedicado a la noti-

cia principal. Hunter sabía a qué se debía eso, pero dejó que Tom lo explicara más tarde. Ella no era la jefa ni la que pagaba los sueldos; lo único que quería era que la gente que la rodeaba tuviera tanta curiosidad y pasión por informar como ella.

A las diez pasadas, Hunter hizo unas anotaciones de última hora en su cuaderno, tomó su taza de café y le hizo un gesto con la mano a Tom, que se disponía a responder una llamada de teléfono.

—Ya sabes dónde estaré.

—No te enfades si las cámaras intentan sacarte unas cuantas fotos mientras trabajas.

—Creí que el traer donuts me daría el privilegio de un día de preaviso. Me habría puesto algo más decente.

—Ya sabes que son fotos de relleno que no duran más que dos segundos en la pantalla. Y además, ¿qué más te da? Estás guapísima. Imagínate que fueras yo. ¿Has visto el poco pelo que me queda? Parezco un personaje de *La novia de Frankenstein,* y eso que me he duchado.

Hunter salió al pasillo tosiendo de la risa. Había avanzado solo unos pasos cuando oyó que la puerta del despacho de Tom se abría tras ella. Se giró y, pasándose los dedos por debajo de los ojos esperando que no se le hubiera corrido el rímel, le dijo:

—No me hagas reír más o tendré que volver a maquillarme.

—Entra en mi despacho.

La expresión y el tono de Tom indicaban que algo grave había ocurrido y empezó a prepararse para lo peor.

—Cord me acaba de llamar desde el hospital —anunció Tom tan pronto como Hunter cerró la puerta.

—No —musitó ella.

—Lo siento, cielo. Ocurrió hace veinte minutos.

—Pero yo estuve allí ayer. Y se despertó.

—¿Se despertó?

—Cord no quería contarlo hasta que los médicos lo examinaran hoy.

—Siéntate, Hunter. Parece que estás a punto de desmayarte —Tom rodeó su escritorio y la sostuvo hasta sentarla en la silla más cercana—. Cord ha querido que te lo cuente a ti primero.

Dejando las cosas en el suelo, Hunter se inclinó hacia delante rodeándose las rodillas con los brazos y cubriéndose la cara con las manos. No serviría de nada tratar de contener las lágrimas, pues éstas eran incontenibles.

—Pobrecito, era tan bueno.

—Un hombre único, de eso no hay duda —dijo Tom dándole palmaditas en la espalda. —No es justo. Estaba luchando por vivir.

Tom le acarició la cabeza y volvió a tomar asiento al otro lado de la mesa.

—Voy a llamar a Fred. Tienes que salir en antena lo antes posible para dar la noticia.

La idea le horrorizó.

Percatándose de su silencio, Tom la miró.

—Mírame. Tenemos que hacerlo nosotros primero. Si nos retrasamos, las hienas se echarán sobre nosotros. Darán por sentado que hay un problema de jerarquía en la empresa y daremos imagen de debilidad.

—Por supuesto.

Hunter sacó un pañuelo de su bolso y se secó los ojos. Luego tomó su cuaderno y un bolígrafo—. Vamos a ello.

Tom descolgó el auricular y marcó una extensión mientras pensaba en voz alta.

—Daremos una noticia breve de momento y emplearemos una buena parte de tu informe previo para hacer un homenaje en condiciones. —Tom levantó un dedo—. Hola, Frank. Ven a mi despacho ahora mismo. Código rojo.

Mientras volvía a su oficina, Hunter se preguntó si debía o no llamar a Cord. Sabía que le resultaría imposible oír su voz y ponerse ante las cámaras minutos después. Presentaría el aspecto de alguien a quien le han pegado un puñetazo en los ojos. Decidió mandarle un mensaje de momento.

«Estamos todos hechos polvo. Nos acordamos mucho de ti. Tengo que salir en antena».

Siguiendo las órdenes de Tom salió en directo en las noticias de las diez. Para entonces había conseguido calmar momentáneamente sus nervios e hizo la declaración con voz serena.

Minutos después la centralita de la empresa se vio inundada de llamadas de periodistas, antiguos empleados, amigos, políticos, estrellas del espectáculo y cualquiera que hubiera pasado más de cinco minutos en presencia de Henry Yarrow.

Danica trató de ponerse en contacto con ella en medio de aquel revuelo, pero Hunter borró el mensaje.

Cuando su madre probó suerte poco antes de las noticias de las cinco, Hunter se sintió como si acabara de correr dos maratones.

—Mamá, lo siento, pero salgo en antena dentro de dieciséis minutos.

—Dime solo si estás bien.

—No, no lo estoy. Es tan horrible como cuando murió el abuelo.

—El hecho de que lo estén dando en todas las cadenas es muestra de la huella que dejó en todo el país.

—Se merece todos los homenajes.

—Ay, querida… Sé lo mucho que estás sufriendo, te lo noto en la voz. Ojalá estuviera allí para ayudarte a superarlo.

A Hunter no se le escapó la ironía de la situación. Su madre nunca había sido muy dada a abrazar y acariciar —menos cuando se trataba de su violín o las partituras, que mimaba como si fueran seres vivos. Hunter nunca se había sentido desatendida, al contrario. Pero no echaba de menos lo que nunca había recibido.

—Tu llamada me ha ayudado muchísimo. Dale a Gran un abrazo de mi parte.

—Está haciendo pan. Ha decidido que está cansada de tejer y actúa como si pensara abrir un comedor benéfico o algo así. Por lo menos se entretiene, y el apartamento huele estupendamente.

Sonriendo al imaginarse a su abuela tan llena de energía, Hunter dijo:

—Llamaré dentro de unos días cuando se calmen las cosas, ¿vale?

—Cuando quieras, cariño. Estaremos pensando en ti.

Hunter salió ante las cámaras ataviada con un traje de chaqueta negro y el broche de oro en forma de rosa que Henry le había regalado. Había ido a casa a toda velocidad para cambiarse. Estaba resultando el momento más estresante de su vida profesional, a excepción del primer día en que salió por televisión, seis años atrás.

Su segundo mensaje fue ligeramente más largo que el primero.

Esta mañana KSIO y todos los que estamos relacionados con Yarrow Communications hemos sufrido una terrible pérdida: nuestro fundador y modelo a seguir, el señor Henry Yarrow, ha fallecido.

El día de su jubilación le rendimos un homenaje que volveremos a emitir en breves instantes. Pero primero queremos transmitir nuestras más sentidas condolencias a su querida esposa, Lenore, su hija Catherine y su nieto Cord, así como al resto de la familia.

No supo cómo consiguió terminar el programa. Más tarde le daría las gracias a cada redactor, investigador, director, técnico y productor, pues fue la expresión de aprobación que vio en todos sus rostros lo que la animó a seguir hablando.

Fue un alivio regresar a casa, donde pudo dar rienda suelta a sus sentimientos. Pero más que liberarla de la terrible presión que había acarreado todo el día, sus sollozos no le provocaron más que dolor.

Aunque ya había enviado un ramo de flores, le escribió a Lenore una nota que envolvió junto con un delicado pañuelo que su abuela le había bordado al morir su padre. Su idea era enviarlo por mensajero a la mañana siguiente.

Estaba sentada en el borde de la cama cuando sonó el número de Henry. ¿Sería Cord?

—¿Dígame? —respondió con cautela.

—Siento haberte asustado, querida.

—Lenore. Estaba aquí sentada pensando en usted.

—No me podía dormir y quería agradecerte las bellas palabras que has pronunciado esta noche. Me imagino que te habrás llevado un buen susto al ver de quién era la llamada.

—No pasa nada. Supongo que usar el móvil de Henry era la manera más rápida de dar con mi número. ¿Cómo se encuentra?

—Lo mejor que se puede sentir alguien en estas circunstancias, como tú bien sabes. Todos te estamos muy agradecidos, Hunter. A ti y a KCI, pero sobre todo a ti. A Emily y Joseph también les han emocionado tus palabras.

Aunque lo intentó, no pudo resistirse a preguntar:

—¿Y cómo está Cord?

—Estoy muy preocupada por él. Se ha encerrado en la oficina de Henry. Ninguno de nosotros ha cenado, pero él ni siquiera se ha sentado a la mesa.

—Ya veo.

Aquello no era propio de Cord.

—No quiero parecerte una entrometida —continuó Lenore—, pero me preguntaba si habías hablado con él.

—No. Le envié un mensaje de texto cuando me enteré, pero necesitaba conservar la calma, así que pensé que era mejor intentarlo por la noche, cuando me quedara libre.

—Por supuesto. No sé cómo os las arregláis los periodistas para dar noticias tan terribles. Sois unos valientes. Pero… ¿te importaría llamarlo ahora?

Cord no había respondido a su mensaje y estaba

solo en casa. Sabía perfectamente a qué hora volvía ella de trabajar, así que si hubiera querido hablar ya la habría llamado.

—Quizá deberíamos darle tiempo —dijo Hunter cruzando los dedos con la esperanza de que Lenore estuviera de acuerdo—. Puede que esté exhausto. Al fin y al cabo han sido unos días muy intensos para él.

—Supongo que tienes razón. Vendrás al velatorio el miércoles, ¿verdad? —preguntó Lenore.

—Por supuesto.

—Gracias, querida. Que Dios te bendiga.

Una vez colgó, Hunter se quedó mirando el teléfono. ¿Querría Cord hablar con ella? El día anterior habría dicho que sí, sin pensarlo dos veces. Pero ahora las cosas habían cambiado.

Antes de darse la oportunidad de encontrar alguna excusa para no hacerlo, Hunter buscó su número en la agenda de su BlackBerry y lo llamó. Tras tres tonos de llamada, una voz grabada le pidió que dejara un mensaje.

—Hola —dijo con una voz ronca que no reconoció como suya—. Espero que la razón por la que no has respondido a mi llamada sea que estás tratando de descansar. Sólo quería decirte que... bueno, que estoy aquí para lo que necesites.

Colgó el teléfono y se quedó allí sentada, esperando.

Capítulo 8

EL funeral tuvo lugar el miércoles por la tarde. A pesar de ser en la funeraria más grande de la ciudad, el aparcamiento estaba congestionado y dentro era mucho peor. Hunter lo interpretó como un reflejo de la influencia de Henry Yarrow y de la reputación de la que gozaba en la ciudad, el estado y todo el país.

Llegó con Tom y Fred, seguidos de Cliff y Wade. Otros, como Kevin, habían ido a casa a recoger a sus esposas. Tom se mostró impaciente ante el atasco de tráfico y profirió juramentos cuando los desviaron al aparcamiento de la iglesia de al lado.

—Gracias, colega. ¿Tenéis algún espacio en Detroit?

Cuando finalmente aparcó, le dijo a Hunter.

—Lo siento. Fred y yo podemos turnarnos para llevarte a caballito hasta la puerta.

—Oye, que yo tengo una hernia —replicó Fred dándose unas palmaditas en el estómago.

Hunter sacó un pequeño estuche con cremallera que contenía unas bailarinas plegables y se quitó los tacones.

—No pasa nada, chicos. Estoy preparada.

Mientras caminaban hacia el edificio, Tom vio al alcalde, que estaba siendo escoltado por varios hombres de uniforme hasta una limusina.

—Henry quería quemar la nueva limusina del alcalde delante del Alamo por lo mucho que le cuesta a los contribuyentes. Demuestra tener mucha cara dura al venir. Pobre Lenore.

—A ella le dolería si la gente importante no viniera a presentarle sus respetos. Así es el juego de la política: en el día final haces a los demás lo que esperas que los demás te hagan a ti.

Cuando estaban a unos metros de la puerta Fred le sirvió de punto de apoyo mientras ella se cambiaba de zapatos.

Los otros los alcanzaron y juntos entraron en el interior del impresionante edificio de ladrillo oscuro, una mezcla de iglesia y centro municipal. Pronto se vieron engullidos por una marea de gente. A pesar de los altísimos techos, el rumor de las conversaciones hacía que aquello sonara como una colmena.

No tardó en ver a Cord. Era como si su radar interno estuviera programado a tal efecto.

Llevaba otro traje de color gris pizarra de corte impecable, como era habitual en él, y una corbata de color negro.

Parecía absorbido en una conversación con un hombre mayor que Hunter no reconoció y que gesticulaba como si le estuviera aleccionando. El rostro de Cord estaba pálido, y su boca, tensa hasta que, mientras miraba en derredor como si buscara una vía de escape, su mirada se encontró con la de Hunter.

Ella no pudo describir lo que se produjo entre ellos, pero inmediatamente revivió la noche del fiasco con Jack en la que Cord la besó. Su cuerpo se vio invadido por una corriente de calor que hizo que le dieran ganas de retirarse el pelo del cuello, a pesar del aire acondicionado.

Cord no la saludó ni sonrió. Tras lo que pareció una eternidad, volvió a mirar al anciano.

—Ahí está el jefe —dijo Tom, que también había visto a Cord.

Fred tomó a Hunter por el codo,

—He visto a Lenore junto a la sala del velatorio. Terminemos con esto; este lugar me pone los pelos de punta.

Tardaron un rato en llegar a su destino debido a la gran cantidad de gente que quería charlar con la familia. Ni Hunter ni sus acompañantes entraron en la sala del velatorio a pesar de que el ataúd estaba cerrado. Habían hablado de ello antes de salir del trabajo. Estaban allí para apoyar a Lenore y a Cord; todos recordaban a Henry vivo y lleno de energía.

Hunter dejó que se adelantaran Tom y Fred, los cuales, tras besar a Lenore en la mejilla y decirle unas breves palabras, siguieron su camino. Hunter la abrazó y se sentó con ella en el canapé de brocado azul.

—Gracias por la nota y el precioso pañuelo —dijo Lenore—. Todo el mundo ha sido muy amable y generoso, pero tu gesto me ha conmovido más de lo que te imaginas.

—Quería que supiera que la he tenido en mi pensamiento y mis oraciones.

Lenore le dio unas palmaditas en la mano.

—Gracias. Como probablemente recuerdas, estos eventos, aunque necesarios, son una tortura.

—Todo el mundo comenta lo guapa y serena que está.

—Son habilidades que aprendí en el aula a lo largo de los años. Siempre hay pequeños diablillos decididos a no dejarte enseñar nada a nadie. Tienes que recordar quién eres y tener buen corazón.

—Usted es el corazón de Henry —dijo Hunter, con los ojos llenos de lágrimas.

—Eso creeré el resto de mi vida —repuso Lenore en voz baja—, hasta que me lo vuelva a decir él mismo—. Mirando la puerta por la que habían salido Tom y Fred, añadió—: ¿Has visto a Cord por ahí fuera?

—Sí. Parece estar… muy solo.

—Lo está, a pesar del apoyo que le podamos ofrecer sus padres o yo. Por lo menos de momento. Y un hombre puede cometer errores terribles si se queda demasiado tiempo así.

—¿Cord? No, él no. Ha tenido al mejor maestro.

—No estoy hablando de su faceta profesional, querida. ¿Sabes? Cord era muy problemático cuando era joven. Lo hacía por llamar la atención. En realidad lo que buscaba era el cariño de sus padres, pero estos pensaban que la solución era enviarle a escuelas estrictas, lejos de la gente a la que amaba. Henry se preocupaba mucho a veces.

—Algo he oído, aunque él no me hablaba mucho del tema. Además, no parecía ser asunto mío —dijo Hunter.

—Es curioso, pues tú eras la nieta que Henry hubiera querido tener y no tuvo. Él quería que Cord y tú trabajarais bien juntos.

—Lenore, nos llevamos bien. Hemos tenido nuestros más y nuestros menos, pero…

—Creo que él no se refería solamente a lo profesional.

Hunter no supo qué decir.

—Ya le he robado demasiado tiempo —anunció Hunter inclinándose para abrazarla y besar su mejilla una vez más—. Hay mucha gente fuera esperando.

—Ojalá pudieras sacarme disimuladamente de aquí. Ya me duelen los oídos de oír los consejos sobre lo que debo hacer con mi tiempo libre a partir de ahora —suspiró Lenore—. Gracias por darme este momento de cordura. Espero que vengas a visitarme; hazlo siempre que quieras.

Cuando Hunter salió de la habitación, se detuvo a saludar a Emily y Joseph.

—¿Cuánto tiempo os quedaréis después del funeral? —les preguntó.

—Joseph vuelve a casa el viernes —explicó Emily mirando con pesar a su marido—. Yo le he prometido a mi tía que me quedaría otra semana para ayudarla. Puede que no esté preparada todavía para ocuparse de la ropa del tío Henry. Mi padre me hizo vaciar el armario de mi madre al día siguiente de su muerte, pero cada persona lleva la pena de diferente manera.

Hunter no quería recordar a su madre metiendo las cosas de su padre en cajas.

—Me alegro de que puedas quedarte un tiempo. Dime si te puedo echar una mano.

La multitud era todavía considerable y Hunter

perdió de vista a Tom y a Fred. Pero volvió a atisbar a Cord que, aunque hablaba con otra gente, seguía mirando con tristeza en su dirección. Hunter siguió su ángulo de visión y descubrió a una pareja de pie junto a la pared a pocos metros de ella. Los reconoció por una foto que había visto en la oficina de Henry. Eran los padres de Cord, Catherine y Charles Marcus Rivers.

Aunque ambos eran atractivos y tenían buen gusto en el vestir, parecían estar fuera de lugar, como si fueran visitantes y no miembros de la familia del fallecido. No hacían ningún esfuerzo por formar parte del evento. Hunter pensó que observar aquello debía de ser doloroso, por no decir embarazoso para Cord. Pensando en lo mal que se sentiría si se viera en esa situación, Hunter se dirigió hacia ellos.

—Perdonen, ¿son ustedes el doctor y la señora Rivers? Me llamo Hunter Harding y trabajo en KSIO Noticias. Quería darle el pésame por la muerte de su padre, señor Rivers. Yo lo quería muchísimo y para mí ha sido el mejor mentor que nadie pueda imaginar.

El padre de Cord parecía molesto y miró para otro lado, pero su madre pareció agradecida de tener algo que hacer, si bien no tenía ni idea de quién era Hunter.

—Gracias. Del telediario… ya caigo. Pero me temo que pasamos tanto tiempo fuera del país que no me quedo con los nombres de los empleados.

—Me alegro de que encontraran un avión para regresar. Creo que Cord me dijo que estaban en Europa. ¿Estaba usted investigando para su próximo artículo, doctor Rivers? —preguntó dirigiéndose a él—.

Me gustó lo que escribió en la revista *Art Thoughts* del mes pasado.

Con cara de no haber oído bien, Charles se enderezó lentamente antes de tenderle la mano. Hunter se lo imaginó sin sus gruesas gafas, pero seguía viendo más de Catherine y Henry en Cord que de aquel pobre hombre que parecía tan incómodo en su propia piel.

—¿Lo ha leído? —preguntó—. Pensé que esas cosas solo le interesaban a artistas y propietarios de galerías de arte —añadió dirigiéndole a su esposa una mirada de satisfacción.

—Bueno, es que mis padres fomentaban el estudio de las artes en toda su extensión, más allá de lo que aprendíamos en el colegio. Mi madre, que es violinista, solía decir: «Las matemáticas y el inglés son la sal y la pimienta de la vida. Pero cosas como el pimentón, el tomillo y el comino intelectualizan el paladar». Desgraciadamente el trabajo no me deja mucho tiempo para experimentar con la cocina y, aunque las clases de piano resultaron ser una pérdida del dinero de mis padres y del tiempo de mi profesor, me encanta el mundo del arte. Doctor, su artículo me hizo comprender que no son solo los cuadros que cuelgan en los museos los que nos enseñan algo, sino también los que fueron robados o destruidos por la guerra y los prejuicios.

—Exacto, ¿qué retazos de la cultura a través de los siglos se les enseña a los niños de hoy? —intervino él—. ¿Solo lo que los gobiernos deciden que pueden ver? —haciendo una leve inclinación de cabeza, le dijo—: Ha hecho agradable un día difícil, y por eso le doy las gracias, señorita…

—Harding —murmuró Catherine.

—Eso es. Hace tiempo que dejé de ser profesor y la memoria empieza a fallarme. Parece que hace siglos de cuando era capaz de aprender cien nombres por semestre.

—No echo de menos en absoluto aquellas tediosas ceremonias de graduación —intervino Catherine.

Charlaron unos minutos más y luego Hunter les explicó que había compartido el coche con compañeros del trabajo y tenía que encontrarlos. Mientras los buscaba con la mirada, volvió a ver a Cord. La observaba con una expresión que le quitó el aliento. Sería grosero no acercarse a él y presentarle sus respetos, pero el hecho de que él no hubiera respondido a su llamada del lunes ni la hubiera devuelto le hizo perder su confianza en sí misma.

Ocurrieron simultáneamente dos cosas que decidieron por ella. Una hermosa mujer se acercó a él y lo abrazó y Tom se materializó ante ella.

—¿Estás lista? —preguntó—. Si no nos pilla un atasco otra vez podremos revisar las noticias de las diez antes de que salgas en antena.

—¿Dónde están Fred y Cliff?

—Van de camino al coche.

—Perdona que me haya quedado atrás. Vámonos.

Los chicos comenzaron a hablar del programa tan pronto estuvieron todos sentados con los cinturones abrochados. A Hunter le resultó difícil dejar de pensar en la conducta de Cord.

¿Qué había ocurrido? ¿Cómo podía mirarla como si fuera la única persona en la sala y al minuto siguiente apartarse como si no existiera? Se dijo que en momentos como aquel nadie pensaba a derechas.

A pesar de su capacidad y su carisma, era humano al fin y al cabo, y si todavía quedaba en él algo del pobre y dolido niño que fue una vez, estaría sangrando internamente y necesitaba tiempo para curarse.

—Hunter.

—Estaba pensativa. ¿Qué me he perdido?

—Fred piensa que sería mejor que Greg se ocupara de tu espacio mañana por la noche, así pueden emitir imágenes tuyas en el funeral. Podrías dedicarle unas palabras a la cámara. Estás muy serena dadas las circunstancias y sabemos el esfuerzo que te está costando. Pero creo que a los telespectadores les gustaría seguir el funeral a través de tus ojos.

—Le ofreceremos al público un momento histórico, como cuando muere algún presidente, o la princesa Diana o el Papa. Son recuerdos que unen a la gente —intervino Tom.

—Haré lo posible por daros lo que necesitáis.

—Acabamos de empezar y estoy deseando que termine todo este circo —dijo Fred—. ¿Alguien tiene pastillas contra la acidez? Ya me he terminado las mías.

Al levantarse a la mañana siguiente, Hunter agradeció la decisión de pasarle su espacio a Greg. No había dormido más de una hora. Se había pasado la noche tomando notas sobre aquello y aquellos que debía mencionar durante el funeral y mirando de reojo su BlackBerry y el teléfono fijo al tiempo que pensaba en Cord.

Mientras se vestía, escuchó cómo en la televisión calificaban de inusual aquel día gris del mes de julio en Texas. ¿Era razonable pensar que la muerte de Henry había hecho llorar al cielo?

Enfundada en un vestido negro sin mangas, tomó un chal de seda negro y rojo por si hacía frío en la iglesia y se dirigió en coche hacia el templo.

Como era de esperar, éste se había convertido en una sede del «quién es quién» de la clase política estatal y nacional. La lista de asistentes ilustres superaba la del velatorio del día anterior.

Hunter permaneció fuera leyendo las notas que había escrito sobre el evento, las personalidades que habían asistido a él y un resumen del programa que había conseguido Tom. Cuando el cámara le hizo una señal para indicar que ya tenía la grabación deseada, Fred, Tom y ella entraron en el edificio.

Estaba buscando un banco con espacio suficiente para los tres cuando uno de los encargados de la organización le pidió que se sentara con la familia.

—Yo no soy familiar —susurró—, debe de haber un error.

—La señora Yarrow solicita su compañía.

Hunter se preguntó en qué estaría pensando la pobre de Lenore. Debía de sentirse más insegura de lo que había dejado ver la tarde anterior. Quizá se debía a que Cord tenía que pasarse la misa entera sentado junto al altar.

Se disculpó ante Tom y Fred, pero ellos la mandaron callar y le hicieron señas para que se fuera. Al llegar al banco delantero pasó por delante de los Cummings. Le tocó la mano a Emily antes de ubicarse entre Lenore y Catherine.

—¿Está segura? —le susurró a la mujer—. Me siento como si estuviera abusando.

—Tonterías —dijo Lenore acariciándole el brazo.

—Está bien así —la reconfortó Catherine sin apenas mover los labios.

—A Henry le hubiera gustado, y Cord se ha mostrado de acuerdo —añadió Lenore.

¿Cord estaba de acuerdo? ¿Después de su extraña conducta del día anterior? Daba la sensación de que, después de haber reconocido que la deseaba, trataba de mantenerla en secreto. Pues ahora todo el mundo iba a conocerla, pues un fotógrafo de KSIO estaba haciendo fotos y uno de los cámaras estaba grabando en vídeo. Antes del mediodía, todas las amas de casa de Omaha y todos los camareros de Nueva York a San Francisco sabrían que su vestido era de Victor Costa, sus zapatos de Jimmy Choo y que no llevaba anillo, lo que provocaría especulaciones sobre si iba a convertirse o no en miembro permanente de la familia.

Centrando su atención en el ataúd de acero cubierto de rosas en el que yacía Henry casi consiguió dejar de oír los zumbidos y chasquidos de la cámara, hasta que se abrió una puerta a un lado del altar y aparecieron el sacerdote y Cord. Ambos tomaron asiento en sendos sillones tapizados en terciopelo rojo con ribetes dorados. Cord se inclinó levemente hacia el clérigo y murmuró algo. A continuación se volvió hacia la congregación, pero su mirada no fue más allá del primer banco, pues estaba clavada en ella. Su rostro no mostraba emoción alguna, pero su pecho se elevó en un profundo suspiro.

Ella le devolvió la mirada. «¿Qué quieres? ¿Por qué me estás haciendo esto?».

Él se mantuvo impasible. Justo en el momento en

que ella pensó que no podía soportarlo más, el sacerdote se puso en pie y comenzó la misa con una oración.

El coro entonó dos de los himnos favoritos de Henry, *Amazing Grace* y *Abide with me.* A continuación, el sacerdote volvió a tomar la palabra y se presentó como el pastor Timothy Cook, amigo y guía espiritual de los Yarrow durante casi treinta años. Habló de la fe, la compasión y humanidad extraordinarias de Henry. De su amor por Lenore y de la estupenda relación que mantenían. Hizo reír a la congregación al narrar el único problema que tenía con Henry: su insistencia en mantener todas sus donaciones en el anonimato.

—Bueno, por fin me salgo con la mía, viejo amigo —dijo el pastor mirando el ataúd—. A ver cómo me amenazas ahora con amordazarme por hablar demasiado.

Le cedió la palabra a Cord, que no se acercó al púlpito sino que permaneció en mitad del altar, detrás del ataúd. No sacó ninguna nota. Simplemente se desabotonó la chaqueta negra del traje, se metió las manos en los bolsillos del pantalón y habló como si mantuviera una charla informal.

—Muchos de los que están hoy aquí conocían a Henry Yarrow en su faceta profesional. Algunos de ustedes perdieron frente a él, otros lo superaron. Él amaba a sus amigos, pero sus rivales le reportaban más satisfacción.

—Que me lo digan a mí —dijo alguien entre el público.

Los asistentes rieron, y algunos aplaudieron.

—Henry era de los que te echaba una buena

bronca cuando dejabas de hacer algo que habías prometido hacer —continuó Cord—. Pero si lo hacías,
no siempre tc felicitaba, a menos, claro, que fueras
una mujer. El abuelo aprovechaba cualquier excusa
para abrazar a una chica guapa, como puede confir-
mar Lenore, mi abuela.

Cord le guiñó un ojo y Lenore asintió riendo en
silencio.

—Mi abuelo era un hombre, no un santo, y disfrutó de lo lindo construyendo su imperio. Pero su
objetivo fue dejar un mundo mejor que el que encontró. Tuvo la fortuna de amar profundamente dos veces. Bueno, tres, si contamos a la joven que él habría
deseado tener como nieta. Les aseguro que si lo hubiera sido, mi empleo se vería hoy en peligro.

Esta vez, mientras la gente reía, Cord miró directamente a Hunter. No fueron sus palabras lo que hizo
que le escocieran los ojos, sino su tierna expresión.

—Pero déjenme que les diga algo que la mayoría
de ustedes no sabe. Mi abuelo era un músico frustrado. Si hubiera podido ser algo distinto de lo que era,
habría sido una estrella del rock. Afortunadamente,
desafinaba, su voz se quebraba más que la de Rod
Stewart y esas manos gordinflonas que agradezco no
haber heredado eran más aptas para sostener un palo
de golf que una guitarra. Aunque le gustaba la música rock con mucho ritmo nada le emocionaba tanto
como las baladas. Me gustaría que le dijéramos
adiós pidiéndole a Chris Healey que toque la canción
que encontré sobre el escritorio de mi abuelo esta semana. La reconocerán en cuanto la oigan. Tenía un
CD que contenía una única canción interpretada por
diversos artistas. Creo que plasma el espíritu de

Henry Yarrow, el hombre al que me pasaré el resto de la vida dando las gracias y honrando, un hombre que no temía trabajar duro, entregarse por completo en el amor y avanzar a pesar de sus dudas y vacilaciones. Señoras y caballeros, les dejo con Chris Healey, acompañado por Neil Evans.

A una señal de Cord dos jóvenes avanzaron por un lateral de la iglesia. Vestidos como músicos callejeros, ocuparon su espacio en el altar y comenzaron a cantar el *Hallelujah* de Leonard Cohen.

Hunter no sabía cómo estaría reaccionando el resto de la congregación, pero a ella le resultó la versión más bella y conmovedora que había oído jamás. Le dolía la garganta de emoción, y acarició el brazo de Lenore mientras ésta sollozaba calladamente. A su derecha, Catherine se enjugaba los ojos y se apoyaba en Charles.

No quería mirar a Cord por miedo a lo que pudiera ver. Pero cuando se rindió a la necesidad, comprobó que sonreía con serenidad. Sus ojos estaban cargados también, pero había desaparecido la expresión hechizada que lo dominaba desde el comienzo del funeral.

Finalmente, el servicio terminó. Los aplausos no son siempre bien vistos en las iglesias, pero en aquella ocasión, fue imposible detenerlos.

La gente comenzó a moverse y la iglesia se llenó de comentarios y alabanzas.

Hunter abrazó a Lenore, sabiendo que los Rivers y ella serían escoltados hacia un lateral para llevar el ataúd al cementerio.

—Ven con nosotros —le pidió Lenore.

—Tengo el coche aquí. Y Tom y Fred quieren

que les ayude a filmar un breve reportaje para las noticias de esta noche.

—Te están pidiendo demasiado. No creo que
Henry hubiera querido que pasaras por esto. ¿Te veremos de vuelta en casa? Habrá una pequeña recepción. Catherine, ayúdame a convencerla, por favor.

—Viene una empresa de catering —dijo ésta como
si eso fuera lo único importante—. Ven. A Charles le
gustaría charlar más contigo.

—¿Perdón? —Charles, que estaba ocupado mirando a la gente, se centró en Hunter—. Sí, encantado de conocerte yo también.

—Ay, Charles —gimió Catherine.

Volviéndose hacia Lenore, Hunter dijo:

—Haré lo que pueda. Pero ahora me tengo que ir
con Tom y Fred.

—Está bien, querida. Sé que harás lo que esté en
tu mano. Respeto tu dedicación al trabajo.

Una vez en el exterior se vio rodeada de los
miembros del equipo, que bromearon con ella.

—Pensé que te iban a meter en la limusina familiar como si fueras un perrito faldero —dijo Fred.

—¿Qué tal se ve la vida desde la primera fila, Hunter? —preguntó su cámara favorito.

—El aire es muy liviano allí arriba y como tienes
cientos de ojos clavados en la nuca, los pelos del
cuello se te ponen como escarpias —replicó Hunter—. Bueno, chicos, ¿qué queréis hacer? Tratemos
de hacerlo lo más breve y digno posible. De primeras os digo que los telespectadores van a preferir ver
la actuación de Chris y Neil que escucharme a mí. Y
si podéis absteneros de hacerme un primer plano, os
lo agradecería —añadió buscando su bolsita de ma-

quillaje para reparar los daños que podía haber causado.

—Ha sido una actuación conmovedora —convino Tom. Y, susurrándole al oído, añadió—: No mires, pero Denny está aquí.

Hunter se quedó rígida durante unos instantes, pero siguió retocándose el maquillaje.

—Estás de broma, ¿no? ¿Para qué habrá venido?

Aunque los chicos no sabían lo estrecha que había sido su relación con Denny, pensaban que éste había dejado tirada a su compañera de una manera muy poco caballerosa.

—Para restregarte su éxito por la cara, me imagino —replicó Fred—. Hemos estado muy distantes con él para ver si así se iba, pero aunque viene con una rubia siliconada colgada del brazo, ha insistido en saludarte.

—Pues cuanto antes acabemos con esto antes podré largarme de aquí —dijo ella.

Sacaron varias tomas de la muchedumbre y la iglesia mientras Hunter improvisaba un resumen de la memorable ceremonia.

Acababan de terminar cuando Hunter vio a Denny en el aparcamiento hablando con la rubia de la que hablaban los chicos. Tras meterla en un lujoso coche de alquiler, comenzó a avanzar hacia ellos.

—Vale, chicos, me voy. Denny se dirige hacia aquí, y no tengo ningún interés en hablar con él.

Si sus compañeros respondieron ella no pudo oírlo, pues ya había salido disparada hacia el coche. Pero antes de llegar a él notó que la agarraban de la muñeca y le hacían darse la vuelta.

—Cuánto me alegro de verte, cielo. Estás... —

silbó suavemente mientras miraba su vestido ajustado negro.

Hunter tuvo que reconocer que él también estaba tan *bello* como siempre, con esos ojos color azul mar, el cabello unos tonos más claros gracias a los rayos del sol y un bronceado artificial. Se alegró de comprobar que había madurado en sus gustos, que ahora eran más refinados. La Barbie que esperaba en el coche de alquiler podía quedarse con su Ken.

Él se inclinó hacia ella para darle un beso pero Hunter se apartó. Teniendo en cuenta donde se hallaban, su comportamiento era completamente inapropiado.

—Déjame, Denny. Sospecho tus razones para venir a presentar tus respetos, pero no tenemos nada que decirnos.

—Le debo una a Cord —replicó, encogiéndose de hombros—. Y ahora que él es el jefe supremo, no está de más quedar bien con él. Por lo que he oído y visto ahí dentro, a ti tampoco te va mal. ¿Quieres que quedemos más tarde? Podríamos charlar. A lo mejor podemos echarnos una mano mutuamente.

—Menudo caradura —replicó—. Eres la única persona que conozco que tendría el descaro de traer a una chica a un funeral y ligar con otra. Otra que, por cierto, parece acordarse mejor que tú de cómo lo dejasteis la última vez que os visteis —continuó, furiosa—. Ya me tomaste por tonta una vez. No volverá a ocurrir.

—No tan rápido —replicó él con una sonrisa desdeñosa—. No te conviene tratarme así. Podría hacerte la vida muy difícil si le cuento a todo el mundo que la princesa de KSIO no es el angelito que todo el mundo cree.

Aunque estaba temblando por dentro, Hunter se limitó a enarcar las cejas.

—¿Me estás amenazando?

—Piensa en lo que pensará tu nuevo jefe cuando sepa que estuvimos comprometidos —dijo él con frialdad.

—Cord ya lo sabe. Y también lo sabía don Henry. Se lo conté el día que Cord asumió su nuevo cargo.

Aunque la noticia sirvió para bajarle los humos, seguía bloqueándole el paso.

—Espera un minuto. Al menos sonríe o di que te alegras de verme.. Tus guardaespaldas están mirando y… mira, por ahí viene Fred.

Con una risa corta y seca, Hunter preguntó:

—¿Y qué quieres que haga yo?

—No me puedo permitir que me partan la cara. Vivo de ella.

—Vete al infierno, Denny.

Capítulo 9

A HUNTER le sorprendió que Denny no volviera a intentar detenerla antes de que llegara al coche. Temblando de rabia, salió del aparcamiento a toda velocidad sin mirar atrás.

¿Cómo se atrevía a hacerle sentir sucia y barata? Elle le había dado su corazón y su confianza. Aunque nunca la hubiera amado de verdad, una persona decente no trataría de beneficiarse de una relación a la que previamente ha puesto punto final.

Humillada, y temiendo que aquello terminara provocando una escena mucho peor en el cementerio, tomó la dirección opuesta. Era lo mínimo que podía hacer por la familia.

Llegó a su casa tragando lágrimas de rabia.

—¡No te pongas así! —se dijo a sí misma en el espejo del baño mientras empezaba a quitarse la ropa.

Denny no se merecía sus lágrimas. Lo único que esperaba era que nada de lo que había ocurrido llegara a oídos de Cord. Pero, inevitablemente, Tom o Fred le dirían algo. Y, si milagrosamente no se enteraba, él y su familia se preguntarían por qué no había ido a la recepción.

«Llama a la casa ahora que no hay nadie».

Buena idea. En la casa tenían servicio. Si no saltaba el contestador, podría decirle a quienquiera que respondiera al teléfono que se había puesto enferma en la iglesia y se había tenido que ir a casa.

Tras regresar a la cocina para sacar la BlackBerry de su bolso telefoneó a la casa de los Yarrow y le dejó el mensaje a Inez, la asistenta de Lenore.

Volvió a su dormitorio y se puso el camisón azul. Se sentía físicamente enferma; necesitaba tumbarse. No se creía capaz de conciliar el sueño, pero los acontecimientos de los últimos días y la actitud de Denny la habían dejado exhausta.

Un poco temblorosa, se echó sobre la cama cubriéndose con una manta de felpilla que había tomado del sillón. Y, como solía ocurrirle en momentos de sobrecarga emocional, se quedó profundamente dormida.

Era casi de noche cuando se despertó, pero afortunadamente ya no sentía náuseas. De hecho, tenía un poco de hambre, lo cual no era de extrañar, pues llevaba casi veinticuatro horas sin probar bocado.

Salió de la cama y dobló la manta. Tras colocarla sobre el pie de la cama se dirigió a la cocina para ver si encontraba algo apetecible en la nevera.

De camino encendió su lámpara estilo Tiffany favorita. El reloj del microondas le confirmó que eran las nueve en punto. El sol solía ponerse alrededor de esa hora en verano.

Tras sacar un recipiente del congelador abrió una botella de cabernet y dejó que respirara. No pudo evitar pensar en Cord, Lenore y el resto.

La recepción habría acabado ya. Nadie la había llamado y supuso con pesar que estarían muy decepcionados con ella.

Estaba a punto de sacar una copa de vino del aparador cuando oyó el timbre de la puerta. Se llevó un pequeño susto pues no solía recibir visitas y su vecino estaba de viaje. Confió en que Denny no hubiera tenido la cara dura de presentarse en su casa.

Sus pies descalzos apenas hicieron ruido mientras avanzaba hacia la puerta principal. Echó un vistazo por la mirilla y, para su asombro, ahí estaba Cord.

Descorrió apresuradamente el cerrojo y abrió la puerta. Iba vestido con los pantalones del traje y una camisa arremangada hasta los codos, lo que dejaba ver el vendaje de su mano y muñeca izquierdas.

—¡Ay! ¿Qué te ha pasado? —preguntó casi sin aliento. Pero tan pronto como formuló la pregunta, se imaginó la respuesta—. Has pegado a Denny. ¿Por qué, Cord? Es exactamente el tipo de cosas que no va a favorecer tu reputación.

Él llevó a cabo su propia inspección ocular de Hunter en camisón, tras lo cual esbozó una cálida sonrisa.

—Podría contártelo en este momento, pero no me apetece que lo oiga cualquiera que pase por aquí.

Hunter se miró a sí misma y lanzó un gemido de bochorno. Cruzó los brazos para cubrirse los pechos y se hizo a un lado.

—Pasa. Iré a cambiarme —dijo cerrando la puerta tras él.

—Ni se te ocurra. Cuando te miro me olvido de esto —repuso señalando su mano vendada.

Por lo menos, no parecía estar enfadado con ella. Al menos, no todavía. Miró la venda e hizo una mueca de dolor.

—¿Puntos y qué más?

—Quince puntos. La muñeca ha sufrido un pequeño esguince. Y, para tu información, no pegué a Denny. Fred lo hizo por mí. Esto me lo hice al tratar de evitar que Fred estrellara la cara bonita de Denny contra la ventanilla de un coche.

Hunter se llevó los dedos a la boca mientras visualizaba el fiasco.

—Fred tiene una hernia. No sé para qué diablos se mete en una pelea con un hombre veinte años más joven. ¿Está bien?

—Mejor que yo. Y bastante orgulloso de su ojo morado y su labio hinchado. Inspiras la caballerosidad en algunos hombres, señorita Harding.

Tendría que llamar a Fred tan pronto se fuera Cord.

—Lo siento muchísimo.

—¿Por qué? Me ha dado la razón que necesitaba para echar a Denny. Él empezó la pelea —viéndola vacilar, Cord se encogió de hombros—. Vale, los índices de audiencia bajarán durante un tiempo, y puede que perdamos algún patrocinador. Pero habrá merecido la pena.

—Esto ha debido de pasar hace horas. ¿Por qué no me ha llamado nadie?

—Les dije que yo me encargaría de contártelo.

Comprendieron rápidamente que ninguno debía llamarte.

La asaltaron un montón de preguntas mientras lo miraba con una curiosidad recién descubierta. Se dio cuenta de que se había cambiado de camisa. La otra debía de haberse manchado de sangre. Debía de haberle dolido bastante abotonarla y remeterla bajo el pantalón.

—¿Te han dado algo para el dolor? Has venido conduciendo tú, ¿verdad? Cord, no deberías conducir. ¿Por qué no se lo pediste a Phil? ¿Cómo es que Lane te lo permitió?

—Porque yo pago sus sueldos —rió él—. Y en respuesta a tu primera pregunta, me han dado una receta que no me he molestado en rellenar. Me tomaría un trago, si me lo ofreces.

Olvidándose momentáneamente de lo que llevaba puesto, Hunter señaló la cocina con un gesto.

—Ven y siéntate en el bar. ¿Quieres un cojín para el brazo? Acabo de abrir una botella de cabernet, voy a por las copas.

—No necesito el cojín, pero lo del vino suena fenomenal.

Lo guió hasta la cocina, consciente de que la mirada de él se estaba paseando por todo su cuerpo, desde la cabeza hasta sus pies desnudos.

Deseó no haberse quitado el sujetador, pero nunca dormía con él puesto, y hacía demasiado calor para llevar calcetines.

—Tengo whisky y otras cosas, si lo prefieres. No me acuerdo de lo que tengo en el armario de los licores. Seguro que algunas de las botellas están caducadas.

Pensó que estaba divagando.

—Tomaré lo que tomes tú —replicó él con serenidad—. Así, los dos tendremos el mismo sabor.

A Hunter estuvieron a punto de caérsele las copas. Aunque se imaginó cómo sería volver a recibir un beso suyo, sabía que no podía permitirlo. Era cierto que se había quedado preocupadísima al verlo herido, pero él llevaba dos o tres días haciéndole sentir fatal.

—Sé que os debo una disculpa —dijo ella eligiendo las palabras cuidadosamente—. A ti y a tu familia. Por no ir al cementerio.

—Recibimos tu mensaje, y lo entendieron. Yo lo entendí. Lo único que saben es que un empleado resentido trató de amedrentarte. La policía llegó muy pronto y los llevaron —a él y a su acompañante— al hotel. A estas horas ya estará en el vuelo de vuelta a California —tomó la copa que le ofrecía ella y preguntó—: ¿Has conseguido dormir algo?

Hunter se pasó la mano por el pelo.

—¿No se me nota?

Los ojos de Cord se oscurecieron de deseo.

—Me gusta ese *look* desarreglado. ¿Te encuentras mejor ahora que has descansado?

—Pensaba que sí, pero ahora que estás tú aquí vuelvo a estar confusa.

Trató de encontrar fuerzas en un sorbo de vino.

—Lo siento.

Temiendo que sus manos revelaran lo nerviosa que estaba, Hunter soltó la copa y la apoyó sobre la encimera de granito. Centrándose en sus dedos extendidos en lugar de mirarlo a él, preguntó:

—¿Por qué dejaste de hablarme cuando murió Henry?

—No lo hice con intención. Me estaban pasando muchas cosas a la vez.

—Me dolió. Nunca, desde que trabajo en la cadena, he reclamado tu atención.

—Lo mejor que podía hacer para conseguirte era hacer que desearas mi atención. Que me desearas a mí.

—Y lo conseguiste.

—Lo conseguí —murmuró Cord—. Pero dime, Hunter, ¿podría hacer que me amaras?

Hunter lo miró fijamente, convencida de no haber oído bien.

—Te necesito, Hunter. Darme cuenta ha supuesto una verdadera revolución. Necesito una familia. Necesito tener mi propia familia, sin ella seguiré siendo una concha vacía. Sé que tú también lo quieres. Lo supe desde que eras una becaria ingenua recién salida de la universidad. Dios mío, hubiera querido hacerte mía entonces antes de que otro hombre tuviera la oportunidad de conquistarte. Pero el abuelo no me lo permitió. Tenía razón, entonces no te merecía.

Cord tomó una de sus manos y le besó la punta de los dedos.

—Podría decirte muchas más cosas, pero estás muy callada.

—Estoy tratando de asimilar todo esto… y pensando. ¿Te bastaría con saber que algún día podría llegar a amarte?

—No, he cambiado de opinión. Necesito saber que me amas ahora. Porque yo te amo a ti. Tanto que el anhelo me está matando.

Ya había dicho suficiente, pensó Hunter. Rodeando la encimera, avanzó hacia sus brazos y lo besó.

Cord no tardó en utilizar su brazo sano para estrecharla contra él mientras la besaba apasionadamente. Aquella vez, fue él el que tembló.

—¿Sabes cuánto tiempo llevo esperando esto? —susurró sin separar sus labios de los de Hunter.

—Pobrecito, soltero y necesitado.

—No es momento de burlarse de un hombre que tiene el corazón en la garganta.

—A mí se me pone el corazón en la garganta cada vez que me miras —dijo ella tocándole la mejilla.

—Entonces ya sabes lo que siento por ti y lo que quiero hacer contigo.

Su necesidad física se hizo cada vez más notoria. Pero había una cosa más que Hunter quería decirle.

—Nunca he sido capaz de confiar en la felicidad por mucho tiempo. Siempre acaba ocurriendo algo horrible que estropea las cosas. Descubrir que Denny no era quien yo creía fue la gota que colmó el vaso. Me encerré en mí misma y en el trabajo y dejé de quedar con hombres.

—Hasta que apareció Jack en la escena.

—No. Tengo que reconocer que acepté salir con él porque pensé que así me dejarías en paz. Pensé que tú estabas buscando una amante, una aventura temporal. Pero quedé con él por hacerle el favor a Danica. La verdad es que tú y yo somos muy parecidos. Prefiero pasar contigo el tiempo que dure lo nuestro a seguir viviendo siempre con este vacío. Te amo, Cord.

En el momento en que sus bocas volvieron a juntarse él emitió un profundo gemido y la estrechó con fuerza contra su pecho. Aquella vez experimentó algo parecido a lo que se siente al regresar a casa. Sus besos se volvieron dulces y ardientes al mismo tiempo.

Con gratitud, y curiosa por conocer cada centímetro de su piel, Hunter deslizó sus manos lentamente por la espalda de Cord. Estaba delgado pero fuerte y se dijo que tendría que preguntarle si era atlético por naturaleza o si entrenaba para mantenerse en forma. Había tanto que no sabían el uno del otro. Lo que importaba ahora, sin embargo, era amarlo sin reservas.

La última vez que habían estado allí él se había mostrado irritado, temeroso. Ella comprendía ahora que temía perder lo que todavía no era suyo.

Ahora, mientras él la incitaba con besos profundos y persuasivos ella respondió dando rienda a toda la pasión que tenía guardada en su interior.

—Hunter…

—Ven conmigo.

Mientras el cuerpo de él la informaba de sus necesidades, el de ella emitía sus propios mensajes. Tomándole de la mano sana lo guió hasta su dormitorio.

La lamparita de la mesita de noche seguía encendida, iluminando la colcha satinada roja y gris y las cortinas color corinto. Era un entorno que la invitaba a relajarse después de una larga jornada de trabajo. Pero ahora, con Cord allí, la habitación había adquirido un aura romántica. Romántica y madura al mismo tiempo. Pues ella nunca había sido aficionada a los encajes y volantes, ni siquiera de jovencita.

—Me he preguntado muchas veces cómo sería tu dormitorio.

—¿Ah, sí?

Hunter le desabotonó la camisa de seda y la sacó de los pantalones. Apoyó los labios a la altura de su corazón.

—¿Y cómo te lo imaginabas?

—No podía. Me venía la imagen de Denny a la cabeza —reconoció él.

Ella le pasó las manos por la espalda y finalmente por la cintura y el pecho, deteniéndose en su musculoso vientre.

—Las cosas han cambiado.

Con cada palabra, sus labios acariciaban la piel que rodeaba su clavícula.

—En aquel momento atravesaba una fase «Blancanieves». Lo tenía todo en blanco. Después de lo que pasó, me sentí sucia, así que lo doné todo —incluyendo los adornos, los cuadros, las sabanas y toallas— a una madre soltera que apenas podía mantener a sus dos hijos porque su ex se negaba a pasarle una pensión. Desde entonces no ha entrado aquí nadie más que yo. Esta habitación es tuya ahora.

—Siento lo que te hizo. Pero gracias por cambiarlo todo. Hunter, ven aquí.

Ella había disfrutado familiarizándose con su musculatura, comprobando cómo podía alterarle el pulso con delicadas caricias. Cuando tanteó la cremallera de los pantalones, él se agitó, impaciente. Dándose la vuelta la arrastró hacia sus brazos, pero el movimiento le hizo gemir de dolor.

Dándose cuenta de que le dolía la herida, Hunter le rodeó el cuello con los brazos y la cintura con las piernas para aliviarle del peso.

—¿Mejor así?

—Estupendo. Bésame otra vez.

Su súplica cargada de anhelo llenó el corazón de Hunter de dicha.

—Voy a tener que ayudarte a quitarte los pantalones.

—Menudo momento para lesionarme —murmuró Cord entre dientes—. Yo soy el que tendría que estar desnudándote a ti.

—Te daré un billete para otro día. Ahora, siéntate —le dijo—. A menos que quieras regresar a Urgencias para que te vuelvan a dar los puntos.

Mascullando otro improperio, Cord se sentó en la cama.

Desenganchando sus tobillos y retrocediendo en su regazo Hunter deslizó las piernas por su caderas.

Él le acarició las pantorrillas y los muslos respirando pesadamente.

—Además de ser extraordinariamente erótica y flexible, ¿qué otros talentos tienes?

—No lo sé —reconoció ella—. Pensé que podríamos descubrirlos juntos sobre la marcha.

Él deslizó las manos bajo su camisón y descubrió el exiguo tejido de encaje que llevaba debajo.

—¡Cielo santo! —exclamó besándole entre los senos—. Si hubiera sabido entonces lo que sé ahora…

Riendo suavemente, Hunter le hizo tumbarse.

—Eso es lo que pasa cuando no tienes nada en lo que gastar tu dinero. Me dedico a comprar lencería fina.

—Recuérdame que te aumente el sueldo.

La exploración siguió en sentido ascendente. Acarició su espalda desnuda antes de cubrirle los pechos con las manos.

—Tienes un tacto exquisito. Ahora quiero ver.

Trató de quitarle el camisón, pero las vendas entorpecían sus movimientos. Mientras él se disculpaba entre dientes, Hunter se lo quitó por la cabeza y lo lanzó hacia la silla.

—Eres bellísima —murmuró Cord atrayéndola hacia su boca.

Hunter se entregó a sus labios, su lengua, sus dedos, cerrando los ojos para disfrutar de la sensualidad de sus caricias. Se vio invadida por una necesidad imperiosa que le hizo arquearse hacia él y mecerse sobre su erección.

—Desabróchame los pantalones —le suplicó él—. Necesito estar dentro de ti.

Ella se apartó y se inclinó para quitarle los zapatos y los calcetines. A continuación, le desabrochó el cinturón y los pantalones.

Una vez hubo llevado a cabo su cometido, Cord comenzó a deslizar sus dedos por debajo del tanga de encaje.

—¿Cómo se llama este color?

—Perla del paraíso.

—Eso es exactamente lo que es.

Una vez despojados de sus ropas se miraron a los ojos durante unos instantes, disfrutando de las voluptuosas sensaciones que provocaba su desnudez. Se produjo una lucha muda por ver quién era el primero en apartar la mirada. Cord, siendo hombre, había sido creado para perder en aquella batalla de voluntades.

Ella se rió con la mirada y Cord, tras emitir un profundo rugido, se dispuso a terminar la inspección de su cuerpo. Su respiración se hizo más pesada. Sus cuerpos, antes fríos, se volvieron febriles y húmedos. Hunter no se mostró tímida con él, ni siquiera cuando él la exploró íntimamente con su boca, igual que había hecho antes con los dedos.

Cuando llegó a la cumbre del éxtasis por primera vez, supo que no quería traspasar aquel umbral sin él.

—Por favor —susurró atrayéndolo hacia arriba—. Ahora.

Cubriéndola con su cuerpo, Cord la penetró con facilidad. Hunter se estremeció al sentir la embestida, pero no tardó en disfrutar de aquella invasión diestra y poderosa.

Lo rodeó con sus brazos para atraerle hacia ella con toda la fuerza que pudo.

Cord enterró el rostro en su cabello.

—Voy a decepcionarte la primera vez —le dijo.

—Imposible. Lo estás haciendo muy bien.

—Cariño...

Su voz parecía estar entonando una oración. Con el corazón henchido de emociones Hunter enterró las manos en su pelo y espoleó sus caderas con los talones para guiarlo en una danza primitiva que les hizo perder el sentido.

Cuando abrió los ojos, Cord no sabía si habían transcurrido diez minutos o diez horas. La oscuridad no ayudaba. Ambos yacían de lado, ella de espaldas a él. No quería estropear aquel momento de indescriptible felicidad, ni perturbar el sueño de Hunter. Pero tenía que averiguar qué hora era. Y tenía hambre. De comida y de ella.

—Estoy despierto —dijo enterrando la cara en su pelo y besándola detrás de la oreja—. Estoy sediento y hambriento. ¿Qué hora es?

Estirándose un poco Hunter miró el reloj.

—La una. Puedo ir a buscar la comida y el vino.

—¿Y un par de botellas de agua?

Hunter encendió la luz de la mesilla y salió de la cama en busca de su camisón.

—Hecho —dijo.

Cautivado por su belleza y seguridad en sí misma no se dirigió al baño hasta oír que ella abría la puerta de la nevera. Cómo podía cambiar la vida en un momento. Pensó en la tristeza de los días anteriores. Ahora solo sentía paz y alegría.

Durante años había fantaseado con hacer el amor con Hunter, pero la realidad había resultado ser mucho mejor.

Sonrió con placer al recordar lo que había descubierto sobre ella: su predilección por la lencería seductora, el placer que sentía al explorar su cuerpo, su espíritu juguetón y su travieso sentido del humor… la manera en que disfrutaba del sexo. Del acto del amor.

Porque eran dos cosas diferentes, pensó mientras salía del baño atándose una toalla alrededor de la cintura.

Nunca lo hubiera creído. Había oído conversaciones de hombres que mantenían relaciones serias y soñaba con ese tipo de intimidad. Pero nada le había preparado para lo que había vivido aquella noche con Hunter.

La encontró en la cocina quitando el envoltorio de un pan de ajo, que dispuso junto a un cuenco de *ravioli nudi*.

—Huele fenomenal… pero da miedo mirarlo —dijo él abrazándola por detrás.

—Es comida casera para llevar. La compro en un establecimiento familiar que está cerca de casa. Lo compro en grandes cantidades y lo divido. Lleva salchicha italiana y queso.

—Has puesto solo un plato.

—Y un solo tenedor. Se llama «compartir» y es romántico. Vamos, lleva tú el vino. Ay, se me olvidaba el agua. Será mejor que lleve una bandeja.

Tras volver a colocarlo todo, lo guió hasta el dormitorio.

—¿Vamos a comer en la cama?

—Es un placer que me permito de cuando en cuando, sobre todo si estoy tristona o enferma. ¿Te preocupa que manchemos las sábanas? Si tienes tanta hambre como dices, no sobrará ni una miga. ¿Nunca comiste en la cama cuando eras pequeño? ¿Ni siquiera cuando pasaste la varicela?

—Es algo que no está bien visto en los internados.

—Razón de más para que nuestra primera cita consista en una cena de medianoche en la cama.

Cord observó atónito cómo arreglaba la colcha y disponía el cuenco grande en mitad del colchón. El suave balanceo de sus caderas le distrajo de la comida, al igual que sus piernas kilométricas.

—Ésta no es nuestra primera cita —dijo colocando su bandeja en la mesita de noche y tendiéndole una copa de vino.

—Sí que lo es —repuso ella tras probar el vino y depositar la copa en su mesilla.

—La primera fue el viaje a Nueva Jersey. En el vuelo de vuelta bebimos vino y tomamos comida asiática.

—Estaba trabajando —le recordó ella—. Además, en aquel momento te despreciaba. O al menos eso creía. No habría salido contigo ni aunque me hubieras amenazado con despedirme.

—No me despreciabas. Simplemente estabas un poco confusa y decepcionada. Además, si te doy la razón, significaría que hemos hecho el amor sin haber salido antes. Y tú nunca harías algo así.

—Considéralo un cumplido a tu magnetismo animal.

Sentada con las piernas cruzadas Hunter pinchó un ravioli con el tenedor y se lo llevó a la boca.

—Mmm, delicioso y decadente —dijo antes de ofrecerle uno a él—. ¿Sabes? Hace veinticuatro horas pensé que habías cambiado de opinión y que ya no me deseabas. Ni siquiera se me pasó por la cabeza que me amaras. Y ahora, aquí estamos. ¿Te das cuenta de que hasta podría estar embarazada?

Cord tardó unos segundos en reaccionar a lo que ella acababa de decir. Su corazón dio un salto acrobático. Viendo que ella tomaba la copa de vino, se la quitó de las manos con suavidad antes de que pudiera llevársela a los labios.

—¿Qué haces? —preguntó señalando la copa.

Haciendo caso omiso de sus protestas él le abrió una botella de agua y se la tendió.

—¿Hablas en serio? ¿Es eso posible?

—Es posible, no sé cómo de probable. Pero no hemos usado preservativo y yo no tomo anticonceptivos.

Mientras ella volvía a tomar el tenedor, Cord le agarró la mano. No quería trivializar ese asunto.

—¿No te importaría?

Vio cómo la expresión de Hunter se suavizaba.

—Has dicho que quieres formar una familia.

—Y quiero. ¿Tú no?

—Sí, pero nunca he sabido si ocurriría algún día. No soy una de esas mujeres que están dispuestas a criar solas a un hijo y tampoco me gustaría ser madre de un hijo único. Además, mi abuela se tomaría muy a mal que me quedara embarazada sin estar casada; no te quiero ni contar si tuviera más de uno.

—Para —Cord acunó su mejilla con la mano buena—. No tienes que preocuparte de eso. Cásate conmigo.

Sonriendo, con los ojos brillantes de felicidad, Hunter plantó un beso en la palma de su mano.

—No tenemos por qué precipitarnos. Podríamos…

—No, no podríamos —dijo Cord saltando de la cama y dirigiéndose al baño, donde había dejado su ropa.

Cuando volvió sostenía en las manos una cajita de terciopelo negro. Viendo cómo se abrían como platos los ojos de Hunter, se acercó a su lado de la cama y se sentó junto a ella.

—Esto era de mi abuela. Hablé con Lenore antes de venir aquí esta noche y le hablé de mis intenciones —tratando de sostener la caja con los dedos vendados, abrió la tapa. Un diamante de tres quilates y color amarillo canario rodeado de diamantes blancos apareció ante sus ojos.

—Quiero que seas mía —dijo sacándolo de la ranura revestida de satén—. La primera, la última, la única.

—¿De verdad viniste aquí con la idea de…?

—Te quiero. Era el momento adecuado. Cásate conmigo, Hunter Harding.

—Sí —susurró tendiéndole la mano izquierda.

Él deslizó el anillo en su dedo mientras Hunter respiraba temblorosa.

—Ay, Cord. ¿Crees que tu abuelo nos daría su bendición?

—Ya lo hizo.

En voz baja, pero con orgullo, le contó una de las últimas y largas conversaciones que habían mantenido.

—Fue el día que volvimos de Nueva Jersey. Le dije que habíamos aclarado las cosas y lo que sentía por ti. Debió de darse cuenta de que hablaba en serio pues fue entonces cuando me dijo que, si tenía la suerte de convencerte, quería que llevaras el anillo de Annie.

Hunter le rodeó el cuello con los brazos, vencida por la emoción.

—Eso hace que le eche aún más de menos. Habría sido la ilusión de mi vida que él me llevara hasta el altar.

Para aliviarle la pena, Cord le dijo:

—Bueno cariño, lo primero, él probablemente hubiera necesitado una silla de ruedas para llevarte en el regazo y lo segundo, cuando llegara el momento de preguntar si alguien se oponía a la unión, tendría que haberse asegurado de que el pastor hacía un largo y dramático silencio antes de seguir hablando.

Hunter estalló en carcajadas.

—Tendría que haberlo hecho.

Él la besó con todo su corazón. Aunque ella ya le había demostrado su pasión, se dio cuenta de que aún tenía mucho que aprender sobre aquella belleza de ojos oscuros.

Antes de que se dieran su segundo beso como pareja oficial, la futura señora de Cord Yarrow Rivers se encontró sentada en su regazo.

—Tengo que volver a casa pronto —gimió él—. Mañana a primera hora tengo una reunión de la junta directiva a primera hora y luego iré con Lenore y mis padres a ver al abogado de mi abuelo. Hay muchísimo papeleo.

—Lo sé.

—De todas las noches, habría querido pasar esta contigo.

—Será mejor que apuntes en tu agenda nuestra noche de bodas —le advirtió Hunter, con fingida severidad—. Ahora recae en ti toda la responsabilidad.

—Volveré mañana por la noche. Hablaremos de fechas.

Acariciándole el pelo, Hunter dijo:

—Antes de irte, recuérdame que te dé una llave.

Él se quedó inmóvil, saboreando el momento.

—¿Así sin más?

Mordiéndole con suavidad el lóbulo de la oreja, protestó:

—¿Primero te quejas de mis reservas, y ahora cuestionas mi convicción?

Él se incorporó sonriendo y sus miradas se encontraron. La primera llama de la pasión se reavivó. Volvieron a acercarse el uno al otro muy lentamente hasta que sus cálidos alientos se fundieron en uno. Finalmente, sus labios se juntaron.

Cord se vio sacudido por una corriente de deseo

mientras iniciaba con Hunter un diálogo tan eterno y misterioso como el universo.

Con la mano derecha acarició su seno derecho y gozó con la sensación de esa protuberancia, que estaba ya tenso y listo para recibir su boca.

—Solo una vez más —suspiró—. Luego me iré.

—Sí.

La toalla había empezado a aflojársele. Hunter se quitó el camisón por la cabeza con tanta rapidez que Cord se habría reído de no haberse sentido tan agradecido de estar en la misma onda sexual.

—Móntate a horcajadas sobre mí —le suplicó.

Rodeándole los pechos con las manos le acarició los pezones y se los besó una y otra vez.

—Te prometo que cuando tenga las dos manos buenas les haré justicia.

—Bueno, otras cosas te funcionan estupendamente.

Él se alegró de que ella pensara así pero pensó que no iba a durar mucho si ella seguía lanzándole provocativas indirectas.

—Tómalo, tómame —le dijo él.

Y así lo hizo. Ella lo acogió entre sus tensas paredes y comenzó a sacarle su jugo masculino.

—¿Estás disfrutando? —preguntó él sintiendo que la fiebre se le humedecía de sudor.

—Mmmm.

—Si sigues así puede que tengas ese bebé del que hablabas.

—No es la mejor postura para concebir.

—Estoy a esto de tumbarte —dijo él mordisqueándole el labio inferior—. Entonces hablaremos de la fecundación.

182

—Cord Yarrow Rivers, no te atrevas a derramar raviolis y salsa Alfredo en el precioso anillo de tu abuela.

—Que es tuyo ahora, mi amor.

—¡Cord… Cord!

Epílogo

Catorce meses después

—…Misterio resuelto; al final, el gato estaba en una sombrerera. Mientras los Johnson siguen desempaquetando las cajas en su nuevo hogar de Long Island, Mitsy, mamá gato, cuida de sus dos pequeños cuando estos no están ocupados haciendo trizas el papel de envolver. Así nos despedimos este lunes veinticuatro de octubre. Les deseamos unas buenas noches con un final igualmente feliz.

—Gracias Hunter. Una buena manera de terminar el telediario, con una noticia cálida y entrañable —la felicitó el director, Stan Pfeiffer—. Cuando llegue a casa esta noche, mi hija de cinco años me va a recibir en la puerta llorando y preguntando por qué no podemos adoptar a uno de los bebés de Misty.

—Por lo que he oído, los Johnson van a quedarse con los gatitos —replicó Hunter quitándose el audífono—. Tienes una excusa, a menos que quieras ir al refugio de animales. Allí siempre tienen un montón de perros y gatos sin hogar.

El neoyorquino, que tenía pinta de estibador, agitó en el aire sus dedos morcillones.

—Mi hija puede darse con un canto en los dientes si le dejo que le ponga nombre a una rata callejera.

Hunter meneó la cabeza mientras esperaba a que le quitaran el resto de los aparatos. A pesar de su apariencia ruda y áspera, Stan era un blando.

Hunter había tardado un poco en darse cuenta pero por fin los dos habían encajado. De hecho, Hunter había tenido que adaptarse a muchas cosas nuevas en los últimos catorce meses.

—Ya está, señora Rivers —dijo su ayudante tras retirarle el micro, los cables y la batería.

—¿Está bien? —preguntó observándola con más atención de la habitual—. Parecía un poco incómoda al final. ¿Le molestaba el audífono? ¿Se le clavaba la batería en la espalda?

—No más de lo habitual, Rachel, gracias.

Retirando la silla, Hunter se pasó la mano por el vientre. Ya era imposible ocultar lo embarazada que estaba; podía salir de cuentas en cualquier momento.

—En estos momentos me resulta imposible encontrar una postura cómoda —explicó—. ¿Crees que los telespectadores se habrán dado cuenta también?

—No, señora. Todo el mundo dice que usted es una consumada profesional y que deberían aprender de usted. Y tienen razón. Yo estoy encantada de trabajar con usted. Dígame si puedo ayudarla a hacerle esto más llevadero.

Conmovida por las palabras de la joven, Hunter le apretó el brazo.

—Rachel, no exagero cuando te digo que eres una estupenda ayudante y que no podrías hacer mejor tu trabajo. Espero que consigas un ascenso en producción. Te daré buenas referencias.

Mientras la joven se alejaba sonriendo Hunter vio a Cord saliendo de la sala de producción y acercándose con decisión hacia ella al tiempo que saludaba a varios empleados. Estaba tan guapo y elegante como siempre, con un traje azul marino de rayas y una corbata roja.

A Hunter le revolotearon mariposas en el estómago con solo mirarlo. Y pensar que hacía un mes que habían celebrado su primer aniversario de bodas. Ya no eran unos recién casados, pensó esbozando una sonrisa traviesa.

Cord llegó a su lado antes de que ella hubiera conseguido ponerse los zapatos. Él se inclinó y la ayudó a ponérselos haciendo que Hunter se ruborizara pues sus movimientos eran más íntimos que prácticos.

—¿Por qué sonríes así? —preguntó, aunque sabía perfectamente la respuesta.

—Me gusta mirarte, pero seguro que los chicos de la sala de control se están muriendo de asquito.

—Todos y cada uno de ellos está verde de envidia.

—Ya. ¿Qué te ha parecido el programa?

—Estás progresando mucho. Además, tienes un aspecto radiante y suculento.

—Una manera cortés de decir gorda —suspiró pensando en que si alguna vez volvía a caber en unos zapatos de tacón alto no volvería a quejarse nunca de estar incómoda.

Le había preocupado que la gran ciudad no la aceptara, pues algunos críticos se habían resistido al principio.

—Estás embarazada y muy sensible, mi amor. La gente de la sala de control sabe que soy yo el que paga sus sueldos, pero eso no quita para que quieran ofrecer un producto de la máxima calidad. Y la parte principal de ese producto eres tú. Muy gracioso lo del gato, por cierto.

—¿No lo has encontrado cursi para la cosmopolita ciudad de Nueva York?

—No seas tan exigente contigo misma, cariño —dijo Cord acariciándole la pantorrilla—. A todo el mundo le gustan las historias positivas, sobre todo en tiempos difíciles.

Ella lo sabía, pero sus hormonas la volvían autocrítica. Era su quinto mes como presentadora de las noticias de la noche en el canal de televisión por cable de YCI en Nueva York y había comenzado a aparecer habitualmente en el segundo puesto de los índices de audiencia en su franja horaria. Además de haber celebrado su aniversario recientemente, Cord y ella esperaban a su primer hijo, un niño, en cualquier momento. No cabía duda de que su vida había dado un giro de ciento ochenta grados.

—¿Cuándo has llegado? —preguntó Hunter. Él tenía que viajar a menudo a la sede principal de la empresa y Hunter, que aunque no podía evitar preocuparse cuando él volaba, sabía que no había nadie que invirtiera más en seguridad que Cord y su tripulación.

Antes de responder, Cord se puso en pie y la besó sonoramente. Fue un beso casto en comparación con

los que le aguardaban una vez estuvieran en la limusina donde Phil y Lane estarían esperándoles.

—Unos veinte minutos antes de que te sentaras
nerviosa en tu oficina y localizaras nuestro vuelo en
Internet. Y llegué a la sala de control unos noventa
segundos antes de que salieras en antena —se rió y
puso los ojos en blanco—. Es bonito que le echen a
uno de menos.

—Acepta el hecho de que te echo de menos cada
segundo, incluso cuando tú estás en el *loft* y yo en el
trabajo.

—Lo acepto, querida mía —dijo él muy serio de
pronto—. Todavía no me puedo creer la suerte que
tengo.

Rodeándola con los brazos, la ayudó a ponerse en
pie.

—¿No te parezco el colmo de la discreción? Si
hasta me he aguantado las ganas de darte un buen
magreo.

—Te quiero —susurró ella.

Cord la sacó del plató y la llevó a la salida más
cercana.

—¿Qué te parece si nos vamos a casa, te preparo un
baño de burbujas y te doy un masaje de espalda y pies?

—Cord Rivers, si sigues haciendo esas cosas, vas
a tener a un hipopótamo por hijo.

—¿Has hablado con tu madre? —preguntó mientras bajaban en el ascensor—. ¿Va a permitir que envíe un coche que las recoja a ella y a tu abuela para
que no se pierdan el nacimiento del bebé?

Hunter se mordió el labio. Sabía que él se llevaba
muy bien con ellas pero no quería abrumarlo con su
compañía.

—Lo he oído —dijo—, tan alto como si estuvieras aporreando un bongo en mi oído. ¿Cuántas veces tengo que decirte que cuantos más seamos, mejor?

Para él era fácil decirlo. Su *loft* estaba equipado con una cocina ultramoderna y a su abuela le iba a gustar tanto que a lo mejor no se iba nunca.

—Sigo pensando que sería mejor que se alojaran en el hotel de enfrente.

—Tenemos espacio de sobra —le aseguró Cord.

—¿Qué sabemos de Lenore? ¿Va a venir?

—Me dejó que hiciera la reserva cuando estuve allí. Llega pasado mañana y te envío besos. Dice que te echa muchísimo de menos.

—Lo entiendo. Ha sido muy duro para ella, aunque hayan pasado ya quince meses desde la muerte de Henry. Parece que vas a tener compañía de sobra en la sala de espera.

Al salir del edificio los rodeó el aire otoñal de la noche. Hunter sintió la excitación de la ciudad y dio un hondo suspiro. Aquella época del año la llenaba de energía.

Al ver a Lane y Phil esperándoles comenzó a andar como un pingüino para hacerles reír. Los hombres trataron a duras penas de mantenerse serios.

—Buenas noches, señora —la saludó Phil.

—Me alegro de verla tan contenta, señora Rivers —dijo Lane.

Emprendieron la marcha. Era una limusina nueva, de reciente fabricación, equipado con lo último en artilugios y seguridad. Hunter no quería saber cuánto había costado. Lo que sí sabía era que Cord la había encargado porque Hunter iba a viajar en ella.

Una vez cerrada la portezuela, él subió la ventanilla y la cortina que los separaba del asiento delantero y se acercó a ella.

El primer beso que se daban después de casi un día de separación siempre la emocionaba. Sabía que esos periodos le resultaban tan duros a él como a ella.

—¿Te fueron bien las reuniones? —preguntó.

Cord deslizó la mano bajo su ligero abrigo y acarició su vientre.

—No me acuerdo. Me los saqué de la cabeza en el momento en que salimos para el aeropuerto —e, inclinándose sobre su estómago, dijo—: Hola, pequeñín. ¿Estás molestando mucho a mamá?

—Me cuida tan bien como su padre. Duerme cuando estoy en reuniones o en antena. Si estoy hablando por teléfono con un político que está tratando de escaquearse me acaricia el estómago por dentro con el pie como diciendo: «Tranquila, mamá, solo ganó la elección por 400 votos».

Cord la observó con una sonrisa beatífica en los labios y movió la mano en sentido ascendente hasta que reposó sobre su seno.

—No me extraña que le encante el sonido de tu voz. A mí también.

Hunter lo oyó sin escucharlo, porque sus caricias ya estaban surtiendo el efecto habitual. Apoyó la frente contra la de Cord y suspiró de placer.

—También he echado de menos «eso». Quizá podríamos compartir el baño de burbujas…

Cord gimió y la besó en la boca para indicarle cuánto le gustaba la idea.

—Recuerda lo que dijo el médico. No podremos hacerlo hasta seis semanas después de dar a luz.

Él buscó debajo de su falda y entre los muslos.

—No se nos da mal la improvisación, ¿verdad? Todo va bien.

Su amor se consolidaba día a día y eso era la mejor parte.

—Todo va bien —dijo ella para reconfortarlo. Justo en ese momento, se quedó sin aliento—. ¿O no? ¡Ay, ay!

Cord se puso en alerta inmediatamente.

—¿Qué te pasa? ¡Hunter!

Cuando cesó la contracción Hunter rió casi sin aliento.

—Me parece que no va a haber baño de burbujas para mí esta noche.

Él se quedó inmóvil, mirándole la tripa y la cara alternativamente.

—¿Ya?

—Llevaba un rato con pequeñas contracciones. No eran muy fuertes, pero esta última me dice que las cosas están a punto de cambiar.

—Querida.

Le rodeó la cara con las manos y la besó sonoramente. Luego se inclinó para correr la cortina y bajar la ventanilla.

—Caballeros, ha habido un pequeño cambio de planes.

—¿Al hospital? —preguntó Lane mirando a Hunter.

Phil ya la estaba observando por el espejo retrovisor.

—Al hospital.

Dos horas y cincuenta minutos más tarde Brendan Harding Rivers se unió a su felicidad. Cord comprobó que el bebé tenía el pelo oscuro y espeso de ambos, los ojos marrones y cálidos de su madre y la nariz y la boca de su padre. No podía parar de mirarlos, a él y a la exhausta pero radiante Hunter.

—No me puedo creer que hayas hecho esto —dijo él sin soltarle la mano ni dejar de mirar a Brendan, que reposaba en brazos de su madre. Había estado presente durante el parto y no se había caído redondo.

—No me gusta el uso excesivo de la palabra «alucinante», pero ¿no crees que lo es? —musitó ella.

—El comienzo de una nueva dinastía.

—¡Una dinastía! —exclamó Hunter con preocupación—. A lo mejor no quiere dedicarse a nuestra profesión. Puede que se haga inventor. O médico.

Cord no quería hacerla enfadar. Acababa de darle el regalo más maravilloso de todos.

—Gracias, mi amor.

—Gracias a ti —replicó ella acariciándole la mejilla—. Me da mucha pena que tengas que pasar la noche solo en un *loft* vacío.

—¿Estás de broma? —se rió—. No pienso perderos de vista a ninguno de los dos. Pienso quedarme clavado en esa silla, cuando no esté en el pabellón de recién nacidos mirando a este pequeñín.

—¿Te acordarás de hacer unas cuantas llamadas a la familia? —preguntó riendo suavemente.

Besándola con delicadeza, murmuró:

—Eso sí puedo hacerlo.

JULIA™

KIMBERLY LANG
PASIONES
DEL PASADO

Capítulo 1

ESTÁN listas, Brenna. Telefonearé a Marco para pedirle que traiga al personal por la mañana.

—Es demasiado pronto —respondió Brenna, comprobando por segunda vez el número de refractores de los que disponían. Nadie más en Sonoma hacía la vendimia en aquella época del año. De eso estaba segura—. Deberíamos esperar un par de semanas.

—¿No confías en mí? —contestó Ted.

Ella se apresuró a tranquilizar a su viticultor, amigo y compañero de trabajo.

—Por supuesto que sí. Nadie conoce estas vides mejor que tú. Simplemente me sorprende. Eso es todo.

Apaciguado, Ted se llevó una uva a la boca y la masticó. A continuación esbozó una leve sonrisa.

—Obviamente a estas uvas les gustan nuestros calurosos veranos y la sequía que estamos sufriendo. Simplemente no hay que hacer la vendimia en las horas de más calor.

—Cierto —concedió Brenna.

Pero aquello sólo era parte del asunto. Los nuevos tanques habían llegado la semana anterior y todavía estaban amontonados alrededor de las bodegas. La bomba principal seguía dando problemas y quedaba mucho papeleo del que ocuparse. Y… y ella necesitaba un par de semanas para terminar de aclararse las ideas. No estaba preparada para comenzar con la vendimia en aquel momento.

Miró las parras, que estaban llenas de uvas maduras… uvas que no iban a esperar a que ella se adaptara a la nueva situación que tenía por delante. Los viñedos Amante Verano habían pasado a ser su responsabilidad. Bueno, casi por completo.

Había que recolectar aquellas uvas. Ella sabía qué hacer. Había estado haciéndolo durante toda su vida. Aunque nunca lo había hecho sola. Y esa responsabilidad le pesaba mucho.

—Simplemente desearía que Max estuviera aquí —comentó Ted, suspirando.

Al oír aquello, Brenna regresó a la realidad.

—Lo sé. Estas parras eran las que iban a lograr que Max dominara el mundo del vino… o que por lo menos ganara una medalla de oro —respondió, sonriendo al mirar a Ted—. Max debería estar aquí. No es justo —añadió, conteniendo las lágrimas que amenazaban con brotar de sus ojos.

No podía desmoronarse delante de Ted... ni de nadie más. Max esperaría que ella se mantuviera entera y todo el mundo en Amante Verano necesitaba creer que tenía la situación bajo control.

—Telefonea a Marco. Tendremos las primeras uvas en el tanque mañana por la tarde.

Ambos anduvieron juntos por los viñedos. Se pararon ocasionalmente para comprobar el estado de algunas parras y realizar anotaciones. Ciertas parras iban a necesitar dos semanas más para estar plenamente maduras. Septiembre iba a ser un mes muy bueno.

—¿Has hablado ya con Jack? —preguntó Ted en voz baja.

Al oír aquel nombre, Brenna sintió como le daba un vuelco el corazón.

—No he hablado con él desde el funeral. Y sólo lo hice durante un minuto.

Aquello había sido muy difícil e incómodo, por no hablar de lo doloroso que había resultado... tanto que ella no quería admitirlo. Le había dado el pésame, un apretón de manos y se había marchado. Fin de la historia.

—¿Lo sabe? —preguntó el viticultor.

—Oh, estoy segura de que sí. El abogado de Max me telefoneó para explicarme en qué consistía la sociedad y supongo que Jack fue el primero en saberlo.

—¿Y…? —se atrevió a preguntar Ted. Aquélla era la pregunta que todo el mundo tenía en mente.

—No hay ningún y… Estoy segura de que Jack está muy ocupado con sus hoteles y el caso contra el conductor que embistió su coche contra el de Max. Supongo que ocuparemos un lugar muy bajo en su lista de prioridades.

La muerte de Max los había dejado muy impresionados a todos. Habían estado intentando controlar los negocios y proyectos del difunto. De alguna manera ello le había ayudado a manejar mejor su duelo; no había tenido tiempo para dejarse llevar por el dolor tal y como le habría gustado hacer. Dirigir los amados viñedos de Max la había tenido muy concentrada.

Pero Ted no parecía aliviado.

—Una vez que hayamos terminado el proceso de aplastar la uva me reuniré con los abogados y lo solucionaremos todo —aseguró, dándole unas cariñosas palmaditas en el hombro al viticultor—. Vete a casa. Nos esperan unos cuantos días muy ajetreados.

—En otras palabras; tengo que aprovechar el tiempo con mi hija.

—Sí.

—¿Quieres venir a cenar a casa? —ofreció Ted—. Sabes que siempre eres bienvenida y a Dianne le encantará verte.

Aquella invitación resultaba muy tentadora para Brenna, pero debía aprender a superar aquello ella sola. Dianne se había preocupado mucho por ella desde que había muerto Max y en aquel momento tenía que ser fuerte.

—Gracias, pero no. Dale a mi ahijada un beso por mí, ¿está bien? —respondió.

—Lo haré —aseguró el viticultor, despidiéndose de ella con la mano a continuación.

Brenna se quedó a solas en la puerta de la gran casa de la finca mientras Ted se dirigía a la pequeña vivienda que había en la propiedad. Pudo ver que las luces estaban encendidas en las habitaciones que había en la planta de arriba de la tienda de vinos, donde Ted vivía con Dianne y la bebita de ambos, Chloe.

Ella había dejado una luz encendida en su casa ya que todavía no se había acostumbrado a regresar a una vivienda oscura y silenciosa. Se planteó si alguna vez lo conseguiría. Tal vez tras la locura que suponía el aplastamiento de la uva se compraría un cachorrito de perro. Le haría compañía y conseguiría que la casa pareciera menos vacía. Y podría hablar con alguien cuando regresara de trabajar.

Sus pisadas hicieron eco en el hall de entrada mientras se dirigía al despacho de la vivienda. En aquel momento ya simplemente su despacho… debido a que Max se había ido. Allí le esperaban numerosos documentos relativos a la vendimia. Como de costumbre, el trabajo le dio algo que hacer, una manera de lograr que los minutos pasaran más rápidamente en aquellas interminables veladas.

Puso música de ambiente para terminar con el

espantoso silencio que la rodeaba. El enorme escritorio de Max dominaba la sala. Se sentó en una silla junto a la de su difunto padrastro y comprobó los numerosos mensajes y pedidos que esperaban ser atendidos.

Pero no logró concentrarse. La pregunta que le había hecho Ted le había hecho recordar todo lo que estaba intentando tan concienzudamente olvidar.

Amante Verano finalmente captaría la atención de Jack y no sabía cómo resolver la situación que se crearía. En aquella ocasión no iba a poder eludir el problema... tal y como había hecho siempre en lo que se refería a cualquier asunto relacionado con su exmarido. Tenía que lograr que aquello funcionara; no podía dirigir un negocio si no hablaba con su socio.

Pero pensar en Jack le hacía sentir toda clase de sensaciones que no quería experimentar. Su historia era simplemente demasiado complicada como para fingir que no había existido. Max había sido su mentor, su amigo y su figura paterna. Junto a él y a su madre había formado una familia feliz, aunque ligeramente extraña. Jack, no enteramente por elección propia, nunca había formado parte de aquella unión. Parecía toda una historia de telenovela.

Pero iba a tener que verse con él. La sola idea le revolucionaba el corazón y no lograba calmarse aunque utilizara todas las técnicas de respiración tranquilizadora del mundo. Tenía que afrontar aquella situación como una adulta. Tenía que concentrarse en el presente y no permitir que el pasado interfiriera. Además, aquello eran negocios, no algo personal. Debía ser capaz de controlar sus emociones.

Muchos años atrás Jack le había comentado lo importante que era mantener la vida personal apartada de los negocios.

—Nunca permitas que un aspecto afecte al otro —le había dicho.

Para él aquello suponía un asunto de orgullo y parecía haberle funcionado bien al expandir Garrett Properties por la Costa Oeste.

Respiró profundamente. Se sentía un poco mejor tras su sesión de autoterapia personal. Podrían lograr una situación viable. Una basada simplemente en los negocios y que no se viera afectada por los desagradables acontecimientos del pasado.

El hecho de que había estado lo suficientemente loca como para casarse con él en una ocasión no tenía por qué suponer ningún problema…

Jack deseó que la locura no fuera algo de familia y que el testamento de Max fuera consecuencia de un acto de senilidad precoz causada por haber bebido demasiado a lo largo de los años… o incluso que fuera una broma. Tenía que haber una explicación y le encantaría tener cinco minutos con su padre para descubrir qué era lo que había tratado de conseguir con su última voluntad.

Si no había otra explicación, la locura era el motivo por el que él era propietario en aquel momento de la mitad de los viñedos de Sonoma. Él personalmente y no la compañía.

La otra mitad pertenecía a Brenna Walsh.

Brenna debería ser insignificante en su vida amorosa, un loco capricho de juventud, y no algo recurrente en su existencia.

Parecía que todo lo relacionado con ella le llevaba a tomar malas decisiones ya que se pasó la mayor parte del trayecto hasta Sonoma planteándose si su decisión de acudir en persona a los viñedos había sido acertada o no. Su abogado, Roger, se había ofrecido a encargarse personalmente de la situación, pero por alguna razón que no comprendía él pensaba que aquél era un asunto que debía tratar cara a cara con Brenna. Pero cuanto más se acercaba a los viñedos y a ella, más tenía la sensación de que aquélla no había sido la mejor decisión que había tomado en su vida. Tenía muchísimo trabajo y el viaje que tenía que hacer a Nueva York para negociar la expansión de Garrett Properties debía ser su principal preocupación. Pero había decidido encargarse primero de resolver los problemas surgidos por el testamento de su padre.

Angustiado, pensó que debía haber esperado, debía haberse ocupado primero de asuntos más importantes, más urgentes, en vez de haber permitido que su deseo de cortar lazos con aquel lugar echara a perder su sentido común.

Las parras que casi cubrían por completo la señal que daba la bienvenida a Amante Verano habían madurado en los cinco años que habían pasado desde que había estado allí por última vez para acudir al funeral por la madre de Brenna. Numerosas uvas colgaban del dosel. Al entrar en la propiedad pudo ver las hectáreas de vides que se extendían hacia el horizonte y la bonita casa blanca que había sobre la colina. Junto a la erosionada bodega de los viñedos creaban una escena bastante pintoresca.

Amante Verano cambiaba muy despacio... si es que lo hacía. El lugar tenía casi el mismo aspecto que cuando Max lo había comprado hacía doce años.

Aquello había ocurrido antes de que la afición de su padre se convirtiera en obsesión, antes de que hubiera dejado San Francisco para siempre y se hubiera mudado a aquellos viñedos para dedicarse en cuerpo y alma a sus uvas. Antes de que él se hubiera convertido en el Garrett encargado de Garrett Properties y la responsabilidad consumiera su vida.

Condujo despacio junto a la pequeña casa de la propiedad en la que ya no vivía Brenna. Max había convertido la planta baja en una tienda una vez que Brenna y su madre se habían mudado a la casa principal.

Se preguntó dónde podría encontrar a su exmujer. No sabía si dirigirse al laboratorio o al despacho. Todo lo que sabía era que quería terminar lo antes posible con aquello para poder regresar a la civilización y a su vida. Aquel lugar le resultaba un estorbo. Cuanto antes lograra que Brenna firmara los documentos, mejor. ¡Si ni siquiera le gustaba el vino!

Cuando llegó a lo alto de una de las colinas de la carretera que cruzaba la propiedad, vio un tractor que se dirigía hacia las bodegas cargando una gran cantidad de uvas.

Él jamás había prestado atención al proceso de elaboración del vino, pero sabía que era demasiado pronto para realizar la vendimia.

Suspiró profundamente y pensó que Brenna estaría por allí. Podía caminar entre los viñedos para buscarla o podía dirigirse a la vivienda para esperarla.

—Vamos a terminar con esto —murmuró para sí mismo.

Maldiciendo la situación tan ridícula en la que se encontraba, condujo hasta la casa familiar, aparcó frente a ésta y llevó al que una vez había sido su dormitorio la mochila que había llevado consigo y su ordenador portátil. Entonces se dirigió a pie a buscar a su exmujer.

—Brenna, te necesitan en las bodegas. La bomba está dando problemas de nuevo —dijo Ted desde el final de la vid en la que estaba trabajando ella—. Rick le ha dado una patada y no ha ocurrido nada, por lo que me ha pedido que viniera a avisarte.

Ella suspiró. Habían solicitado ya una nueva bomba, pero no llegaría a los viñedos hasta unas semanas más tarde.

—¿Le dio la patada en el lugar adecuado?

El viticultor asintió con la cabeza.

Brenna se enderezó y se metió en el bolsillo trasero del pantalón las tijeras podadoras que había estado utilizando. Se quitó los guantes antes de secarse el sudor de la frente con una mano.

—Estupendo. Precisamente lo que no quería hacer hoy. ¿Puedes controlar la situación?

—Desde luego —respondió Ted.

Ella pensó que, si tenía que volver a desmontar la bomba, se iban a retrasar mucho. Sintió como el sudor le caía por la espalda y esbozó una mueca. Pero por lo menos podría cobijarse del calor antes de lo planeado. Telefonearía a Dianne para que le acercara una camisa limpia cuando les llevara la comida.

Se sacó el teléfono móvil del bolsillo y metió en éste los guantes. Marcó el número de Dianne mientras andaba y no vio al hombre que le salió al paso hasta que chocó con él. La fuerza del impacto provocó que se le cayera el sombrero y el teléfono móvil.

—Lo siento —se disculpó al sujetarla unos fuertes brazos que evitaron que se balanceara.

Pero entonces se dio cuenta de la elegante camisa que llevaba aquel hombre, demasiado bonita como para que ninguno de los muchachos la llevara mientras trabajaba. Además, la manera en la que la había agarrado le resultaba extrañamente familiar… así como el ligeramente picante aroma que se apoderó de su sentido del olfato.

Entonces su cerebro comprendió quién era. Jack.

—Es demasiado pronto para realizar la vendimia, ¿no es así, Brenna?

La profunda voz de su exmarido le impactó mucho. Pero el sarcasmo que había acompañado a aquella frase le ayudó a actuar con serenidad. Apartó las manos de Jack de sus brazos en lo que esperó pareciera un gesto despreocupado e intentó utilizar el mismo tono de voz que él.

—Las uvas maduran cuando maduran. Tú deberías saberlo.

Cometió el error de mirarlo a los ojos al hablar y la azul mirada de Jack le hizo dar un paso atrás. Se agachó para tomar su sombrero y al levantarse pudo ver como él le analizaba el cuerpo con la mirada. Iba vestida con unos gastados pantalones vaqueros, una sudada camiseta y unas botas de trabajo.

Esperó que el enrojecimiento que había cubierto sus mejillas pudiera ser interpretado como una reacción al intenso calor que hacía y no al calor que desprendía la mirada de su exmarido.

Jack la miró sorprendido mientras ella colocaba la coleta en la que se había arreglado el pelo debajo del sombrero y bajaba el ala para cubrir sus ojos del sol.

—Realmente necesitas un sombrero nuevo, Brenna. Ése ya está muy viejo.

Ella maldijo. Él había reconocido aquel sombrero. Él mismo se lo había regalado durante el principio de su noviazgo. Si hubiera tenido la mínima sospecha de que iba a aparecer por los viñedos, no se lo habría puesto aquel día. Era su sombrero favorito; tenía las alas muy anchas y era muy cómodo. Simplemente se lo había quedado porque le resultaba muy útil, no porque fuera un regalo de su exmarido.

Levantó la barbilla antes de contestar.

—Me resulta muy útil —aseguró.

A continuación se metió las manos en los bolsillos traseros de los pantalones e intentó actuar con normalidad… aunque normalidad era lo que menos sentía en aquel momento. Se le revolucionó el corazón y sintió las manos sudorosas.

—¿Qué te trae a Amante Verano, Jack?

Aquella pregunta pareció divertirle mucho a él.

—Sé que el abogado te ha explicado los términos del testamento de Max. Tendrías que estar esperándome.

—En realidad, no. Lo que esperaba era otra llamada de tu abogado… no que te presentaras aquí personalmente.

Aquélla era la conversación más larga que habían mantenido en cinco años y no estaba haciéndolo muy bien. Sabía que parecía estar a la defensiva e irritada.

—No necesitamos abogados para esto —respondió Jack, sacándose un sobre del bolsillo trasero de sus vaqueros—. Si podemos ir a algún lugar tranquilo…

«A algún lugar tranquilo». A Brenna se le debilitaron las rodillas al venirle a la cabeza numerosos recuerdos que aquellas palabras implicaban. Aquel verano después de la graduación, cuando el haber encontrado un lugar tranquilo había llevado a…

Se forzó a dejar aquellos recuerdos en el pasado, que era donde pertenecían. Miró el sobre que él tenía en la mano y le dio la sensación de que no iba a gustarle lo que contenía. De lo contrarío, Jack no habría querido que fueran a otra parte a hablar. Deseó ser capaz de controlar el tono de su voz y lo miró a los ojos.

—Por si no te has percatado, ahora mismo estoy muy ocupada. Seguro que recuerdas cómo funciona este lugar, ¿verdad?

—Brenna… —contestó él con una clara frustración.

Aquello ayudó. Ella se sintió muy irritada y logró controlar las perturbadoras sensaciones que se habían apoderado de su cuerpo. Jack no iba a aparecer en su propiedad después de tantos años y a actuar como si el lugar le perteneciera. Bueno, era cierto que poseía la mitad de los viñedos y que la razón por la que no visitaba la propiedad era por ella, pero decidió centrarse en lo irritada que estaba.

—Tengo uvas perdiendo calidad mientras estoy aquí hablando contigo y debo ir a arreglar una estúpida bomba si quiero tenerlas en los tanques esta noche. Vas a tener que esperar.

Contenta consigo misma por haber dicho la última palabra, pasó por el lado de su exmarido decidida a llegar a las bodegas y volver al trabajo. Pero Jack le agarró el brazo e impidió que continuara andando. La acercó mucho a su cuerpo. Las caras de ambos quedaron demasiado cerca… algo a lo que el cuerpo de Brenna respondió de inmediato… de manera vergonzosa.

Un intenso acaloramiento, un acaloramiento que no había sentido desde hacía años, se apoderó de ella. Jack estaba tan cerca que podía verse reflejada en sus pupilas y respirar su aroma.

—Ahora no, Jack —protestó, tragando saliva con fuerza—. Estoy…

—Ocupada, lo sé. Yo también. ¿Piensas que quería venir hasta aquí? —dijo él, frunciendo el ceño.

Aquellas palabras le resultaron muy hirientes a Brenna. Sintió un gran dolor e impresión. Pero en cierta medida lo agradeció ya que le ayudaba a centrarse en el presente.

—Voy a vender mi parte de los viñedos —declaró entonces Jack.

—¿Qué? No puedes hacerlo —espetó ella, indignada—. Max creó la sociedad…

—Oh, sé cómo creó esta ridícula sociedad. No tiene sentido. He encontrado un comprador y todo lo que tienes que hacer es firmar el contrato.

Ella tampoco había planeado ser propietaria de Amante Verano en aquel momento, y mucho menos compartir los viñedos con Jack, pero éste no tenía derecho a vender su parte. Y la actitud que había adoptado no ayudaba a la situación.

—De ninguna manera voy a firmar nada. Siento mucho si los términos del testamento te parecen desagradables. Créeme; para mí tampoco resulta muy placentero. Pero tenemos que soportarnos el uno al otro.

—No tendrás que soportarme cuando firmes el contrato de compraventa —aseguró él.

La tenía agarrada del brazo tan fuertemente que a Brenna estaba empezándole a doler, por lo que le apartó la mano de un manotazo. Jack se echó para atrás.

—¿A quién quieres venderle tu parte? —quiso saber ella, enfurecida—. Permíteme adivinar; has encontrado a alguien a quien le gusta descansar de la ciudad y quiere venir a pisar uvas los fines de semana, ¿no es así?

La expresión de la cara de él le dejó claro lo que quería saber.

—Mi respuesta es no.

—Eso no es una opción, Brenna. No quiero unos viñedos.

—No voy a cederle la mitad de lo que Max y yo creamos durante años a alguien que no sabe nada de este negocio —afirmó ella.

—¿Prefieres tratar conmigo? ¿No es eso peor?

Brenna se preguntó cómo podría explicarle sus razones a su exmarido. Apenas tenían sentido para ella. Ni siquiera sabía si supondría alguna diferencia si lo hiciera.

—Prefiero lo malo conocido que lo bueno por conocer.

Jack abrió la boca para contestar, pero el teléfono móvil de ella sonó. Al ver el número de la llamada entrante, Brenna recordó todas las cosas que debía estar haciendo en vez de discutir con su exmarido.

—Voy a ir a desmontar una bomba porque tengo vino que preparar —espetó de nuevo—. Esta conversación se ha terminado.

En aquella ocasión Jack no intentó detenerla… afortunadamente ya que ella estaba tan alterada que le habría pegado si lo hubiera hecho. Pero no se contuvo de decir la última palabra de la conversación.

—Esto no se ha acabado, Brenna. Recuérdalo.

Jack permitió que Brenna se alejara al reconocer los signos que evidenciaban que estaba enfurecida… aunque habían pasado diez años desde que se habían separado. Ella tenía los hombros echados para atrás y la cabeza erguida. Al ver la manera tan agitada en la que movía las manos supo que estaba hablando para sí misma.

Tal vez haberse enfrentado a su exmujer como lo había hecho había sido un ligero error táctico. Había permitido que su deseo de terminar cuanto antes con aquello dominara su buen instinto en los negocios. Parecía que su sentido común lo había abandonado… como siempre le ocurría con Brenna.

Era la única explicación que tenía.

Había tenido toda la conversación planeada, conocía a Brenna lo suficiente como para saber cómo acercársele, pero cuando ella había chocado contra él, su cuerpo había recordado cada curva de su exmujer y había olvidado su plan. Entonces la había agarrado por los brazos y había sentido como ella se estremecía al reconocerlo.

Debía haber supuesto que Brenna reaccionaría de aquella manera ante las noticias que le había dado.

La historia de ambos complicaba aún más la situación. Y si añadía el carácter de ella… Recordó lo que había dicho Max poco después de que Brenna y su igualmente testaruda madre se hubieran mudado a vivir con él.

—Lo único que me da miedo son las mujeres pelirrojas y las colinas en pendiente —había comentado su padre.

Como él no jugaba al golf, no tenía el tiempo ni la paciencia para el juego, no había prestado mucha atención a la advertencia de Max. Había aprendido de manera muy dura que por lo menos parte de la advertencia de su padre era acertada. Era una pena que se hubiera olvidado de ella antes de acudir a Sonoma.

Debía haber permitido que su abogado se encargara de aquello en vez de pensar que Brenna y él podían llegar a un acuerdo. Hacía mucho tiempo que había aprendido que con ella nada era fácil.

Indignado, suspiró. Dobló el sobre y volvió a metérselo en el bolsillo. Por la noche, una vez que Brenna tuviera en los tanques la vendimia del día, hablarían otra vez. Por muy pelirroja que fuera, su mal humor normalmente no duraba mucho.

Capítulo 2

UNA ducha. Cenar. Beber algo. Brenna regresó a casa pensando en esas tres apetecibles recompensas tras un duro día de trabajo. Pero el Mercedes negro que había aparcado junto a su Jeep resultó un desagradable recuerdo de la presencia de Jack. Aunque, en realidad, no necesitaba ningún recordatorio. Él se había apoderado de su mente durante toda la tarde, la había distraído y mantenido muy tensa. Aunque recientemente se había lamentado de tener que estar sola en casa, Jack no era precisamente la compañía que deseaba.

Se quitó las botas y las dejó en el cuarto de aseo, tras lo que se apresuró a dirigirse a su dormitorio. Pensó que Jack debía de estar en su antigua habitación ya que la casa se encontraba en completo silencio. Técnicamente, el antiguo dormitorio de Jack era en aquel momento la habitación de invitados, aunque Max siempre había tenido la esperanza de que su hijo volviera a utilizarla algún día.

Y en aquel momento estaba haciéndolo... tras el fallecimiento de su padre y haber heredado la mitad de los viñedos.

Mientras se duchaba y quitaba la suciedad que había dejado sobre su piel y uñas el trabajar en la vendimia, sintió como una sensación de culpabilidad que le era muy familiar la embargaba. Max nunca le había dicho nada, pero sabía que muy dentro de él la había culpado a ella por la ausencia de Jack y por la ruptura de la relación con éste.

Durante los anteriores diez años ella había intentado compensar por aquello. Había tratado de lograr que los viñedos llegaran a ser todo lo que Max esperaba de ellos. Sabía por qué éste había dividido la propiedad de Amante Verano entre su hijo y ella, pero aun así seguía siendo una situación muy difícil de manejar.

Se sentía muy avergonzada del enfrentamiento que había tenido con Jack en los viñedos. Se había comportado de una manera muy infantil y a la defensiva. En todos los escenarios que se había imaginado, jamás se le había pasado por la mente que él se acercara a ella en Amante Verano para mencionarle la alocada idea de venderle su parte de los viñedos a un extraño. Por no mencionar que no había estado preparada para estar de nuevo tan cerca de él. Había tardado una hora en lograr tranquilizarse un poco.

Cerró el grifo y suspiró. Si aquello no era un desastre, no sabía cómo calificarlo. Amante Verano siempre había sido un pilar estable en su vida, su refugio, y en aquel momento incluso ese cimiento estaba tambaleándose. Necesitaba tiempo para pensar. Y comer algo.

Cuando se puso el pijama, le sonaba mucho la tripa. Por lo que dejó que se le secara el pelo al aire y se dirigió a la cocina a por algo de comer.

Gracias a Dios, Dianne le había dejado un plato de comida en la nevera. Se sirvió una copa de vino, llevó el plato a la encimera tras calentarlo en el microondas y tomó el mando a distancia de la televisión.

Justo cuando había dado el primer bocado a su cena, Jack entró en la cocina. Al verlo, se atragantó con el quiche que le había preparado Dianne. Él llevaba puesta una camiseta de tirantes negra y unos pantalones cortos de deporte. Estaba cubierto en sudor. Observó como tomaba un vaso y se servía agua. Tenía una musculatura muy poderosa. Sus muslos y trasero estaban muy bien definidos…

Recordaba aquel cuerpo demasiado bien… y demasiado frecuentemente. Pero tenerlo delante provocó que se le secara la boca y que le costara masticar. Jack se acercó a ella con la preocupación reflejada en la cara al ver que se atragantaba de nuevo.

Pero ella no quería que la tocara… ni para ayudarla a recuperar el aliento. Le indicó con la mano que se alejara y tragó la comida con dificultad.

Él le ofreció el vaso de agua que se había servido, pero Brenna también lo rechazó. La sola idea de compartir aquel vaso le resultaba demasiado íntima. Tomó su copa de vino, pero el normalmente suave líquido le quemó la garganta al tragarlo. Tosió e intentó recuperar el control.

Pero no funcionó. Aunque por lo menos ya no se atragantó más. Se forzó a mirarlo a la cara.

—Veo que has encontrado el gimnasio de Max.

—Así es. Está muy bien —respondió Jack, impactado al darse cuenta en aquel momento de que ella llevaba puesto un pijama.

Brenna se ruborizó. Pero de inmediato se dijo a sí misma que era sólo un pijama.

—Max parecía pensar que necesitábamos un gimnasio, pero yo nunca comprendí por qué —comentó mientras se forzaba a comer—. La verdad es que hacemos bastante ejercicio por aquí sin necesidad de ningún gimnasio —añadió.

Al ser consciente de que se había quedado mirándolo, volvió a reprenderse a sí misma.

—Sí, me acuerdo —concedió él, apoyándose en el otro lado de la encimera.

Ella pudo sentir como la analizaba con aquellos preciosos ojos azules que tenía. Se concentró en comer e ignoró el impulso que sintió de marcharse a cenar a su dormitorio. Pero la mirada de Jack le pesaba demasiado.

—¿Tienes que estar mirándome mientras ceno?

—Tienes una actitud un poco hostil esta noche —comentó él, bebiendo un poco de agua a continuación.

La tranquilidad de Jack puso aún más nerviosa a Brenna, que dejó el tenedor en el plato con una aparente calma.

—¿Esperas algo distinto? —preguntó, aferrándose a la excusa más fácil de utilizar—. ¿Vienes aquí para decirme que quieres vender tu parte de los viñedos, sin discutirlo conmigo, y se supone que debo estar contenta? Sé realista, Jack.

Una gota de sudor le cayó a él por la cara y se la secó con la mano. Aquel gesto le permitió a ella ver parte de sus abdominales al levantársele la camiseta ligeramente. Un familiar acaloramiento se apoderó de la parte baja de su estómago.

—¿Quieres ser realista? Bien. Podemos dejarnos de charlas inútiles e ir al grano —respondió Jack con un severo tono de voz.

Aquello provocó que ella se sintiera mucho menos alterada sexualmente.

—Negocios. Excelente. Como has visto, tenemos una cosecha de uvas que han madurado antes de tiempo… un vino híbrido que Max y Ted llevaban preparando desde hace un par de años. Vamos a lograr que Amante Verano sea reconocido por todo el mundo del vino —explicó, levantándose y dirigiéndose al otro lado de la encimera. Dejó su plato en el lavavajillas—. Me aseguraré de que sepas cuándo está preparado para probar.

Jack no se había movido y al colocar su plato en el lavavajillas tuvo que acercarse mucho a él. Tanto que respiró su fragancia, el aroma de su piel que reavivó el acaloramiento que había estado sintiendo. Mientras cerraba el electrodoméstico, intentó tranquilizarse. Entonces se giró hacia Jack.

—Brenna, no.

Fingiendo una gran inocencia, ella lo miró a los ojos.

—¿No qué? ¿Que no hablemos de negocios?

Él se cruzó de brazos de manera casual. Parecía muy sereno... para alguien que no lo conociera. Pero Brenna sabía interpretar sus gestos.

—No podría importarme menos lo que hagas con esas uvas... o con cualquier uva. Simplemente quiero que firmes el contrato de compraventa —espetó Jack.

—Por si no he dejado las cosas claras antes, firmaré ese contrato cuando el infierno se congele. No vas a venderle la mitad de los viñedos a un extraño.

—¿Entonces qué quieres, Brenna? —preguntó él con el mismo tranquilo tono de voz que indicaba que estaba controlando a duras penas su frustración.

—Quiero que regreses a San Francisco. Vuelve a dirigir tu imperio y deja a Amante Verano... —ella hizo una pausa para añadir en silencio que a ella también— en paz.

Tras decir aquello respiró profundamente.

—Puedes ser un socio silencioso, simplemente

déjanos trabajar y te enviaremos un cheque por tu parte de las ganancias.

—¿Ganancias? —respondió Jack, riéndose—. Este lugar no vale nada. Sin el dinero de Max...

—Es cierto que hemos tenido un par de años malos, pero estamos recuperándonos. ¿Tienes alguna idea de lo mucho que se tarda en lograr que unos viñedos sean rentables? Años, Jack. Y casi lo hemos logrado, mucho antes de nuestras predicciones.

—He visto los libros, Bren.

Bren. Aquel apodo tomó a Brenna por sorpresa. Durante unos segundos no supo qué decir.

—Entonces sabrás que lo que digo es cierto.

—No importa. ¿Cuántas veces tengo que decirte que no quiero unos viñedos?

Ella estaba comenzando a sentirse realmente frustrada. Deseó tener la capacidad de controlarse al igual que Jack.

—Son sólo unos viñedos, por el amor de Dios, no un burdel.

Él resopló.

—Efectivamente. Los burdeles son rentables.

—Los viñedos también. Simplemente tienes que tener paciencia. Claro, que tú no tienes ni idea de lo que significa eso —espetó Brenna.

—Brenna... —dijo Jack con la impaciencia reflejada en la voz.

Ella pensó que ya estaba bien de defenderse. Se sentía muy ofendida.

—¿Quién está siendo hostil en estos momentos?

—Si estoy siendo hostil, es porque tú estás siendo completamente irrazonable. De nuevo —respondió él.

A Brenna le pareció increíble que aunque hubieran estado juntos tan poco tiempo ya estuvieran discutiendo. Le encantaría lanzarle algo a la cabeza…

—No empieces.

Jack se agarró los bíceps con fuerza.

—En realidad, lo que me gustaría es finalizar.

Ella dio un paso atrás.

—¿Por qué tienes tantas ganas de vender? Esto es el legado de Max.

—El legado de Max es Garrett Properties.

—¿Venderías tu parte de esa empresa? —preguntó Brenna.

—Si el precio y la situación fueran los adecuados, sí. A eso se le llaman negocios, Brenna —contestó Jack, apartándose de la encimera.

Repentinamente ella sintió que necesitaba tener una barrera entre ambos… para que le resultara más fácil manejar aquella situación.

—Ahí está la diferencia. Para mí, los viñedos son algo más que negocios. Son más que un salario y que unos beneficios. Son mi hogar. Son todo lo que siempre he querido y lo sabes.

—¿De verdad, Bren? ¿Es esto lo que quieres?

Aquella pregunta impresionó a Brenna, pero se forzó a que no se le notara. Se cruzó de brazos para copiar la postura que había adoptado él hacía unos momentos.

—Desde luego. Yo compraré tu parte.

Sorprendido, Jack la miró fijamente.

—¿Tienes tanto dinero? Estoy impresionado, Bren.

—Bueno, no —respondió ella, que comenzó a dar vueltas por la cocina al intentar pensar con rapidez—. No puedo hacerlo ahora, pero sí podré dentro de un tiempo. Tal vez pueda pagarte poco a poco durante los próximos años…

—No quiero estar atado a este lugar indefinidamente.

Brenna pensó que precisamente en lo que había dicho él estaba el asunto que debía tratar. Jack estaba tan atrapado a aquella sociedad como lo estaba ella. Sintió cierto coraje y sonrió.

—Entonces parece que estamos en punto muerto.

Jack frunció el ceño y Brenna supo que había logrado molestarlo. Podía salir victoriosa de aquella discusión.

—Me voy a la cama. Tengo que madrugar para la vendimia. Ponte cómodo. O, mejor todavía, vete a casa. No tenemos más de qué hablar.

Él se colocó delante de ella para impedirle el paso. De nuevo, Brenna estuvo demasiado cerca de su cuerpo y su libido reaccionó de inmediato.

—Sí, sí que tenemos más de qué hablar.

Ella necesitaba distancia para poder controlar su cuerpo, necesitaba tranquilidad y espacio para pensar en lo que iba a hacer.

—Apártate.

—¿Qué? ¿Vas a marcharte otra vez? ¿Vas a intentar evitar lo inevitable?

Brenna miró a los ojos a Jack.

—¿Inevitable? ¿Vender es inevitable? Eso no es cierto.

—Si supieras algo de negocios, sabrías que esta sociedad no puede funcionar mientras tengamos opiniones encontradas. Puedes vender ahora o perderlo todo más adelante —aseguró él.

Ella sintió como un escalofrío le recorría la espina dorsal.

—No harías eso. Nunca permitirías deliberadamente que un negocio marchara mal. No lo llevas en tu ADN.

Jack se echó para atrás, finalmente otorgándole a Brenna el espacio que necesitaba. Aliviada, ella respiró profundamente. Pero el alivio le duró muy poco…

—Siempre hay una primera vez —advirtió él.

Aquella amenaza angustió mucho a Brenna. Jack no podía vender sin su consentimiento, pero era cierto que podía ponerle las cosas tan difíciles que a ella le resultara prácticamente imposible realizar ningún tipo de negocio. Nunca se le había ocurrido aquella posibilidad, pero algo en la expresión de la mirada de él le dejó claro que sería capaz de hacerlo. Que lo haría. Fácilmente. Se mordió el labio inferior para distraerse con el dolor físico. No lloraría delante de Jack, no en aquel momento. Pero cuando intentó hablar, no pudo más que susurrar.

—¿Tanto me odias?

Él la miró de arriba abajo antes de contestar.

—Sólo son negocios.

Angustiada, ella pensó que aquello estaba poniéndose realmente peligroso.

—Márchate de nuevo, Bren, pero piensa en lo que te he dicho —continuó Jack—. Mañana volveremos a hablar.

Con las rodillas temblorosas, ella intentó con todas sus fuerzas mantener la cabeza en alto al salir de la cocina. Una vez que estuvo a salvo en su dormitorio, cerró la puerta y se apoyó en ella antes de que sus piernas dejaran de responderle.

Jamás había visto de aquella manera a Jack, ni siquiera tras la última pelea que habían tenido, cuando ella había hecho las maletas mientras él había telefoneado para pedir un taxi que la llevara de vuelta a Sonoma. Cuando se sentía bajo presión, Jack mantenía silencio y adoptaba una actitud meditabunda, nunca actuaba de manera calculadora. Y como jamás realizaba amenazas en vano… Maldijo al darse cuenta de que había estado engañándose a sí misma al pensar que podrían dejar atrás el pasado y crear una relación de negocios. No había sido consciente de que él sentía tanto desagrado por ella que prefería destruir todo lo que Max había creado antes que trabajar a su lado.

—¿Por qué me has hecho esto, Max? —preguntó, mirando hacia el cielo.

No obtuvo ninguna respuesta y se dejó caer en

la cama, agotada, aunque todavía muy nerviosa por la discusión que había mantenido con Jack.

No le había gustado el sarcasmo que había utilizado su exmarido. Cuando había sido una jovencita enamorada había sido muy optimista. Por aquel entonces había pensado que Max y su madre dirigirían Amante Verano para siempre. Ella había pretendido marcharse de Sonoma para hacer otra cosa con su vida. Jack había apoyado aquella idea, la había impulsado.

Pero el mundo no había tenido un lugar para ella… y había regresado a casa. Entonces su madre había fallecido…

Amante Verano era el lugar al que pertenecía. Lo había aceptado. Se había involucrado en cuerpo y alma con los viñedos, convirtiéndolos en su vida.

No podía permitir que Jack destruyera aquello. No en aquel momento.

Por segunda vez en un mismo día, Jack permitió que Brenna se alejara. Se preguntó cuándo había perdido su alabada diplomacia. No sabía qué le había llevado a pensar que podría haber manejado aquella negociación como cualquier otra de las que se ocupaba normalmente. Crear el plan, llevarlo a cabo. Siempre le había funcionado muy bien el sentido común y las tácticas de negocios. Salvo en lo que a Brenna se refería. Bren sabía qué decir para hacerle perder la calma. Y aquello era algo difícil de aceptar ya que él nunca se ponía nervioso.

No comprendía a quién estaba engañando. Brenna era su punto débil. Nada entre ambos había sido nunca tranquilo o predecible. Su relación siempre había estado cargada de tensión y dramatismo.

Habían comenzado muy apasionadamente. Pero una vez que las llamas de los primeros momentos se hubieron apagado, su relación se desmoronó a toda prisa. Todos los sueños y planes se habían echado a perder ante la cruda realidad. El amor no había sido suficiente y lo único que consiguieron al final fue hacerse la vida imposible el uno al otro. Habían sido muy desgraciados.

Salvo en la cama. Aquel conocido acaloramiento se apoderó de él. Hacerle el amor a Brenna era algo apasionado, peligroso, explosivo… y finalmente destructivo.

Pero por aquel entonces habían sido jóvenes, demasiado jóvenes y estúpidos como para darse cuenta de que el sexo no bastaba para mantenerlos juntos. Sin importar lo maravilloso que fuera.

Si lo ocurrido aquella noche suponía alguna indicación, tenía que reconocer que su cuerpo no había olvidado al de Brenna. El sencillo y seguramente de algodón orgánico pijama de ella lograba camuflar muy bien lo que cubría, pero de todas maneras su cuerpo había reaccionado, reavivando aquella vieja necesidad de poseerla lo antes posible.

Pero en cuanto Brenna había comenzado a reprenderlo, en seguida fue consciente de la realidad. Mientras sus manos habían continuado deseando tocarla, había recordado exactamente por qué se encontraban en aquella situación.

Sin tener en cuenta su pasado o su presente, realmente no deseaba destruir los sueños de Brenna. Pero tampoco quería ser parte de ellos. Tal vez Max había encontrado a alguien dispuesto a construir su pequeña dinastía vinícola, pero él no quería formar parte de aquella ilusión. Y Brenna, por mucho que hablara de que podían ser socios pacíficamente, seguramente tampoco quería que estuviera por allí.

No después de todo lo que había pasado.

Necesitaba algo más fuerte para beber que un simple vaso de agua. Miró a su alrededor y vio varias botellas de vino y poca cosa más. Nada de interés. Vino en la encimera, en los armaritos, vino en la nevera más grande que jamás había visto. Se preguntó si en algún lugar de la casa habría una lata de cerveza.

Max tendría una botella de whisky en su escritorio. Siempre había tenido una. Su pasión por el vino jamás había minado su amor por un buen whisky de malta sin mezclar.

Tuvo que pasar por el dormitorio de Brenna para llegar al despacho. Por el marco de la puerta se veía que la luz estaba encendida, pero la habitación se encontraba en completo silencio. Se detuvo al preguntarse si habría cometido un error al permitir que ella se marchara en medio de la discusión.

¿Discusión? Bueno, parecía que le resultaba imposible mantener una discusión civilizada con Brenna. Entre el temperamento de ésta y el aferro emocional que sentía hacia aquel lugar, las posibilidades de que tuvieran una conversación civilizada eran muy pocas.

El despacho de Amante Verano era bastante grande, más grande de lo que se necesitaba para llevar a cabo el negocio viticultor, pero aquél era el estilo de Max… cuyo escritorio dominaba la sala. Formando un ángulo junto a éste había un escritorio más pequeño que asumió sería de Brenna. Aquel estilo de despacho le resultaba muy familiar; era el mismo que imperaba en Garrett Properties, salvo que las vistas de las que se disfrutaba desde las oficinas de San Francisco incluían la bahía de la ciudad y el Golden Gate Bridge, no hectáreas de parras.

Buscó en el escritorio de Max y en el segundo cajón a la izquierda encontró la botella de whisky que había supuesto que estaría allí. Se sentó en la silla de su padre, se sirvió dos dedos de aquel maravilloso líquido en un vaso y miró el escritorio de Brenna. Max había planeado inicialmente que aquel escritorio fuera para él. Había querido que desde allí dirigiera los viñedos y los hoteles. No había importando que él no quisiera.

Una vez que Max había superado la impresión de conocer la relación entre Brenna y él, había estado casi jubiloso ante la idea de una fusión. El divorcio le había dado a él una excusa muy buena para mantenerse apartado durante todos aquellos años, pero parecía que después de todo su padre estaba intentando tener la última palabra.

—Lo siento, viejo, no puedes obligarme a dirigir este lugar.

No importaba lo que Brenna quisiera creer; ella ni siquiera era la principal razón por la que él quería mantenerse alejado de Amante Verano. Garrett Properties le robaba mucho tiempo, sobre todo desde que Max le había dejado a cargo de todos los hoteles cuando había decidido centrar su atención en los viñedos. Y la complicación de Brenna no había sido un factor que le atrajera mucho.

Pero su cuerpo no estuvo de acuerdo con aquello. Sintió como su miembro viril se endurecía ante la sola idea de ella… y habían pasado ya diez años desde que se habían divorciado. Se preguntó si no debía haber superado ya el efecto que su exmujer tenía sobre su libido.

Se llevó el vaso de whisky a los labios y bebió en silencio. Al oír un ruido a su derecha, levantó la mirada y vio a Brenna entrando en el despacho. Estaba descalza.

—Pensaba que tenías que levantarte pronto.

Ella se sobresaltó y emitió un pequeño gritito. Entonces se giró hacia él. Al verlo, sus hombros se relajaron.

—Maldita sea, Jack, me has asustado muchísimo. ¿Qué haces aquí?

Él se encogió de hombros.

—Yo podría preguntarte lo mismo.

—Éste es mi despacho —respondió Brenna a la defensiva, levantando la barbilla.

Incapaz de resistir la tentación de sacarla de quicio, Jack levantó su vaso a modo de brindis.

—Pero ahora es mitad mío.

Ella negó con la cabeza.

—Lo que sea… —dijo, sentándose en su silla. Le dio la espalda a su indeseado acompañante y encendió el ordenador que había en su escritorio—. Tengo que trabajar. Así que, si me permites…

—Adelante —la animó él, que no pretendía marcharse—. No me molestas en absoluto.

Brenna agarró con fuerza los reposabrazos de su silla e incluso en la penumbra en la que estaba la habitación Jack pudo ver lo blancos que se le quedaron los nudillos. Si escuchaba con cuidado, seguramente sería capaz de oír como rechinaba los dientes a continuación.

Oyó como suspiraba y vio como se apresuraba a comenzar a teclear. El sonido que creó se apoderó del ambiente.

—El nuevo hotel de Monterrey está vendiendo el pinot más rápido que lo que tardamos en suministrárselo. La idea de Max de vender nuestros vinos en las tiendas de vuestros hoteles fue fabulosa —comentó ella.

—Eso es estupendo —concedió Jack.

—Lo es —dijo Brenna, echándose el pelo sobre un hombro. Al hacerlo, provocó que cayera por el respaldo de la silla y la luz le dio un reflejo rojizo—. Y quiere decir que tal vez veas los cheques con los beneficios antes de lo que esperabas.

Él se preguntó si se suponía que aquello debía convencerle de querer poseer la mitad de los viñedos.

—No necesito el dinero —aclaró.

Ella se encogió de hombros.

—Bien. Lo que haré entonces será comprar nuevos tanques.

—Acabas de comprar nuevos tanques.

Indignada, Brenna se giró en la silla.

—¿Estás cuestionando…?

Jack sabía que no debía provocarla, pero simplemente no podía contenerse.

—Sí, estoy haciéndolo. Acabas de comprar tanques nuevos. Italianos. Muy caros. He visto la factura.

Ella se enderezó llamativamente y pareció esforzarse en utilizar un tono de voz neutral.

—Estoy intentando sustituir los antiguos tanques que dentro de poco se romperán. Los mejores son los fabricados en Italia. Como el mejor equipamiento me permite producir los mejores vinos, es dinero bien empleado —dijo, respirando profundamente—. De todas maneras, ¿por qué has estado husmeando en mis facturas? Pensaba que no te importaba este lugar.

—Y no me importa. Pero como ahora poseo la mitad de los viñedos… —respondió él, disfrutando de la manera en la que ella fruncía el ceño cada vez que le recordaba aquello— tengo que asegurarme de que marchan correctamente. Lo llevo en mi ADN, ¿recuerdas?

—No sabes nada acerca de este negocio, por lo que creo que la idea de que seas un socio silencioso es la mejor —ofreció Brenna.

—No me gusta ser silencioso. Hasta que venda mi mitad… —comentó Jack, dejando de hablar para que ella supusiera lo que iba a decir a continuación.

Brenna sólo tardó un segundo en comprender a lo que se refería. De nuevo, se sintió muy indignada.

—¿De verdad estás planeando contradecir cada decisión que tome acerca de los viñedos?

—Desde luego. ¿No estabas escuchando antes? Pero sabes que te resultaría muy fácil desembarazarte de mí. Firma el contrato de compraventa y no volveré a molestarte.

Impaciente, ella volvió a centrarse en su ordenador. Comenzó a teclear, pero repentinamente dejó de hacerlo y apoyó la cabeza en el respaldo de la silla.

—Primero amenazas con llevar mis viñedos a la quiebra y después amenazas con volverme loca. Y pensar que Max decía que sería estupendo para Amante Verano que estuvieras aquí…

—Hay una solución muy sencilla. Lo sabes.

—No es en absoluto sencilla —respondió Brenna, girando la silla ligeramente.

Jack pudo ver entonces el perfil de su cara y se dio cuenta de que tenía los ojos cerrados.

—Es mucho más fácil de lo que lo pintas, Bren. No quieres tenerme como socio, y lo sabes. Firma la compraventa y desapareceré.

—Ya te he dicho que no. Debe ocurrírsete otra idea.

Él pensó que ella era realmente testaruda.

—No hay otras ideas.

—¿Vas a decirme que el gran Jack Garrett no tiene un plan B?

Jack removió su bebida en el vaso.

—No necesito un plan B.

Brenna abrió los ojos y se giró para mirarlo.

—Max quería que Amante Verano fuera un negocio familiar —le recordó, utilizando un conciliador tono de voz—. No quería que hubiera extraños implicados.

—¿Y qué eres tú exactamente?

Ella se quedó muy impactada ante aquella contestación y él se arrepintió de la dureza con la que había hablado.

—Eso es injusto, Jack. Éramos una familia y éste es un negocio familiar —dijo Brenna.

—Brenna… —comenzó a decir Jack.

Pero ella levantó una mano.

—Espera. Simplemente… simplemente… —tuvo que hacer una pausa para respirar profundamente. Entonces miró fijamente a su exmarido—. No quiero seguir peleando. Especialmente no contigo.

—Entonces no lo hagas. Ninguno de los dos quiere estar en esta situación.

—Tienes razón, ¿sabes? No quiero que estés aquí más de lo que tú quieres estarlo. Pero... te necesito —reconoció Brenna, susurrando.

El deseo que se apoderó de él al oír aquello casi provocó que se le cayera el vaso al suelo. Sabía que ella estaba hablando de los malditos viñedos, pero su cuerpo estaba reaccionando ante el tentador susurro que había empleado. Le había susurrado aquello mismo en incontables ocasiones cuando había acostumbrado acurrucarse en él.

Necesidad. Siempre se había referido a él como una necesidad. La respuesta de su cuerpo demostraba que no había logrado enterrar los seis meses que habían estado juntos, por lo menos no tan profundamente como pensaba. Tenso, se movió en la silla para intentar controlar la reacción de su cuerpo.

Pero pareció que Brenna no se dio cuenta de la respuesta que había provocado y comenzó a explicarse.

—Max era el que dirigía el negocio. Estoy segura de que lo sabes. Yo podría aprender, pero Amante Verano se resentiría mientras lo hago. Sé que ésa es la razón por la que Max creó esta sociedad... siempre dijo que las mujeres Walsh producían un vino extraordinario, pero que necesitaban a los hombres Garrett para que fuera rentable. Tardé un poco en comprender lo que quería decir. Además, el apellido Garrett abre muchas puertas.

—Tú debes de saberlo por experiencia propia —comentó Jack—. Te apellidaste Garrett durante un corto espacio de tiempo.

Ante aquel recordatorio, ella palideció ligeramente.

—Dejemos ese asunto, Jack. Lo que quiero decir es que siempre que haya un Garrett respaldando Amante Verano puedo hacer negocios. Por ejemplo, me resultaría mucho más fácil obtener préstamos para expandir los viñedos. Simplemente necesito que me apoyes, con tu apellido, durante un par de años. Es todo lo que te pido.

—Pides mucho.

—¿Por qué? No tienes que hacer nada.

Él simplemente se quedó mirándola.

—Salvo tratar conmigo —continuó Brenna—. Y odias tener que hacerlo más que nada en el mundo.

—No lo odio, Bren. Pero no voy a ser tu socio —aseguró Jack—. Decide lo que quieres hacer. Dejaré en la cocina los documentos de la compraventa —añadió antes de salir del despacho.

Capítulo 3

TE lo juro, Di, es frustrante. Quiero gritar —
dijo Brenna mientras cortaba un racimo de
uvas de los viñedos con gran decisión.

—¿Estás imaginándote que es el cuello de Jack?
—bromeó Dianne desde el otro lado de la hilera de
vides.

Chloe estaba durmiendo tranquilamente en una
mochila para bebés que su madre llevaba colgada
al pecho. El sombrero que se había puesto ésta
protegía con sus alas a la pequeña del sol.

—Es catártico —respondió Brenna, cortando
dos racimos más y echándolos al cubo que tenía a
sus pies—. Y más seguro para Jack.

—¿Qué vas a hacer? —preguntó Dianne despreo-
cupadamente.

Pero Brenna sabía que todos los trabajadores de Amante Verano estaban muy nerviosos a la espera de lo que iba a suceder. Los planes de venta de Jack de cierta manera afectarían a todos.

—¿Sinceramente? No lo sé. Estoy abierta a recibir nuevas ideas si tienes alguna.

—Ojalá tuviera alguna.

—Testarudo. Arrogante. Dominante. Estúpido —espetó Brenna, alterada.

—Max también podía ser así de vez en cuando. Jack es digno hijo de su padre —comentó Dianne.

—Oh, te reto a que se lo digas a la cara —respondió Brenna, riéndose—. Le sacará de quicio.

—No creo que enojar más a Jack sea buena idea, ¿no te parece? —dijo Dianne.

—Anoche intenté ser agradable, razonable. Y no funcionó muy bien.

—Porque tienes una historia con Jack.

—Una historia muy antigua —aclaró Brenna.

—Aun así, complica las cosas —aseguró Dianne.

Brenna deseó poder comprarle su parte de los viñedos a Jack, pero ningún banco del mundo le daría un préstamo para hacerlo.

—Odio tener que salir corriendo, pero tengo que ducharme para poder abrir la tienda a tiempo. Además, creo que Chloe está despertándose —explicó Dianne.

—Gracias por la ayuda. Y por la compañía, por su supuesto. Levantarse al amanecer es un esfuerzo considerable.

—Pero es divertido… por lo menos durante las primeras horas. ¿Crees que terminaréis hoy?

—Marco ha traído consigo una cuadrilla completa de trabajadores, así que, si no terminamos hoy, definitivamente lo haremos mañana.

—Bien, te veré a la hora de comer. ¿Te apetece ensalada de atún?

—Sí, estupendo. Eres la mejor.

—Lo sé —bromeó Dianne, alejándose hacia la tienda de los viñedos.

Al quedarse sola, Brenna comenzó a darle vueltas a la cabeza de nuevo. Tenía que haber una solución, tenía que encontrar una solución a la situación en la que se encontraba.

Mientras llevaba un cubo lleno de uvas a un contenedor que había al final de la hilera de vides y lo vaciaba en éste, se dijo a sí misma que no había sido todo culpa suya. Jack tenía la misma responsabilidad que ella de la ruptura de su relación. La primera etapa de su noviazgo había sido maravillosa. El guapo hijo del jefe había llegado de la ciudad para enamorar perdidamente a la hija de la viticultora. Habían disfrutado de picnics en los viñedos, se habían dado besos a escondidas detrás de los barriles de merlot, habían hecho el amor bajo las vides…

Había sido todo lo que siempre había soñado. Romanticismo y pasión. Jack le había hecho sentir como si hubiera sido el centro de su universo: bella, sexy e interesante. Ella había tenido dieciocho años y se había enamorado perdidamente.

Pero mientras que en las películas los extremos opuestos se atraían, la realidad no había sido muy bonita. Él había cambiado mucho en aquellos diez años que habían pasado separados, se había vuelto más reservado, más duro y frío. En ocasiones se preguntaba si realmente era el mismo hombre.

Echaba de menos al Jack de antes. Al Jack del que se había enamorado y que no la había odiado.

Pero en aquel momento tenía que tratar con el nuevo Jack, y cuanto antes mejor, tanto por el bien de Amante Verano como por el suyo propio.

—¿Soñando despierta mientras trabajas, jefa? —preguntó Ted, sonriendo, mientras depositaba en el contenedor su cubo lleno de racimos de uvas—. Parece que has trabajado mucho.

—Créeme, estoy muy despierta. Simplemente deseando que la bomba no vuelva a romperse —contestó ella, quitándose los guantes de trabajo—. Si no me necesitas más aquí, voy a ir a las bodegas. Hay que procesar muchas uvas y…

—Tienes que tratar con una bomba cascarrabias —terminó él por ella.

—Efectivamente.

Afortunadamente la bomba parecía funcionar correctamente, por lo que Brenna se pasó las siguientes seis horas dándole vueltas a la cabeza, aunque no logró encontrar ninguna solución a sus problemas.

Cuando acabó su jornada de trabajo, pensó que no podía esconderse en las bodegas para siempre. Tenía que enfrentarse a Jack. Irritada, se dio cuenta de que estaba evitando regresar a su hogar… y todo por culpa de su exmarido.

Al anochecer se dirigió a su casa. Al quitarse las botas en el cuarto de aseo se sintió preparada para pelear y, de hecho, deseó que él estuviera cerca. Pero entonces recordó lo que le había dicho Dianne; que no era el mejor momento para enfurecer a Jack. Decidió ser agradable aunque le costara un gran esfuerzo.

Pero él no estaba ni en el salón ni en la cocina. Miró fuera y comprobó que su coche sí que se encontraba en el jardín, por lo que no podía haber ido muy lejos. Tal vez se encontraba en el gimnasio o en su dormitorio, pero ella no tenía ninguna buena excusa para ir a buscarlo.

Se encontraba sola y por primera vez en mucho tiempo no le importó estarlo. Tenía un nudo en el estómago y no le apetecía comer nada, pero decidió servirse una copa de vino y retirarse a su habitación. Tenía mucho en qué pensar.

El sol ya se había puesto y Jack todavía no había oído a Brenna regresar a la casa. Sabía que ella había salido de madrugada para trabajar y había esperado que volviera antes. Supuso que algo habría marchado mal en la vendimia y que Brenna se encontraría de un humor terrible.

Pero no iba a preocuparse por aquello… aunque lo cierto era que provocaría que cualquier conversación que pudieran tener fuera aún más difícil que la de la noche anterior. Los documentos de la compraventa todavía se encontraban en la encimera de la cocina, sin firmar, pero en un lugar diferente a donde los había dejado él... lo que significaba que en algún momento ella por lo menos los había mirado.

Había pasado el día en el despacho de Max, había hablado con su secretaria y había analizado los libros de contabilidad de su padre. No quería marcharse hasta que no resolviera aquella situación con Brenna, pero no podía estar alejado de la ciudad indefinidamente. Tenía que finalizar la preparación de la reunión que iba a mantener en Nueva York la semana siguiente.

Dianne Hart, una antigua amiga del instituto de Brenna a quien recordaba vagamente, había llevado dos platos de comida a la casa por la tarde. Le había explicado que normalmente le preparaba la comida a Brenna durante la vendimia. Tímidamente le había comentado que había supuesto que él también necesitaría cenar. Mientras había estado en la cocina con un bebé en brazos, le había explicado que se había mudado a Amante Verano hacía cinco años, poco después del fallecimiento de la madre de Brenna. Cuando ésta ocupó el lugar de su madre como viticultora, había contratado al recién estrenado marido de Dianne, Ted, para que ayudara en los viñedos. Dianne parecía muy leal a Brenna y sólo tenía cosas buenas que decir sobre ella. Pero no parecía compartir la animosidad de su amiga hacia él.

O si la compartía, lo disimulaba mucho mejor que Brenna.

El aburrimiento y el encontrarse en una casa vacía le impulsaron a salir a la piscina. Había olvidado que Max había recreado su refugio del ático de Garrett Tower en Amante Verano... sólo que a mayor escala. Unas bonitas losas blancas rodeaban la piscina y unas grandes macetas con hibiscos, eléboros y milenrama dividían el espacio y otorgaban privacidad a las zonas para sentarse y al jacuzzi. Era extraño. Era como si se encontrara en casa.

Nadó varios largos, tras lo que se apoyó con los brazos en el borde de la piscina y escuchó los tranquilos sonidos del anochecer. Aunque el sol se había escondido ya, seguía haciendo calor. Lo único que rodeaba a la propiedad eran varios kilómetros de viñedos, por lo que no había polución alguna y las estrellas parecían más luminosas que en la ciudad, más claras.

Aquello era probablemente lo único que le gustaba de Amante Verano.

Repentinamente, las puertas francesas del dormitorio de Brenna se abrieron y ésta salió al jardín. Llevaba el pelo arreglado en un moño, por lo que su perfil y la elegante curva de su cuello estaban expuestos. Mientras andaba, dio un gran trago al vaso de vino que llevaba en la mano. Obviamente no se había dado cuenta de su presencia. Llevaba desatado el cinturón de su corta bata. Dejó el vaso en una mesa de madera y se quitó la bata.

En aquel momento él recordó qué más le había atraído de Amante Verano.

Incluso con la tenue luz que había, pudo ver los definidos músculos de los delicados hombros, espalda y brazos de ella, músculos que se habían desarrollado al tomar las uvas año tras año. El oscuro biquini que llevaba puesto no le cubría mucho, por lo que pudo ver el cuerpo que hacía tantos años que no veía pero que no había podido olvidar jamás. Brenna tenía una anatomía compacta, fuerte, pero a la vez delicada.

El agua que hacía tan sólo unos momentos le había parecido cálida, le pareció fría en contraste con su acalorada piel. Entonces ella estiró los brazos sobre la cabeza y al ver la generosa curva de sus pechos sintió como si una llamarada le recorriera el cuerpo. Unos eróticos recuerdos se apoderaron de su mente. Apoyó las manos en las losas que rodeaban la piscina y se impulsó para salir de ésta.

Al oír el agua salpicar, Brenna se giró. Al hacerlo, la pinza con la que se había arreglado el pelo en un moño se soltó y su pelirroja cabellera cayó sobre sus hombros.

—¡Caray, Jack! ¿Cuándo has comenzado a tener como hobby el merodear en la oscuridad?

Él estaba acercándose a ella cuando oyó aquello. Entonces decidió tomar una toalla para secarse y anudársela a la cintura para cubrir la erección que su exmujer le había provocado.

—¿Desde cuándo nadar se considera merodear en la oscuridad?

—Desde que tú lo has hecho —respondió Brenna, volviendo a arreglarse el pelo en un moño con dedos ligeramente temblorosos. No pudo evitar mirar los pectorales de Jack y bajar la mirada hacia su estómago.

Cuando volvió a mirarlo a los ojos, él reconoció en los suyos el intenso brillo que reflejaban, brillo que avivó el fuego que estaba recorriéndole por dentro.

Incómoda, ella se movió hacia un lado al devolverle Jack la mirada y se dirigió a tomar su bata.

—Bren, te he visto muchas veces en biquini. No tienes que ser modesta.

Ella no contestó, sino que se quedó mirando los oscuros viñedos. Un tenso silencio se apoderó entonces del ambiente hasta que ella carraspeó.

—Si estás… quiero decir que si… Umm, te dejaré a solas.

—¿Te retiras de nuevo, Bren?

—No, no me retiro. Pero vine a la piscina para relajarme y pelear contigo no es algo que tuviera planeado hacer esta noche —contestó ella, echando los hombros para atrás.

En ese momento se apoderaron de la mente de él imágenes de lo que le gustaría hacer aquella noche con Brenna. Se forzó a dejar de pensar en ello. Tal vez no podía controlar su reacción física ante ella, pero ya no era un niño. Había aprendido su lección de una manera muy dura.

Pero no podía engañarse. Su exmujer le resultaba muy tentadora. La deseaba. Y mucho.

—No permitas que te impida nadar.

—¿Nadar? Oh… —Brenna sonrió levemente—. No tenía planeado nadar.

Jack miró de manera significativa el biquini que ella llevaba puesto.

—Interesante elección de atuendo.

Brenna lo miró a la cara mientras tomaba su vaso de vino.

—He tenido un día muy largo —comentó mientras se dirigía al jacuzzi. Suspirando, se sentó entre las calientes burbujas. Entonces miró a su exmarido y levantó una ceja—. ¿Te importa?

—En absoluto —respondió él, dejando caer su toalla y sentándose a su vez en el jacuzzi antes de que ella pudiera protestar—. Tenemos mucho de qué hablar.

Brenna cerró los ojos y se echó para abajo hasta que el agua le cubrió los hombros.

—Esta noche no, Jack.

—¿Por qué no?

—Porque realmente no quiero discutir de nuevo contigo. Es agotador y estoy muy cansada.

—¿Quién ha dicho que tengamos que discutir?

Ella abrió los ojos para decirle con la mirada que fuera realista.

—No hemos tenido una conversación civilizada desde hace años. ¿Crees que esta noche lo lograríamos? ¿Bajo estas circunstancias?

Él pensó que Brenna tenía razón, pero su dulce voz lo cautivó. Incluso sus irritantes respuestas carecían de apasionamiento o sarcasmo real. Se echó para atrás y se encogió de hombros.

—Por el momento todo ha ido bien.

Ella se rió.

—Bueno, supongo que siempre hay una primera vez para todo.

Aturdido por el agua caliente, las burbujas y el tener a Brenna tan cerca, Jack sintió unas irresistibles ganas de abrazarla.

—¿Cómo marchan los hoteles? —preguntó ella—. Max me comentó que querías expandir el negocio a la Costa Este.

Aquella pregunta provocó que él regresara al presente.

—Todo marcha muy bien. La semana que viene voy a Nueva York para finalizar el acuerdo.

Brenna esbozó una leve sonrisa.

—A Max le agradaría mucho saberlo. Siempre quiso tener un hotel en Manhattan.

—Y todo este tiempo yo pensaba que sólo quería tener unos viñedos —dijo Jack, guiñando un ojo.

Disfrutó mucho de la expresión de sorpresa que reflejó la cara de ella ante aquel gesto.

—Bueno, eso lo consiguió, pero ya sabes que Max siempre estaba pensando en el siguiente reto —recordó Brenna.

—Los hombres Garrett no se satisfacen fácilmente —comentó él, mirándola a los ojos fijamente. No dejó de hacerlo hasta que vio como ella se ruborizaba y apartaba la mirada.

Brenna bajó la mirada ávidamente a su pecho y hombros… antes de volver a mirarlo a la cara y toser torpemente.

—A veces es difícil complacerlos —aseguró mientras esbozaba una sonrisa para que Jack no pudiera considerar aquella afirmación como un ataque.

A continuación volvió a cerrar los ojos y se echó aún más para atrás en el agua. Sus piernas rozaron ligeramente las de él y se apresuró a apartarlas. Estuvieron allí sentados en silencio durante varios minutos y Jack observó como ella se relajaba paulatinamente.

—Hoy hemos tomado las últimas uvas que estaban maduras. Hemos creado un jugo precioso —explicó Brenna con un tranquilo tono de voz.

Charlar parecía extrañamente fácil en aquel momento. Era mucho mejor que discutir y la esperanza que tenía él de que aquella noche fuese interesante aumentó por momentos.

—Sólo tú te referirías al jugo de uva como precioso.

Ella sonrió.

—Los jugos preciosos crean vinos preciosos. Y eso me hace muy feliz.

—¿Qué más te hace feliz, Bren? —quiso saber Jack.

Aquella pregunta le impresionó a él tanto como a ella.

—¿Vamos a discutir? —respondió Brenna, suspirando.

Jack no pudo evitar esbozar una sonrisa, pero ella todavía tenía los ojos cerrados y no pudo verla.

—No, a no ser que tú empieces la discusión. Es una pregunta muy simple.

—Bien. Veamos… las buenas uvas y el buen vino.

Él se preguntó si ella pensaba alguna vez en otra cosa.

—Aparte del vino, Bren.

Fingiendo estar enfadada, ella frunció la boca.

—Umm… los paseos por los viñedos al atardecer, cuando hace fresco y hay mucha tranquilidad pero todavía no ha oscurecido.

Ambos habían compartido varios paseos memorables al atardecer, pero Jack pensó que Brenna no apreciaría que se lo recordara en aquel momento.

—También me hacen feliz los helados de caramelo y chocolate —continuó ella—. Y… y… ¿puedo repetir que el buen vino?

—No es muy creativo.

Brenna abrió los ojos de nuevo.

—¿Qué puedo decir? Tengo necesidades muy simples. ¿Y a ti? ¿Qué te hace feliz?

Él tuvo que pensar durante unos segundos.

—Las reuniones de trabajo en las cuales nadie me plantea un desastre que hay que resolver. Los coches rápidos. Y el whisky de Malta.

Ella negó con la cabeza.

—Es una lista muy extraña.

—Bueno, no todos podemos sentirnos gozosos por tener una copa de vino Amante Verano en la mano —comentó Jack.

Había dicho aquello a la ligera, pero disgustó a Brenna.

—Lo siento mucho, Jack.

—¿Qué es lo que sientes, Bren?

—Muchas cosas. Pero sobre todo siento haberte mantenido apartado de los viñedos.

Él gruñó y ella se quedó mirándolo fijamente.

—Brenna, si hubiera tenido algún deseo de venir a Amante Verano, tu presencia no me habría detenido —aseguró Jack.

La cara de ella reflejó una gran confusión.

—Pero te solía encantar estar aquí... pasabas mucho tiempo en los viñedos. Fue sólo después de... de... ya sabes, del divorcio, que dejaste de venir. Sé que fue por mí y lo siento mucho.

Él podía responder a aquello de muchas maneras, pero algo en la sinceridad de Brenna provocó que también fuera honesto.

—No me gusta el vino, no me gustan las uvas y no tengo ningún interés en la agricultura. Piénsalo... ¿cuántas veces vine a los viñedos durante los dos años siguientes a que Max comprara la propiedad?

—Que yo recuerde tal vez en un par de ocasiones...

Jack se echó hacia delante y miró a los ojos a su exmujer.

—Era porque tú estabas en el colegio y todavía

no te había conocido. Entonces fui con Max a tu graduación...

Boquiabierta, a ella se le quedaron los ojos como platos.

—¿Estás diciendo que aquel verano sólo viniste aquí para verme?

Él asintió con la cabeza y disfrutó de la impresión que reflejó la cara de Brenna.

—Una vez que terminamos no había ninguna razón para que regresara.

Capítulo 4

BRENNA se forzó a comprender el significado de lo que le había dicho Jack.

—Siempre asumí que era yo la que te mantenía apartada de los viñedos.

Él se encogió de hombros y la atención de ella se centró de nuevo en su musculoso cuerpo. Pero afortunadamente gran parte de su anatomía estaba bajo el agua, por lo que no pudo ver mucho. Tener delante a Jack en bañador le hacía recordar demasiadas cosas y su mente no podría haber soportado mantener una conversación importante mientras miraba embobada el cuerpo de su exmarido.

—¿Por qué? Cuando nos divorciamos sabías muy bien que este lugar no me resultaba muy atractivo —respondió Jack.

Ella había sido la atracción antes del divorcio. Aquello explicaba algunas cosas…

—Pero ni siquiera viniste a ver a Max cuando nos separamos.

—Quedarte en la misma casa que tu ex… sobre todo cuando tu exsuegra duerme con tu padre… no es precisamente algo muy apetecible —contestó él, esbozando una irónica sonrisa—. Por muy bonito que sea el escenario.

Brenna había sido consciente de aquello. Incluso se había planteado mudarse a su antigua casa, pero su madre y Max la habían convencido para que se quedara con ellos.

Las piernas de Jack estaban tan cerca de las suyas bajo la burbujeante agua que al cambiar él de posición le rozaron la piel. Ante aquel breve contacto, ella sintió como un cosquilleo le recorría el cuerpo. Tuvo que apartar la mirada ya que los ardientes ojos de Jack amenazaban con derretirla por dentro. Si lo miraba a la frente, le resultaría mucho más fácil concentrarse y podría continuar manteniendo aquella conversación.

—Entonces Max comenzó a pasar incluso más tiempo aquí y menos en la ciudad… —prosiguió él como si no supiera lo mucho que le estaba costando a Brenna mantener el hilo de la conversación— y la empresa dominó toda mi vida. El poco tiempo que tenía libre no iba a pasarlo aquí, le pesara a quien le pesara.

Repentinamente ella se dio cuenta de que por primera vez desde… bueno… desde el principio del fin, las palabras de Jack no llevaban implícitas un gran enfado. Mientras que esa ausencia tranquilizaba su conciencia y la parte de ella que siempre se ponía muy nerviosa cuando pensaba en él, no pudo evitar percatarse del apasionamiento que reflejaba la voz de Jack. Era un apasionamiento que su cuerpo reconoció de inmediato, aunque no lo había oído desde hacía muchos años. Avergonzada, sintió como un cosquilleo se apoderaba de sus pechos y como una familiar necesidad se apoderaba del centro de su feminidad.

Era gratificante saber que, después de todo, Jack no era completamente inmune ante ella, que no la odiaba lo suficiente como para que su cuerpo hubiera olvidado lo que les unió en un principio. Sintió un gran acaloramiento y deseó que él lo achacara al vapor y al agua caliente.

Pero no podía aturdirse; aquella conversación era demasiado importante.

—Pero Max siempre… —comenzó a decir, guardando silencio al darse cuenta de lo que iba a comentar.

Jack la miró de cerca.

—¿Crees que Max te echaba la culpa a ti?

Brenna asintió con la cabeza.

—Después del divorcio se quedó muy decepcionado.

—A Max no le gustaba que sus planes se frustraran. Había planeado este imperio de hoteles y viñedos y tú lograste lo que él no consiguió jamás; que me importara Amante Verano. El divorcio

hizo que las cosas volvieran a ser como al principio… por lo menos hasta que se le ocurrió esta ridícula confabulación. Max no te culpaba a ti por el
divorcio, Bren. Me echaba todas las culpas a mí
—aclaró Jack sin ningún tipo de amargura reflejada en la voz.

Pero aquello provocó que ella se sintiera todavía peor acerca de la situación.

—Entonces lo siento mucho. Siento haber causado problemas entre Max y tú.

—Deja de disculparte. Tú no causaste nada.
Simplemente eras una excusa que estaba a mano.

—Tiene que haber algo más —insistió Brenna—. Tu relación con Max…

—No tiene nada que ver con la situación actual.

Ella se abrazó las piernas contra el pecho. El
estrés que había intentado aliviar en el jacuzzi estaba aumentando por momentos. Pero el estrés le
angustiaba menos que el inapropiado hormigueo
que estaba sintiendo.

—¿Entonces por qué? Si no es por Max ni por
mí, ¿por qué estás tan decidido a vender? —preguntó, reuniendo el coraje para mirarlo de nuevo a
los ojos.

Jack no parecía enfadado. Parecía estar resig-
nado y cansado de hablar de aquello.

—¿Cuántas veces tengo que repetirlo? No quiero ser propietario de unos viñedos. Sé que tú no lo
comprendes, porque tú sí que quieres, pero no todo
el mundo siente una necesidad imperiosa de produ-

cir vino. Tienes que salir más de Amante Verano, ampliar tu círculo de amistades y darte cuenta de que hay todo un mundo ahí fuera que no está obsesionado con las uvas.

A Brenna no le gustó aquel comentario malicioso ni el tono displicente que había empleado él. Debía haber sabido que ocurriría y no haberse dejado engañar por la íntima atmósfera que los rodeaba. Necesitaba espacio y salió del jacuzzi. Sintió el aire frío contra su acalorada piel, pero ello no logró calmar su agitado temperamento.

—Dios, eres un estúpido.

Jack pareció sorprendido.

—¿Qué ha ocurrido ahora?

—Tú. Has actuado con un gran aire de superioridad y condescendencia. La pequeña Brenna es tan ingenua y vive aislada del mundo. No sabe nada.

—No puedes negar que aquí has vivido apartada del mundo. Solías admitirlo sin ningún reparo.

Agitada, ella comenzó a caminar junto al jacuzzi.

—Tal vez, pero eso no significa que sea ingenua. Simplemente porque nunca fuera a la universidad…

Él salió del jacuzzi a su vez y se sentó en el borde de éste.

—Eso fue decisión tuya. UC Davis te habría admitido.

—Sólo porque mi apellido era Garrett por aquel entonces. ¿Y por qué iba a pasar tanto tiempo en la universidad para que me enseñaran lo que ya sabía acerca de producir vino?

—Quizá te hubieras divertido. O podrías haber ido a una universidad diferente y estudiar otra cosa.

Brenna sintió como una antigua herida se unió al resentimiento.

—Oh, siento tanto que mi falta de educación académica te resultara algo tan vergonzoso delante de tus estirados amigos de la ciudad.

—¿El que tengan otros intereses aparte de las uvas los convierte en esnobs?

—No, el mirar a la gente por encima del hombro es lo que los convierte en esnobs —respondió ella, cruzándose de brazos—. Tú deberías saberlo ya que has tenido mucha práctica.

Exasperado, Jack se pasó una mano por el pelo.

—¿Por qué estamos discutiendo de nuevo? No seguimos casados.

—Gracias a Dios —comentó Brenna, tomando su vaso de vino y dando un gran trago.

—Si hay algún esnob, Brenna, eres tú —aseguró entonces él.

—¿Qué? Eso es una tontería.

Jack se levantó y se acercó a ella.

—Eres una esnob del vino. Todo eso de la fruta de las vides, del néctar de los dioses. Es antiguo y aburrido.

Aquel comentario fue muy hiriente, pero Brenna mantuvo la compostura.

—¡Vaya! Soy una ermitaña, esnob y aburrida… y tú eres un autoritario y condescendiente estúpido con un acusado complejo de superioridad. No comprendo cómo tuvimos una relación.

En cuanto aquellas palabras salieron de su boca se arrepintió de ellas. Debía aprender a controlar lo que decía cuando se enfadaba.

Los ojos de Jack brillaron con intensidad y le analizó el cuerpo con la mirada. Ella volvió a sentir como un cosquilleo le recorría la piel y se dio cuenta de que casi se había olvidado de que estaba prácticamente desnuda... al igual que él. Se le endurecieron los pezones y vio como Jack esbozaba una sonrisita.

—Oh, creo que recuerdas por qué tuvimos una relación, Bren —dijo él en voz baja—. Yo sé por qué estuvimos juntos.

La ronca voz de Jack alteró todas las terminaciones nerviosas de ella. Se encontraba tan cerca de él que podía sentir el calor que desprendía su cuerpo. Un intenso deseo se apoderó de ella. Se le debilitaron las rodillas y sintió como se le aceleraba el corazón. Lo maldijo en silencio.

—No... no cambies de tema.

—No estoy haciéndolo. Éste siempre ha sido el tema —respondió Jack, acariciándole con un dedo la clavícula y un hombro.

A Brenna se le puso la carne de gallina y un escalofrío le recorrió el cuerpo.

—Siempre ha habido mucha química entre ambos —añadió él.

—Jack, no... —protestó ella. Pero fue incapaz de apartarse de su caricia y de la promesa que llevaba implícita su voz. Su cuerpo quería más y todo lo que tenía que hacer era dar un pequeño paso adelante.

No. Cerró los ojos para no seguir observando la tentación que suponía su exmarido. Pero sus demás sentidos todavía estaban expuestos y se balanceó peligrosamente. El sexo no resolvería nada. Nunca lo había hecho. Habían seguido aquel camino muchas, muchas veces. Habían discutido acaloradamente y después habían disfrutado de un sexo maravilloso. Y jamás había mejorado las cosas. Pero además, en aquella ocasión sólo empeoraría la situación. La complicaría.

Tenía que recordarlo… por mucho que su cuerpo le suplicara algo distinto.

Levantó los párpados. Sabía lo que las manos de él podían hacerle; recordaba demasiado bien la sensación de tener la piel de su exmarido sobre la suya. El fuego que reflejaban los ojos de Jack le dejaba claro que éste también lo recordaba. No pudo evitar estremecerse.

Él continuó acariciándole el brazo hasta llegar a su mano. Entonces le acarició la cintura, el estómago…

—Jack, yo… yo… te digo en serio que no debemos. No podemos —aseguró sin estar realmente segura de lo que quería decir. Pero una pequeña protesta era mejor que no decir nada.

—Sí podemos —la contradijo él—. Y sabes que quieres —añadió, comenzando a acariciarle con pasión la parte de abajo de la espalda.

Ella se dijo a sí misma que debía ser fuerte. Respiró profundamente para tomar oxígeno, pero al hacerlo también inhaló el tentador aroma de Jack. Sabía que debía dar un paso atrás, pero al comenzar él a abrazarla no pudo moverse.

Era consciente de que aquello podía hacerle mucho daño, sería un gran error, pero ello no impidió que se acercara aún más a él. Jack la agarró con fuerza por la espalda y la acercó aún más a su cuerpo.

Brenna se sintió aturdida. Apoyó una mano en el pecho de él para crear una barrera.

Jack respiró profundamente al sentir la palma de ella sobre su piel y le levantó la barbilla con un dedo. Entonces se dispuso a besarla…

Pero Brenna le agarró la muñeca con fuerza justo cuando estaba a punto de hacerlo. Pudo sentir lo acelerado que tenía el pulso y apartó la cara.

—Me deseas, Bren. Puedo sentirlo —susurró él.

Jack tenía razón. Y ella podía sentir lo mucho que él la deseaba a su vez. Todo lo que tenía que hacer era decir que sí.

—Te pondré las cosas más fáciles —comentó Jack, besándole la sien y a continuación la oreja—. Dame esta noche y yo te daré los viñedos.

Jack oyó el grito que emitió Brenna un segundo antes de ponerle ambas manos en el pecho y apartarlo de su cuerpo. Entonces vio que tenía el enfado reflejado en la cara y como apretaba los puños. Sus ojos reflejaban un intenso acaloramiento.

—¿Estás tomándome el pelo?

La idea de entregarle su parte de los viñedos se le había pasado fugazmente a él por la cabeza, pero no lo había pensado seriamente. Había sido consecuencia del apasionamiento del momento. Después de todo, como bien había dicho ella, llevaba los negocios en la sangre y regalar uno no era muy buena táctica.

Pero ya había realizado la oferta…

—Hablo en serio, Brenna —comentó, mirándola a los ojos.

Ella pareció enfadada, impresionada, incrédula y finalmente escandalizada. Pero Jack no iba a echarse para atrás, ni siquiera tras ver como Brenna se enfurecía. Incluso percibiendo lo indignada que estaba ella sentía una intensas ganas de poseerla. Deseó poder tocarla de nuevo, sentir como su suave piel temblaba de placer bajo sus dedos. Conocía su sabor y se moría por volver a disfrutar de él.

Además, aquello le daría a Brenna una excusa para dejarse llevar por el deseo que él sabía que sentía sin recriminarse a sí misma por la mañana. Y él podría saciar las ansias que tenía de poseerla y terminar con el punto muerto en el que se encontraban con respecto a los viñedos. Todos saldrían ganando.

—Oh, Dios mío —dijo ella, negando con la cabeza. Sus hombros reflejaron una gran tensión.

Jack se preparó para recibir un gran ataque por su parte.

Pero Brenna no explotó. Pareció que su enfado desapareció tan rápidamente como había comenzado. Se acercó a la mesa y se apoyó en el borde.

—Siempre pensé que habíamos tocado fondo en todos los aspectos, pero éste es uno nuevo —espetó con la ira reflejada en la voz. A continuación emitió una irónica risa—. Es una oferta increíble, Jack. Prostituirme para lograr conservar mis viñedos. Estoy fastidiada de todas maneras.

—Si quieres verlo de esa manera… —respondió él.

—¿Hay otra manera de verlo? —se burló ella—. Si firmo la compraventa consigo librarme de ti para siempre, pero gano a Dios sabe quién como socio. Y no puedo saber el efecto que eso tendrá sobre los viñedos. Si no firmo el contrato, tú me harás la vida imposible en una multitud de maneras.

En ese momento hizo una pausa y comenzó a dar vueltas.

—Así que puedo acostarme contigo y pisotear el poco amor propio que todavía tengo, pero con ello gano la completa posesión de los viñedos. En teoría suena muy bien… salvo por el hecho de que ya te he comentado que necesito que tu apellido respalde los viñedos durante un tiempo.

Finalmente se detuvo para mirarlo con las manos en las caderas. El enfado se había apoderado de nuevo de ella.

—Dime qué otra manera hay de mirarlo. ¿Cómo

puedo no estar fastidiada personal y profesionalmente?

Expectante, con los ojos como platos, se quedó mirándolo fijamente a la espera de una respuesta. Pero Jack no tenía una en ese momento. La había acorralado y ella no tenía una manera digna de escapar. Sus profesores de universidad y Max se sentirían orgullosos de la manera en la que había utilizado la vieja estrategia de colocar a su adversario en una posición donde él tuviera la facultad de decidir en las negociaciones.

Pero poner a Brenna en aquella situación no le hizo sentir la misma satisfacción que sentiría en cualquier otra situación semejante.

Ella comenzó a respirar agitadamente y él pudo ver las lágrimas que inundaban sus párpados. A continuación Brenna cerró los ojos y respiró profundamente, como si estuviera intentando recomponerse y evitar romper a llorar.

Aquello conmovió profundamente a Jack ya que nunca antes la había visto en aquel estado. Brenna nunca lloraba. Explotaba, gritaba, daba portazos, incluso se enfurruñaba de vez en cuando, pero no lloraba.

La había presionado demasiado. Lo que era todo un logro teniendo en cuenta su pasado. Su matrimonio se había ido a pedazos y ella jamás había derramado ni una lágrima. Incluso durante el funeral de su madre se había comportado de una manera muy estoica. Pero sus malditos adorados viñedos eran su punto débil.

Ninguno de los dos tenía una vía de escape digna, pero él podía intentar tranquilizar la situación. No era fácil, no cuando todavía se sentía muy acalorado y con ganas de terminar lo que había empezado, pero logró mantener la calma.

—Olvídalo, Bren. Achaca la oferta a una locura transitoria.

Ella abrió los ojos de inmediato y se quedó boquiabierta. Parecía como si le acabaran de dar una bofetada.

—¿Qué?

—He dicho que lo olvides.

—Oh, yo creo que no —contestó Brenna, de nuevo enfurecida—. No puedes jugar conmigo de esta manera. Las cosas han cambiado. No voy a permitir que me hagas daño de nuevo.

Aquella respuesta impresionó mucho a Jack.

—¿Hacerte daño de nuevo?

—Tal vez tú puedas guardar los recuerdos en pequeñas cajitas compartimentadas en tu cerebro, pero no yo. No puedes venir aquí, alterarme y esperar que yo simplemente lo acepte. Ya me rompiste el corazón una vez, Jack. No voy a llorar más por ti.

¿Brenna? ¿Herida? ¿Llorando? Él no comprendió a qué se refería. Ella lo había dejado sin mirar hacia atrás y con los ojos completamente secos.

—Tú me abandonaste, Bren. No lo olvides.

Ella esbozó una mueca.

—Sí, y tú tuviste la amabilidad de pedirme un taxi mientras yo hacía las maletas.

—¿Qué se supone que debía hacer? Dijiste que eras muy desgraciada y que querías regresar a casa. No podía forzarte a que te quedaras.

—Tú no querías que me quedara. Eras tan desgraciado como yo.

—¿Dije eso alguna vez, Bren?

—No tenías que hacerlo —contestó ella, carraspeando al quebrársele la voz—. Tienes razón. Deberíamos olvidarnos de esto.

Pero Jack no iba a permitir que Brenna abandonara una conversación de nuevo.

—Recuerda; tú te marchaste y tú me enviaste los papeles del divorcio. No me culpes a mí de tus desgracias cuando fuiste tú la que me abandonaste.

Ella se quedó muy impresionada y se echó para atrás. A continuación frunció el ceño.

—¿Estás diciendo que fue culpa mía? Ni siquiera intentes sugerirlo. Hacen falta dos personas para que una relación fracase tan espectacularmente. Yo te amaba, Jack, y me dolió demasiado que tú no me amaras a mí.

Él no supo si la había oído correctamente.

—¿Crees que no te amaba?

—Me deseabas —respondió Brenna como si fuera algo desagradable.

—Eso no lo niego. Pero si quieres hablar de dolor y desengaño, piensa en lo hiriente que es que tu mujer te diga que prefiere vivir en unos malditos viñedos en Sonoma antes que contigo. Podemos repartir nuestra culpa como quieras acerca del resto de nuestros problemas, pero no intentes decirme que no te amaba. Porque estarías equivocada.

Ella se quedó muy impresionada ante la sinceridad de Jack.

—Tal vez estábamos mejor cuando no nos hablábamos.

Nadie podía alterar a Jack como lo hacía Brenna. Aquella desastrosa velada lo demostraba.

—Estoy de acuerdo contigo.

—¿Entonces por qué…?

—Creo que hemos llevado esta discusión al límite —interrumpió él—. No tiene sentido volver a recordar el pasado. Cuando estés preparada para firmar la compraventa, házmelo saber —añadió, tomando su toalla y marchándose a toda prisa.

Observar a Jack alejarse fue como revivir otra dolorosa escena de su matrimonio. Salvo que en aquella ocasión no se reconciliarían manteniendo unas maravillosas relaciones sexuales. Con las rodillas temblorosas, se acercó a la mesa y se sentó en una silla. Oyó como la puerta de la casa se cerraba y, consciente de estar a solas, dejó caer la cabeza en las manos. Aquella noche la habían acusado de muchas cosas y no estaba segura de poder asimilarlo todo.

La situación le pareció una pesadilla, una de la que no podía despertar. Había estado muy cerca, demasiado cerca, de dejarse llevar por la sensualidad de Jack. Si éste no le hubiera susurrado su indecente proposición al oído en el instante exacto en el que lo había hecho, probablemente en aquel momento se encontraría muy contenta con él en la cama.

Pero aquella oferta que le había hecho… Ni siquiera quería pensar en ella. No sabía qué era peor; si el hecho de que Jack tuviera una opinión tan pobre de ella que pensaba que se vendería para obtener la propiedad completa de Amante Verano o el hecho de que ella lo había considerado durante una milésima de segundo.

Y no sabía cómo interpretar el dolor que se había apoderado de sus sentidos cuando él había retirado su oferta.

Nadie podía hacerle tanto daño sin esfuerzo como Jack Garrett. Había pensado, deseado, que el tiempo y la madurez la habrían hecho inmune ante él. O que Jack habría olvidado cómo herirla.

Las lágrimas inundaron sus ojos. Enfadada, se reprendió a sí misma ya que no quería llorar. No lloraría por Jack de nuevo. Ya había llorado demasiado en el pasado…

Había amado muchísimo a su exmarido, pero con el paso del tiempo se había dado cuenta de que había sido un amor no correspondido. Haber oído como él decía que la había amado, que le había hecho daño cuando se había marchado, había sido algo completamente inesperado para ella y todavía se sentía aturdida.

Había habido una época en la que había pensado que el amor que sentía hacia Jack podía haber solucionado cualquier problema que la vida les hubiera deparado. Pero la fría realidad de su convivencia le había demostrado lo grande que en realidad era el abismo que había entre ambos. Y su incapacidad de terminar con ese abismo había sido siempre su fracaso secreto, el detalle que nunca había admitido ante nadie.

Durante unos pocos minutos aquella noche había pensado que aquel abismo había casi desaparecido. Había sentido brevemente aquella vieja conexión, la conexión que habían compartido al principio de su relación, cuando habían podido hablar de todo y de nada durante horas. Pero aquella sensación había desaparecido de inmediato y sintió una gran decepción ante su pérdida.

Suspiró y levantó la cabeza. El ambiente que se respiraba junto a la piscina y el jacuzzi era muy tranquilizador… precisamente lo que había intentado lograr aquella velada; tranquilizarse. Pero en aquel momento le resultaba imposible.

Se sentía muy alterada y la cabeza le dolía debido a toda la presión emocional que había soportado. Ni siquiera el maravilloso vino que se había servido podría calmar la tormenta que se había desatado en su interior. Agarró su bata, aunque no se la puso, y se concentró en conseguir que sus temblorosas piernas lograran llevarla a la intimidad de su dormitorio. Rápidamente…

Porque Jack, maldita fuera, le había hecho llorar. De nuevo.

Capítulo 5

TODOS los días son maravillosos en Amante Verano. ¿No es ése tu lema? —comentó Dianne, asomando la cabeza por la puerta del laboratorio. Le ofreció a Brenna una taza caliente.

Brenna aceptó el café mientras esbozaba una sonrisa de agradecimiento. Después de una noche sin dormir, el embriagador aroma del café de Di resultaba muy apetecible.

—Lo es desde que imprimiste esa frase en mi taza.

—¿Entonces por qué tienes tan mal aspecto? —preguntó Dianne.

Brenna no iba a poder evitar aquella conversación durante mucho tiempo, por lo que decidió ser sincera.

—Te dejo adivinar.

—Jack —dijo su amiga, apartando a un lado de la encimera unos cuantos frascos y sentándose sobre ésta—. ¿Habéis vuelto a pelearos? Venga, Brenna, seguro que hay una mejor manera de solucionar la situación.

—Ojalá. Cada conversación que tenemos, sin importar lo agradable que intente ser yo, siempre acaba en una discusión. Anoche fue terrible. Pensé que se suponía que los ex debían volverse más civilizados con el tiempo. Pero a nosotros no nos ha ocurrido.

—Creo que es porque tenéis asuntos pendientes.

Brenna se quedó mirando su café.

—No sé a qué te refieres.

Dianne resopló.

—Intenta decirle eso a alguien que no presenciara todo lo que ocurrió. Te vi perdidamente enamorada, cuando te fugaste, y después cuando te divorciaste menos de seis meses más tarde. Sé lo que todo eso te hizo… aunque intentaras ocultárselo a todo el mundo.

Brenna se sentía muy mal y no necesitaba que su amiga le hiciera sentir peor.

—¿Dónde está Chloe? —preguntó, forzándose a parecer animada.

—Con su padre —contestó Dianne—. Aprendiendo las complejidades del mundo del vino, probando y probablemente mordiendo tu nuevo refractor digital. Pero no cambies de tema —añadió, negando con la cabeza—. Ha sido un pésimo intento.

—Pensé que tal vez funcionaría —refunfuñó Brenna.

—Con otra persona tal vez sí. Pero a mí no puedes engañarme. Ahora, cuéntame. ¿Qué pasa entre vosotros dos?

Brenna no iba a revelar ningún detalle. Ni siquiera ella misma comprendía bien lo que había ocurrido.

—Ya sabes lo esencial. Pero anoche Jack me ofreció darme su parte de los viñedos.

Dianne pareció muy contenta y dio palmas.

—¡Es fantástico! No es perfecto pero…

Dejó de hablar al ver como Brenna negaba con la cabeza.

—Oh, no. Hay un pero, ¿no es así? Odio los peros.

—No hay un pero —aclaró Brenna—. Hay un si…

Confundida, su amiga frunció el ceño.

—No comprendo. ¿Un si? ¿Qué clase de si?

Brenna miró la puerta del laboratorio para comprobar que estuviera firmemente cerrada.

—Jack ofreció darme su mitad de los viñedos si… —en ese momento respiró profundamente— si me acostaba con él.

—No lo dices en serio, ¿verdad? —respondió Dianne, impresionada.

Brenna asintió con la cabeza.

—Eso es… es… es… —intentó decir Dianne.

—¿Desagradable? ¿Inmoral? —ofreció Brenna—. ¿Excelente? ¿Buen sentido de los negocios? Sinceramente no lo sé.

—Pero no lo hiciste —dijo Di, mirando fijamente a su amiga—. ¿Verdad?

—¡No! ¿Crees que estaría de tan mal humor si fuera la propietaria única de los viñedos? —contestó Brenna, echándose para atrás en la silla y dando un sorbo a su café—. Aunque tengo que admitir que fue muy tentador —añadió, pensando que, si se hubiera dejado llevar por la tentación, no habría tenido que soportar el ataque al que le había sometido Jack durante el resto de la conversación.

—Puedo ver por qué. Obtienes todo lo que quieres sólo por irte a la cama con un hombre. Es una fantástica moneda de cambio por tu inversión —comentó Dianne.

Brenna se quedó muy impresionada ante el comentario de su amiga.

—Claro que tú no lo harías —continuó Di—. Estaría mal.

—No sabía que tenías una visión tan maquiavélica de las cosas. Por un lado no parece algo tan importante… no es como si nunca me hubiera acostado antes con él —dijo Brenna.

—¡Ah! —exclamó Dianne, bajándose de la encimera—. Eso es lo que te tienta. No los viñedos. Oh, no. Mantener relaciones sexuales con Jack era la tentación.

Aunque Brenna no había querido revelar tantos

detalles, pensó que era una estupidez no confesar que aquello era cierto. No tenía sentido mentir.

—Sí, Jack era la tentación. No he olvidado cómo era acostarme con él. Recuerdo cada detalle —aseguró mientras se le pasaban por la mente numerosos recuerdos que causaron una respuesta física—. Vívidamente.

—Yo también... aunque sólo los conozco por lo que me contaste —comentó Di.

—Pero no soy tonta. Tanto física como financieramente parece un acuerdo decente, pero sinceramente... si repites esto que voy a decirte te mataré... tengo miedo de que me haga demasiado daño. Aquí —confesó Brenna, dándose unos golpecitos en el pecho.

—¿Tienes miedo de no respetarte a ti misma por la mañana?

—Eso también —concedió Brenna, que había llegado a varias conclusiones durante las altas horas de la madrugada. Incluida aquélla.

—Ah —respondió Dianne, mordiéndose el labio inferior—. Jack todavía tiene un pedazo de tu corazón. Lo sospechaba.

—No sé cómo ni por qué, pero sí, lo tiene. Lo normal es que yo hubiera superado ya nuestra historia. Ha pasado mucho tiempo.

—Que no lo hayas visto no significa que te hayas olvidado de él.

—Supongo que tienes razón. Y ahora mírame; estoy hecha un lío. Un tremendo lío —se sinceró Brenna.

—Eso explica las peleas.

—¿Qué quieres decir con eso?

—Que tenéis asuntos pendientes, ¿recuerdas? Quizá a Jack también le pasa como a ti.

—Oh, por favor. Estás loca.

—Jack no necesita sobornar ni chantajear a ninguna mujer para acostarse con ella —aclaró Dianne—. Tiene que haber una razón para que te haya hecho esa propuesta.

Brenna también había pensado aquello, pero había decidido no indagar en el asunto por si acaso descubría algo que fuera a hacerle sentir todavía peor.

—Tengo que admitir que el sexo entre ambos era maravilloso. Era lo demás lo que no funcionaba.

—Aun así… incluso el buen sexo no puede ser tan difícil de encontrar para él. En San Francisco hay muchas mujeres y Jack es rico, joven e increíblemente guapo. No necesita recurrir a su ex para obtener un pequeño alivio.

—¿Podemos hablar de otra cosa? —pidió Brenna, hastiada—. ¿Por favor?

—Sólo una pregunta más —dijo su amiga, poniéndose seria—. ¿Qué vas a hacer?

—No lo sé. Creo que de todas maneras la oferta no sigue en pie… no tras la pelea de anoche.

—Pensarás en algo. Sé que lo harás —comentó Dianne antes de marcharse y darle un apretón de hombros a Brenna al pasar por su lado.

Dejó en el laboratorio el termo de café por si su amiga quería servirse más.

Una vez a solas, Brenna miró la pared, donde había fotografías antiguas, notas escritas por la elegante escritura de su madre, prototipos de etiquetas y recortes de periódicos. Tenía que pensar qué era lo mejor que podía hacer. Tenía que hacerlo. Pero no podía quitarse de la cabeza lo que había ocurrido la noche anterior.

Había amado a Jack, pero éste también le había ofrecido un emocionante estilo de vida que no había tenido en Sonoma. Cuando su relación había terminado, había regresado a casa, al lugar al que pertenecía. Se había entregado en cuerpo y alma a Amante Verano, en parte porque amaba aquellos viñedos, pero también para llenar el hueco que había dejado en su vida el perder a Jack.

Para bien o para mal, aquélla era su vida. Todo en lo que había trabajado durante los anteriores diez años había llevado a aquella situación. Y la presencia de Jack sólo había creado un bache en el camino; era un elemento de su pasado que había agitado su mundo ligeramente. Tenía que llegar a un acuerdo viable con él y una vez que lo hiciera todo volvería a la normalidad.

Y Jack… bueno, tenía que superar las viejas heridas y antiguos recuerdos, así como tener en cuenta lo que eran en aquel momento… no lo que habían sido. Todo lo que tenía que hacer era ignorar el efecto que él tenía sobre ella y recuperar el pedacito de su corazón que parecía que él todavía tenía. No hacía falta que mencionara que acostarse con Jack era impensable. Por ninguna razón debía hacerlo.

Mientras tanto, estar todo el rato lamentándose no iba a arreglar nada… lo sabía muy bien. Tenía muchas cosas que hacer y no iba a lograr hacerlas si se escondía en el laboratorio.

Su primera parada era el almacén, donde el trivial inventario la esperaba. Antes de que pudiera comenzar a analizarlo, sonó su teléfono móvil. Lo tomó de su bolsillo trasero y comprobó quién llamaba. Era Di.

—¿Dónde está Jack? —preguntó su amiga.

Brenna miró las cajas que contenían botellas y las contó mentalmente.

—Supongo que en la vivienda principal.

—No, porque yo estoy en la vivienda principal. Su coche no está.

Brenna sintió como le daba un vuelco el corazón. No sabía si se sentía contenta o no.

—¿No está?

Dianne pareció exasperada.

—No puedo creer que se haya marchado sin decírselo a nadie. Es una actitud tan grosera. Y después de lo que me has contado de anoche…

Era cierto que aquello era como una bofetada en la cara.

—Jack puede venir y marcharse cuando quiera —comentó Brenna—. No tiene que darle explicaciones a nadie.

—Tal vez sólo fue al pueblo a comprar algo —supuso Di—. ¿Quieres que vaya a su dormitorio para comprobar si se ha llevado sus cosas? Nos daría una idea de si va a volver o no.

—Di, no. Si no va a regresar, telefoneará. O lo hará su abogado. No hemos acordado nada. Deberíamos disfrutar del descanso mientras podamos —respondió Brenna, que no comprendía por qué no se sentía aliviada.

Lo que sentía era un nudo en el pecho que le dolía al respirar.

Pensó que había sido muy buena idea no haberse acostado con él.

—Pero, Brenna… —insistió Dianne.

—¿No tienes algo que hacer? ¿Algo útil?

—Está bien —gruñó Di—. Pero me pregunto dónde habrá ido. Y por qué.

Brenna pensó que ella también se lo preguntaba.

—No es asunto nuestro.

No era tan ingenua para creer que Jack simplemente había renunciado a sus propósitos y había regresado a la ciudad. Se sintió muy inquieta. No, él estaba planeando algo, algo que a ella no iba a gustarle.

—No estás concentrándote en el juego. Hoy ha sido la vez que más cerca he estado de ganarte en cinco años —comentó Roger, lanzándole una pelota azul a Jack, que la tomó de inmediato—. Sea lo que sea, sigue pensando en ello. Podría acostumbrarme fácilmente a que no me machacaras dos veces por semana —añadió, secándose su sudorosa frente con una toalla.

Jack apuntó y lanzó la pelota, que dio en la pared de la cancha y a continuación en la pierna de Roger.

—Jamás estaré tan desconcentrado.

Pero su amigo tenía razón. Estaba distraído. Tras haber tratado con Brenna durante dos días no era capaz de jugar con normalidad un partido de tenis. Aunque no sabía qué le distraía más; si recordar el tacto de su piel y la manera en la que había reaccionado ante su caricia o la expresión que había reflejado su cara cuando lo había acusado de romperle el corazón.

—Yo tengo tres exmujeres, ¿recuerdas? —comentó Roger mientras agarraba su equipo de juego—. Como tu abogado y amigo, puedo asegurarte que nunca mejora. Lo mejor que puedes hacer es poner poca resistencia. Sale caro, pero es eficaz… si quieres mantener la cordura.

—Creo que eso ya lo he adivinado yo solo —respondió Jack, saliendo de la cancha por la puerta que daba al gimnasio en el que se encontraban.

Brenna no había estado en la casa cuando él se había marchado aquella misma mañana, por lo que no sabía el efecto que había tenido sobre ella lo que había ocurrido la noche anterior.

Más o menos a las tres de la madrugada había logrado decidir qué quería hacer. Tener un plan le había permitido dormir un poco. Había tenido muchos sueños eróticos con Brenna, sueños muy agradables, pero que estaban resultando toda una distracción aquella mañana.

—Es una pena. Tenía muchas ganas de ganarte en el futuro —bromeó Roger.

Ambos se dirigieron hacia los vestuarios. Jack tenía una reunión a las tres de la tarde y debía pasarse por sus oficinas un par de horas antes de regresar a Sonoma.

—Te digo una cosa; invertir en unos viñedos parece una idea interesante —dijo Roger.

Jack se detuvo en seco.

—Dios santo, ¿tú también? Es como una epidemia. Todo el mundo quiere poseer unos viñedos.

Roger sonrió.

—Salvo tú, por alguna razón.

—Porque no tengo ninguna visión romántica de la producción del vino —aclaró Jack.

—Vamos, no tiene que ser muy difícil. Pisar unas cuantas uvas, tratar con los turistas, beber mucho. A mí me parece un trabajo muy dulce.

Jack miró a su abogado para comprobar si estaba bromeando. Pero no le pareció que lo estuviera.

—¿Cuándo fue la última vez que estuviste en unos viñedos? —le preguntó.

—Hace un par de años. Cuando unos parientes nos visitaron, hicimos un tour por algunos viñedos.

Jack pensó que tal vez Bren tenía razón acerca de no vender a cualquiera.

—Y eso te convierte en experto, desde luego. Créeme; muy alegre y dolorosamente Brenna te echaría de sus viñedos si te acercaras a sus preciadas uvas.

Una vez en los vestuarios, Roger abrió su consigna.

—Me sorprende que estés siendo tan generoso. Brenna Walsh debe de quererte mucho.

—¿Qué? —preguntó Jack. No comprendía a qué se refería su amigo.

—Eres el mejor exmarido que una mujer puede esperar —explicó Roger—. No puede odiarte mucho.

Jack lo dudaba. Probablemente Brenna estaba maldiciéndolo en aquel preciso momento.

—Estás creando un mal precedente para el resto de nosotros —continuó el abogado.

Jack tomó sus pertenencias de su consigna y cerró ésta con fuerza.

—Te digo una cosa; tú trata con tus exmujeres y yo trataré con la mía.

Roger levantó las manos y se echó para atrás.

—Está bien. Esta tarde tendrás los documentos en tu escritorio.

Jack pensó que aquello era estupendo ya que tendría los documentos en la mano cuando regresara a Amante Verano aquella noche. Durante el fin de semana examinaría el resto de asuntos de Max y le explicaría a Brenna el plan que tenía. El lunes, toda aquella situación sería algo del pasado y podría continuar con su vida.

Al sentir como el agua caliente de la ducha le relajaba los músculos, se dio cuenta de que todavía podía surgir un problema con su plan. Se preguntó si Brenna habría olvidado la discusión que habían tenido la noche anterior o si todavía estaba enfurecida y dispuesta a continuar peleando. El altercado que habían tenido, el recordar el pasado, le había dejado un mal sabor de boca, pero no había conseguido enfriar el fuego que le recorría las venas. Y recordar la respuesta física de su exmujer sólo conseguía avivarlo. Había vuelto a olerla y a sentir su piel. Si hubiera mantenido la boca cerrada...

Esbozando una mueca, giró el grifo para obtener agua fría y apartó la imagen de Brenna, deliciosamente húmeda y cubierta sólo por una diminuta lencería, de su cabeza. Tenía mucho trabajo por delante y una dura erección no iba a ayudarlo.

Concentrarse en todos los aspectos de la nueva propiedad de Sacramento sí que le ayudó y, aunque estuvo distraído durante las interminables reuniones a las que tuvo que asistir, logró mantener a Brenna apartada de su mente durante la mayor parte de la tarde.

Tal y como le había prometido Roger, le envió los documentos que le había preparado antes de que terminara la jornada laboral, momento en el que Brenna volvió a ocupar de nuevo todos sus pensamientos... sólo que en aquella ocasión se la imaginaba llorosa e intentando mantener la compostura.

Ella le había dicho que no volvería a llorar por él. Y lo había dicho muy sinceramente, sin ninguna pretensión. Él estaba comenzando a creerlo. ¿Habría llorado sola? ¿Sin que él lo supiera?

Si aquél había sido el caso, sería un malnacido que se merecía que Brenna lo hubiera abandonado.

Aquélla era una razón más por la que debía dejar atrás todo aquel embrollo. Rápidamente. Debía permitir que Roger se encargara del asunto. Sería más fácil tanto para Brenna como para él.

Se preguntó por qué demonios estaba dirigiéndose a Sonoma…

La respuesta era muy clara; porque deseaba a su exmujer. Brenna era como un mal hábito que había pensado que había abandonado hacía muchos años, pero haberla saboreado levemente había hecho resurgir el deseo. La noche anterior se habían aclarado ciertas cosas sobre su pasado y los documentos que reposaban en el asiento del acompañante debían regular su situación actual. Si ella no le guardaba rencor, tenía planeado terminar lo que habían comenzado junto al jacuzzi…

Al introducir el coche en la propiedad Amante Verano, sintió mucho optimismo sobre la noche que tenían por delante. Pero al igual que un toxicómano que sabía que iba a obtener su dosis en pocos minutos, sintió como sus ansias se intensificaban al aparcar el vehículo junto al Jeep de Brenna.

Cuando abrió la puerta de la vivienda, oyó el sonido de la televisión. Vio a Brenna tumbada en el sofá con las piernas estiradas sobre los cojines. Tenía una revista abierta en el regazo, revista que estaba leyendo con mucha seriedad. Estaba jugue-

teando con un mechón de pelo que se había solta-
do del moño en el que llevaba arreglado el cabello.
Hacía mucho tiempo que no la había visto tan relajada. Pero aquella tranquilidad la abandonó al
oírlo andar y dejar su maletín sobre la mesa del
salón. Sobresaltada, se giró para ver quién era. Se
le cayó la revista al suelo.

—¡Jack! Yo… yo… no sabía que regresarías
esta noche —dijo, apagando la televisión con el
mando a distancia.

—¿Supone algún problema?

—No, en absoluto. Ya te he dicho que eres
bienvenido a los viñedos —respondió ella con un
amistoso tono de voz.

Pero él decidió tener cuidado. Tomó la revista
del suelo y se la devolvió. Era una revista de vinos. ¡Ninguna sorpresa!

—¿Es interesante? —preguntó.

—Mucho —contestó Brenna, sonriendo.

Jack sintió como le daba un vuelco el estómago.

—Hay un artículo muy bueno sobre gestión de
capital, por si te interesa leerlo —continuó ella.

Él pensó que Brenna no parecía tener ganas de
pelea; de hecho, su actitud parecía sincera. Tal vez
también quería una tregua. Ello haría que aquella
velada y todos sus planes fueran… mucho más fáciles.

—No, gracias —respondió, sentándose en la silla que había delante del sofá.

Se fijó en el vaso que había sobre la mesa. Tenía un líquido color ámbar cubierto de espuma blanca.

—¿Es cerveza?

Ella se rió.

—Sí, es cerveza. Dianne y yo fuimos al pueblo esta tarde y pude hacer la compra. Toma lo que quieras. Si tienes hambre, también hay comida —comentó.

Jack se dirigió a la cocina. La increíble actitud de su exmujer parecía demasiado buena para ser cierta. El optimismo le embargó. Tomó una cerveza de la nevera.

—Una cerveza es todo lo que necesito —comentó al volver al salón—. Ha sido un día muy duro —añadió, acercándose a su maletín para sacar de éste los documentos que había llevado consigo.

—Lo siento. ¿Has tenido algún problema en la oficina?

El intento de Brenna de sacar conversación provocó que él esbozara una sonrisa. Le tentó la idea de sentarse junto a ella para mantener una agradable conversación tras un día tan largo. Pero ello sólo retrasaría sus planes y quería resolver los negocios primero.

Cuando regresó junto a Brenna, ésta todavía tenía una amigable expresión reflejada en la cara… expresión que se borró de inmediato al ver los documentos que él sujetaba en la mano.

—No voy a firmar eso —aseguró, frunciendo el ceño.

—Deberías leerlo antes de decidir —advirtió Jack, ofreciéndole los documentos.

Ella los tomó y él volvió a sentarse en su silla, donde comenzó a beberse la cerveza que tenía en la mano.

—Parece que esto es muy largo —comentó Brenna—. ¿Por qué no me haces un resumen? —añadió, tomando su vaso de cerveza y dejando los documentos sobre la mesa. A continuación se puso cómoda sobre los cojines y lo miró, expectante.

—Está bien —concedió Jack—. Te haré un resumen. Estos documentos te otorgan un veinticinco por ciento más del negocio.

Ella pareció muy impresionada.

—Sin ninguna doblez —prosiguió él—. Ello te da la mayoría de acciones, sin importar lo que pase. A cambio, accedes a venderle a Garrett Properties mi veinticinco por ciento restante. La empresa te respaldará como socio silencioso durante el próximo año. Cuando termine el año, accedes a que la empresa venda sus acciones a quién le parezca. Obviamente tú tienes el derecho de comprarlas antes que nadie, pero no puedes oponerte a la venta.

—¿Me darías otro veinticinco por ciento? —preguntó Brenna, que parecía estar esperando descubrir dónde estaba la trampa. Tomó los documentos y comenzó a echarles una ojeada, claramente intentando encontrar el engaño—. ¿Por qué?

Roger le había preguntado a Jack exactamente

lo mismo, por lo que éste repitió la misma respuesta que le había dado a su abogado.

—Considéralo parte del acuerdo de divorcio. Es la mitad de mi mitad.

—Pero no obtuve ningún acuerdo de divorcio. No llevábamos casados el suficiente tiempo.

—Entonces esto me da la oportunidad de rectificar esa carencia.

Brenna lo miró con la desconfianza reflejada en la cara.

—No me mires así —dijo Jack—. Es un regalo. No hay ninguna trampa.

Ella ojeó un par de folios más antes de dejar de nuevo los documentos sobre la mesa.

Tomó su cerveza y se quedó mirando el líquido mientras fruncía el ceño.

Él casi podía ver como estaba dándole vueltas a la cabeza, pero no sabía a qué conclusiones estaba llegando.

—Sé que no es lo que quieres, pero es todo lo que puedo hacer por ti, Bren —aseguró.

Ella asintió con la cabeza y dio unos golpecitos con las uñas en su vaso. Entonces dio un gran trago de cerveza y lo miró con sus marrones ojos.

—Lo sé. Y me parece más que justo.

Capítulo 6

BRENNA sintió un nudo en la garganta. Aquello era *muy* justo. Era más de lo que podía haber imaginado. Jack parecía impresionado. ¿Qué esperaba? Ella no tenía mucho con lo que negociar. De hecho, la impresionada era ella ante lo complaciente que había sido él. Podía haber continuado acosándola hasta que hubiera firmado la compraventa. Porque, aunque no lo había admitido ante nadie, muy dentro de sí sabía que finalmente la presión habría minado su determinación.

—¿Aceptas esas condiciones? —preguntó Jack, todavía sorprendido ante el hecho de que Brenna hubiera aceptado tan fácilmente.

Ella asintió con la cabeza y dio un gran trago a

su cerveza con la esperanza de que ésta le ayudara a suavizar el nudo que tenía en la garganta. Pero no logró su objetivo.

Jack volvió a sentarse en su silla.

—Me alegra mucho. No tiene sentido alargar esta situación indefinidamente —comentó.

Brenna pensó que estaba siendo demasiado amistoso para ser alguien que la noche anterior la había tratado de la manera en la que lo había hecho. Y aquella oferta… surgida repentinamente como un regalo de Dios… Asumió que debía de haber alguna trampa. Aunque, en realidad, los negocios sucios no eran el estilo de Jack.

—Estoy de acuerdo. Pero supongo que no te importará que mi abogado lea esto antes de que lo firme.

—¿No confías en mí? —preguntó él, esbozando una divertida mueca.

Ella resopló.

—¿Basándome en qué? ¿En nuestra larga y feliz historia?

Jack ladeó la cabeza, admitiendo la veracidad de aquello. A continuación se encogió de hombros.

—Creo que en algo tan importante como esto debería estar segura de lo que firmo —prosiguió Brenna.

—Es una idea muy buena, Bren, pero como aquí no hay ninguna trampa de la que debas preocuparte, estoy deseando tener noticias de tu abogado la semana que viene —respondió él, levantan-

do su botella a modo de brindis—. Por las solucio-
nes equitativas.

—Brindaré por eso —concedió ella, bebiéndo-
se toda su cerveza tras brindar. Finalmente se relajó un poco.

Aunque pretendía analizar con lupa aquella
propuesta, confiaba lo suficiente en Jack como
para creer que decía lo que aseguraba éste. Simplemente estaba contenta de poder vislumbrar el
final de aquella pesadilla.

Él se bebió también toda su cerveza.

—¿Quieres otra? —ofreció mientras se levanta-
ba y se dirigía a la cocina.

—Por favor —respondió Brenna. A los pocos
segundos oyó como Jack abría dos botellas.

Pensó que tal vez debía beber algo más fuerte.
No era tarde, pero si él iba a beber otra cerveza,
significaba que no pretendía regresar a la ciudad
aquella noche. Al verlo sentarse de nuevo en su silla, se dio cuenta de que quizá decidiría quedarse
allí, en su compañía.

Pero los acontecimientos de la noche anterior
eran demasiado recientes como para ignorarlos y
no pudo evitar que el recuerdo de ellos se apode-
rara de su mente. Se le puso la carne de gallina al
recordar como le había acariciado la tripa y la sincera impresión que habían reflejado sus ojos cuando lo había acusado de no amarla. Cerró los ojos y
la visión del desnudo pecho de Jack humedecido
por el agua se apoderó de su mente. Se apresuró a
abrir los ojos de nuevo y fijó la mirada en un cua-

dro que había colgado en la pared del salón. Respiró profundamente. Sintió mucho calor y el trago de cerveza que dio no le ayudó a sentirse más fresca.

Pensó que tal vez debía tomar la botella de oporto. El vino le ayudaría a calmarse mucho más eficazmente que la cerveza.

—¿No tienes grandes planes para el viernes por la noche? —preguntó Jack.

—Éste es mi plan. Por aquí no tenemos muchos centros de ocio. Muy a mi pesar, desde luego —respondió ella, centrándose en la conversación—. Pero yo podría preguntarte lo mismo —añadió.

Ella estaba muy contenta de quedarse en casa, pero él era una criatura social… y una muy popular. Normalmente en su vida se sucedían los eventos emocionantes; seguro que tenía algo mejor que hacer una noche de fin de semana.

—Bueno, había planeado tener una discusión contigo, pero parece que no va a ser así —contestó Jack, guiñando un ojo—. No me importa, desde luego, pero me ha dejado sin nada que hacer esta noche.

—Si quieres, yo podría insultarte —ofreció ella en lo que esperó fuera un tono amigable.

Sin duda, aquello le ayudaría a mantener los pensamientos apartados de cosas ciertamente peligrosas. Aunque, al mismo tiempo, era agradable no estar siempre peleándose con él.

—Déjalo —respondió Jack, mirando los oscuros viñedos a través de las puertas francesas.

Brenna se preguntó qué estaría pensando y cómo podía parecer tan relajado.

—¿No sientes mucha soledad aquí, Bren? —quiso saber él con la mirada todavía fija en los viñedos.

—¿Te refieres a que si me aburro?

—No, me refiero a que si no te sientes sola —insistió Jack sin ningún sarcasmo, dirigiendo la mirada hacia ella con una sincera curiosidad reflejada en los ojos.

—Un poco —se sinceró Brenna—. Ha sido duro desde la muerte de Max; la casa es demasiado grande para una sola persona. Incluso he pensado en comprarme un cachorro de perro. Me vendría bien la compañía.

En ese momento él se levantó para dirigirse de nuevo a la cocina. Regresó con una botella de cerveza para cada uno. Ella aceptó la suya y bebió directamente de la botella. Sabía que beber tanto tan rápido provocaría que al día siguiente tuviera un tremendo dolor de cabeza, pero necesitaba el bálsamo para los nervios.

En vez de volver a sentarse en la silla, Jack tomó un cojín y lo colocó en el suelo junto al sofá.

—¿Te importa? —preguntó al sentarse en el cojín—. Tengo la espalda un poco tensa del partido de tenis que he jugado esta mañana y del viaje hasta aquí.

—En absoluto —respondió ella.

Él cerró los ojos y se estiró. Al verlo, a Brenna se le aceleró el pulso. Se dijo a sí misma que continuara con la conversación…

—Sí, un cachorrito. Algo grande, como un Boxer o un Rottweiler.

Jack sonrió sin abrir los ojos.

—Y pensar que antes querías un cachorrito de Corgi.

—Vivíamos en la suite de un hotel —le recordó ella.

Él levantó una ceja.

—Está bien —concedió Brenna—. No era exactamente una caja de zapatos, pero no me parecía justo que un perro grande no tuviera un jardín.

La sonrisa que esbozó Jack era absolutamente arrebatadora. Ella pensó que había olvidado lo maravillosas que eran aquellas sonrisas.

—Tal vez compre dos —continuó—. Pueden hacerse compañía y jugar juntos.

—¿Entonces quién jugará contigo? —preguntó él dulcemente.

—No soy ninguna ermitaña. Tengo a Dianne, a Ted y al bebé… por no mencionar la gente que trabaja en los viñedos todos los días.

—¿Y eso es suficiente para ti? ¿No tienes más… uh… compañía?

Brenna casi se atraganta con la cerveza. Tragó con fuerza y tosió repetidas veces.

—¿Estás preguntándome acerca de mi vida amorosa?

—Tengo que admitir que siento cierta curiosidad —se sinceró Jack.

—Deberías habérmelo preguntado anoche antes de proponer que nos acostáramos juntos.

Él abrió los ojos y ella vio en éstos reflejado un extraño brillo.

—Probablemente —contestó.

—Olvídalo —dijo entonces Brenna. No quería hablar de aquello, pero el alcohol le había hecho tener un desliz.

Jack se incorporó en el cojín y quedó sentado demasiado cerca de ella.

—Me resulta difícil hacerlo.

—¿Te sientes culpable? —se atrevió a preguntar Brenna.

—En absoluto. Anoche no dije nada que no fuera verdad.

—¿No crees que tu pequeño trato era de muy poco gusto?

—Quizá le faltara diplomacia, pero mis motivos eran claros —respondió él—. Y no olvides que te acaricié y que noté la manera en la que temblaste cuando recordaste la excelente química que había entre ambos.

—Tal vez en la cama. Pero también recuerdo el resto de nuestra… conversación. Las cosas que me dijiste también me trajeron a la mente recuerdos… y no todos buenos.

—En nuestra relación hubo momentos buenos, no puedes negarlo —aseguró Jack, levantando la mano para juguetear con el pelo de ella.

—No los suficientes para compensar por los malos —contestó Brenna, sintiendo un escalofrío al acariciarle él la cara—. Nos dijimos, e hicimos, cosas horribles el uno al otro.

—Éramos jóvenes —respondió Jack—. No guardo ningún rencor, ¿y tú?

—¿Por aquel entonces o por ahora? —dijo ella, más que nada para que él continuara hablando. No podía apartarse, pero aquella situación estaba volviéndose peligrosa.

—Diez años es mucho tiempo para seguir guardando rencor.

—Entonces dejemos el pasado atrás. ¿Brindamos por ello? —sugirió Brenna para poner un poco de distancia entre ambos.

Pero él negó con la cabeza. Le colocó un mechón de pelo detrás de la oreja y le acarició la barbilla a continuación.

—Eres bella, una tentación, muy testaruda —comentó con la cara a sólo unos centímetros de la de ella.

El seductor tono de voz que empleó cautivó por completo a Brenna, así como también lo hicieron sus preciosos ojos azules.

Deseó que la poseyera, cada poro de su cuerpo lo estaba anhelando desde la noche anterior. Se le secó la boca al comenzar Jack a masajearle el cuello.

Se dijo a sí misma que podía hacer el amor con él una vez más, que no haría ningún daño. Una vez que firmara los documentos que le había llevado, no tendría ninguna razón para verlo de nuevo. Pero aquel pensamiento le hizo sentir una extraña sensación de vacío en el pecho, una sensación que le resultaba extrañamente familiar y a la vez rara… aunque la noche anterior habría jurado que había superado su historia con él.

Jack se levantó para quitarle el clip que sujetaba su pelo y comenzó a masajearle el cuero cabelludo. Gozosa, ella cerró los ojos al sentir como la tensión que de nuevo se había apoderado de su cuerpo la abandonaba. Pero de inmediato la embargó un intenso anhelo. Cuando abrió los ojos, se encontró con la mirada de Jack. Gritó ante el hambre y la promesa que ésta reflejaba.

Estaba perdida y lo sabía. Siempre lo estaba cuando él la miraba de aquella manera.

Entonces Jack la besó.

Fue un beso delicado. Incluso nostálgico, dulce. Pero de inmediato la pasión se apoderó de sus labios y le devoró la boca. Le acarició la lengua con la suya y ella se estremeció.

A continuación él rompió el beso y comenzó incitarle el cuello con la boca. Brenna jadeó y respiró profundamente al sentir como le mordisqueaba la piel.

No había olvidado aquello, pero los recuerdos eran insulsos comparados con la realidad. Jack la tomó entonces en brazos y se sentó en el cojín con ella en su regazo.

Brenna se estremeció al sentir el musculoso cuerpo de él debajo del suyo. Ansiando su calor, le tiró de la camisa para poder introducir las manos por debajo y ser capaz de sentir los músculos de su espalda.

Jack le besó las clavículas mientras le acariciaba la cintura. Entonces subió las manos a sus costillas e incitó la parte de abajo de sus pechos. Ella sintió como se le endurecían los pezones.

Él la abrazó aún más estrechamente y volvió a besarle la boca. Comenzó a subirle la camisa con una agonizante lentitud. Dejó de besarla para quitársela por encima de la cabeza, tras lo que la echó para atrás con mucha delicadeza. Estaba sujetándola con una mano mientras con la otra le acariciaba el tórax y la piel de entre sus ansiosos pechos.

Brenna se estremeció; le encantaba la manera en la que estaba incitándola pero al mismo tiempo odiaba el retraso en la posesión. Estaba muy excitada, necesitaba más de Jack, en realidad necesitaba todo de él, antes de que la pasión la devorara. Sintió como él le acariciaba un pezón y, muy exaltada, le apretó un muslo con los suyos. Con manos temblorosas comenzó a desabrocharle la camisa. Cuando finalmente se la quitó, le acarició su musculoso cuerpo y le incitó los pezones al igual que estaba haciendo él con ella.

A los pocos segundos Jack la tumbó de espaldas y le colocó la cabeza sobre el cojín que él había utilizado para sentarse en el suelo. Finalmente la cubrió con su cuerpo. Brenna gimió al sentir la piel de él sobre la suya. No comprendió cómo se había alejado de aquello. Los besos de Jack la volvían loca, pero cuando éste bajó la cabeza para tomar uno de sus pezones con la boca, sintió como unos intensos fuegos artificiales explotaban en su interior. Gimió su nombre.

Aquello pareció alentar aún más a Jack, que comenzó a chuparle el pezón con muchas ansias. A continuación se apartó de ella para quitarle los pantalones. Entonces le acarició la piel que rodeaba sus braguitas mientras volvía a besarla apasionadamente.

Pero en aquel momento Brenna fue consciente de que aquél era el punto de no retorno. Se preguntó si estaba segura de querer seguir adelante.

Su cuerpo respondió por ella, arqueándose sobre el de él. Jack pareció vacilar brevemente, comenzó a besarla más delicadamente, como si supiera que ella estaba manteniendo una lucha consigo misma.

Pero Brenna estaba deseando seguir adelante. Sabía lo que él podía hacerle a su cuerpo, conocía el garantizado placer que estaba esperándole. Aquella noche había tenido que enfrentarse a la dura realidad de saber que no era tan inmune ante Jack como había asumido y muy dentro de sí sabía que por la mañana se llevaría un gran disgusto, cuando él volviera a marcharse de su vida.

Se preguntó si merecía la pena el riesgo…

Jack le apartó las braguitas y encontró con los dedos el caliente y necesitado centro de su feminidad. Unas intensas llamaradas se apoderaron de ella, que no pudo evitar comenzar a jadear.

Él sintió como el último ápice de incertidumbre abandonaba el cuerpo de Brenna al abrazarle ésta la mano con los muslos. Sintió como si estuviera sujetando un cable encendido. Cada sonido, cada gemido que emitía ella era como una corriente eléctrica.

La necesidad de saborearla, de poseerla, se estaba haciendo casi dolorosa... casi más que la presión que sentía contra la cremallera de sus pantalones. Brenna estaba a punto de explotar de placer. Apartó la boca y hundió la cara en el hombro de Jack mientras emitía unos sensuales gemidos. Le clavó las uñas en los brazos para sujetarlo y comenzó a moverse sobre su mano... hasta que alcanzó la cima del placer...

Todavía estaba vibrando sobre el dedo de él cuando levantó la cara y lo miró. Estaba ruborizada y sus marrones ojos reflejaban un gran apasionamiento; no se había saciado por completo.

Jack se quedó sin aliento. Brenna le soltó el brazo y se quitó las braguitas. Un momento después le bajó la cremallera de los pantalones y tomó su tensa erección. Él exhaló con fuerza y cerró los ojos para saborear la sensación. Pensó que ella siempre había sido una amante maravillosa, pero aquella noche superaba todo lo anterior; un intenso deseo dominaba sus besos, sus caricias, sus movimientos. Y a él le ocurría lo mismo.

Cuando le acarició de nuevo un pecho, Brenna no pudo contenerse más...

—Ahora, Jack —le susurró al oído.

Él quería seguir saboreándola, acariciándole la piel.

—Por favor —añadió ella con desesperación.

Jack decidió complacerla. Le separó los muslos y la penetró con tal fuerza que vio las estrellas.

Brenna inclinó la espalda y se agarró a sus bíceps para sujetarse. Una intensa humedad se apoderó de ella y él pudo sentir los diminutos temblores que comenzaron a recorrerle el cuerpo. Entonces Brenna lo abrazó con las piernas por la cintura y ambos comenzaron a moverse acompasadamente mientras se miraban a los ojos. A los pocos segundos los ojos de ella reflejaron una intensa pasión y hundió de nuevo la cabeza en el hombro de Jack. Le mordisqueó la piel al alcanzar una vez más la cima de la pasión; su cuerpo se agitó violentamente sobre el de él con la fuerza del orgasmo. La sensación llevó a Jack a alcanzar a su vez el orgasmo y no pudo evitar gemir al desplomarse sobre ella.

Brenna tardó bastante rato en ser consciente de la realidad. Y lo hizo poco a poco. Primero se dio cuenta de la deliciosa sensación de tener a Jack sobre ella, más tarde de que estaba tumbada en el suelo sobre una alfombra, y al poco rato se percató de la respiración de él junto a su oreja.

Había disfrutado de un sexo maravilloso y Jack había sido el único que había logrado ofrecerle un cúmulo de sensaciones tan maravillosas.

Él tenía razón en una cosa: no importaba la situación en la que se encontraran, siempre habían podido disfrutar de aquello. Le acarició el pelo distraídamente y disfrutó al sentir su suavidad entre sus dedos.

Jack se levantó ligeramente y se apoyó en sus codos. Le apartó a ella los mechones de cabello que tenía en la cara para poder darle un conmovedor beso. Entonces esbozó una arrebatadora sonrisa.

—¿Te encuentras mejor?

—Oh, sí —respondió Brenna, ruborizándose al darse cuenta de que él había sido consciente de su desesperación—. Ahora me siento mucho mejor.

—Bien —contestó Jack, dándole un beso en la frente. A continuación se dio la vuelta y se levantó. Parecía un adonis, con la piel bronceada y una musculosa complexión física.

Ella podría mirarlo durante horas y nunca cansarse de hacerlo. Le analizó el cuerpo con la mirada antes de mirarlo a los ojos.

Él le tendió una mano y Brenna la aceptó para que la ayudara a levantarse. Una vez que estuvo de pie, Jack la tomó en brazos. Pero no se dirigió a su dormitorio ni a la cocina, sino que salió al jardín por las puertas francesas.

—¿Dónde me llevas? —preguntó ella.

—Al jacuzzi.

Capítulo 7

DESPERTARSE con un cálido cuerpo masculino acurrucado en ella debería resultarle… extraño, o por lo menos equivocado. Pero no fue así. Tampoco le pareció extraño sentir la fuerte mano que acariciaba uno de sus pechos o la potente erección que le presionaba el trasero. Casi parecía apropiado.

La ligera caricia se transformó en decidida al comenzar Jack a incitarle el pezón con su dedo pulgar. Le hizo estremecerse.

—Ya era hora de que te despertaras —murmuró él en su hombro mientras bajaba la mano hacia su entrepierna.

Excitada, ella separó los muslos para otorgarle mejor acceso. Se preguntó si había una mejor manera de empezar el día un sábado por la mañana. Los fines de semana siempre habían sido su momento favorito cuando habían estado casados. Jack no había tenido que levantarse corriendo para ir al trabajo o a clase. Habían acostumbrado pasar toda la mañana en la cama, descansando, bebiendo café y haciendo el amor sin ninguna presión por hacer nada más. Sonrió al sentir el primer temblor recorrerle el cuerpo. No recordaba cuántas veces la había despertado de aquella manera.

Los dedos de Jack eran mágicos; fueron aumentando la presión poco a poco hasta que ella tuvo que agarrar la sábana con fuerza y le costó respirar. Gimió su nombre al comenzar a alcanzar la cima del placer. Mientras el éxtasis se apoderaba de sus sentidos lo besó apasionadamente. Pero él se apartó y se colocó entre sus piernas. El último temblor del orgasmo todavía estaba recorriéndole el cuerpo cuando Jack la penetró, con lo que provocó que el placer continuara.

Brenna lo miró a los ojos mientras él se movía con una agonizante lentitud. Sabía que aquel lento ritmo la volvería loca. Comenzó a moverse para acompasar sus movimientos, pero Jack la agarró por la cadera para que se estuviera quieta. Aunque llegó un momento en el que ella no pudo seguir conteniéndose y un nuevo orgasmo hizo estallar sus sentidos. Se agarró a la cabecera de la cama y prácticamente gritó el nombre de él. Sólo fue entonces que Jack aumentó el ritmo y se dejó llevar por una ola de placer… mientras gritaba el nombre de ella.

Brenna no supo durante cuánto tiempo estuvo allí tumbada en la cama a la espera de que su respiración se tranquilizara. En algún momento Jack se tumbó a su lado y le cubrió los muslos con uno suyo.

Ella abrió un ojo y miró el reloj, tras lo que gruñó. Si no se ponía en marcha, la gente comenzaría a preguntarse dónde estaba. Y no quería que Di llamara a su puerta mientras Jack estaba desnudo en su cama. Apartó la sábana e intentó sentarse en la cama, pero la pierna de él sobre sus muslos se lo impidió.

Con los ojos cerrados, Jack sonrió.

—¿Dónde vas, Bren?

—A trabajar.

—Es sábado. ¿No preferirías quedarte aquí? ¿Conmigo? —sugirió él, acariciándola de manera prometedora.

—Es muy tentador —respondió ella, apartando la pierna de Jack y levantándose antes de que fuera demasiado tarde y no pudiera resistirse—. Pero no todos tenemos la suerte de ser magnates hoteleros. Algunos tenemos que ir a trabajar al campo.

—Ya lo has hecho, ¿recuerdas? —comentó él, abriendo ligeramente un ojo.

—Y ahora debo ir a comprobar los frutos de mi esfuerzo… en realidad, el jugo de los frutos —dijo Brenna, tomando su bata y poniéndosela—. ¿No tienes que regresar a la ciudad? ¿No tienes que trabajar?

—No tengo que hacerlo —aclaró Jack, abriendo ambos ojos y apoyándose en un hombro—. Uno de los numerosos beneficios de ser un magnate es que tienes personal a tu servicio —añadió, indicándole con un dedo que se acercara—. Ven aquí.

Ella pensó que él era realmente tentador. Tenía el pelo alborotado y lo único que le cubría era la sábana que tenía arropada a la cintura. La idea de volver a la cama era realmente tentadora.

—Los tanques —murmuró—. Tengo que ir a comprobar la temperatura y los niveles de azúcar. No estaré fuera durante mucho tiempo. Tal vez un par de horas.

—Dile a Ted que lo haga él —insistió Jack.

—¿Y qué excusa podría ponerle para añadir una tarea más a su agenda? —respondió Brenna mientras tomaba del armario unos pantalones vaqueros, una camiseta, unas braguitas y un sujetador. Lo dejó todo sobre la cama mientras hablaba.

—Eres la jefa. No tienes por qué dar explicaciones.

—Tal vez eso funcione en Garrett Properties, pero ésta es una empresa mucho más pequeña —comentó ella mientras intentaba peinar su enredado cabello. Haber practicado sexo en el suelo, en la piscina, en la cama, haberse ido a dormir con el cabello húmedo… todo aquello había causado que a los nudos les salieran aún más nudos.

—Admiro tu dedicación pero, Bren, tienes empleados por alguna razón; no tienes que hacerlo todo.

—Mira quién habla.

—No soy yo el que se va corriendo a trabajar esta mañana.

Cuando Brenna terminó de peinarse, vio la manera en la que él estaba mirándola… y sintió como se le derretían las rodillas. En ese momento no quiso otra cosa que volver a la cama para disfrutar de Jack.

Pero se preguntó qué estaba pensando; estaba considerando dejar a un lado sus responsabilidades porque Jack tenía un magnetismo casi imposible de resistir. Se planteó qué ocurriría cuando él regresara a la ciudad. A ella no le quedaría otra cosa que un montón de vino estropeado.

Jack era temporal. No era para ella… lo había aprendido de una manera muy dura. El profundo arrepentimiento que sintió al recordar aquello sólo confirmó lo que había admitido el día anterior; él todavía tenía un pedazo de su corazón. Estaba encaminándose hacia otro terrible desengaño amoroso.

Debía de haber estado mucho tiempo allí de pie discutiendo consigo misma ya que en un momento dado Jack se levantó de la cama y se acercó a tomarle la mano. Tiró de ésta suavemente, pero ella se resistió.

—¿Qué haces, Jack?

—No es obvio —respondió él, esbozando una de sus arrebatadoras sonrisas—. Estoy intentando que vuelvas a la cama.

El hecho de que Jack estuviera hermosamente desnudo no ayudaba en nada. Pero Brenna no podía permitir que ni su cuerpo ni su sonrisa la distrajeran.

—¿Qué estamos haciendo? —preguntó—. Tú y yo. Aquí. Así.

—¿Tenemos que analizarlo? —contestó él.

—Sí, creo que deberíamos hacerlo —insistió ella, echándose para atrás y sentándose en la banqueta de su dormitorio—. Me parece que deberíamos dejarlo mientras podamos.

—¿A qué te refieres?

A lo que se refería Brenna era a que aquello era un juego peligroso al que no quería jugar. Porque sabía que perdería.

—Me refiero a que me alegra que hayamos dejado de pelear; ello hará que las cosas sean mucho más fáciles en el futuro y lo que ocurrió anoche fue estupendo…

Ella hizo una pausa al ser consciente de que lo que estaba diciendo no tenía mucho sentido. No quería hacer el ridículo, por lo que tomó su ropa y se vistió a toda prisa.

—Mira… umm… realmente tengo que ir a las bodegas.

—Brenna… —comenzó a decir Jack.

Pero ella se apresuró a dirigirse a la puerta del dormitorio. Necesitaba distancia para comprender lo que había ocurrido entre ambos y decidir qué iba a hacer.

—Hablaremos después, ¿te parece? Hay mucha comida en la nevera. Actúa como si estuvieras en tu casa. Adiós.

Una vez que salió de la habitación él volvió a llamarla. La exasperación que reflejaba su voz era patente incluso desde la distancia.

Pero la mejor opción que tenía Brenna era marcharse… por muy cobarde o descortés que fuera. Si no, iba a hacer un gran ridículo.

De nuevo.

Jack se sintió tentado de ir tras Brenna. Pero la asustada mirada que habían reflejado los ojos de ésta provocó que no lo hiciera. No quería acorralarla.

Llevaba despierto menos de una hora y su día ya estaba volviéndose surrealista. Ella sabía cómo hacer tambalear su mundo. Extrañamente, no se sintió muy frustrado. De hecho, tratar con Brenna le había despejado la mente, le había dado energía.

Sentía muchas ganas de volver a estar con ella, pero en aquel momento en el que ya no pensaba sólo con su libido, se dio cuenta de que tal vez Brenna tenía razón. Los acontecimientos de los anteriores días le tenían muy aturdido y tal vez debía decidir cuál sería su próximo plan.

Amante Verano no seguiría siendo su problema durante mucho tiempo, pero… ¿y Bren?

No llevaba despierto el suficiente tiempo como para que su mente funcionara correctamente. Necesitaba café, ducharse y afeitarse. Entonces iría al despacho de Max, tal y como había planeado originalmente.

Ello le daría a Brenna tiempo para tranquilizarse y a él espacio para decidir qué iba a hacer con respecto a ella.

Brenna iba a echar a perder aquel lote de vino y todo por culpa de Jack. Comprobó de nuevo las cifras que estaba manejando con la esperanza de que tuvieran sentido. Estaría bien que algo tuviera sentido aquel día.

En la seguridad de su despacho había esperado encontrar las respuestas que estaba buscando. Pero tres horas después todavía no tenía claro lo que quería y mucho menos lo que pensaba que era correcto. Los anteriores días con Jack habían despertado de nuevo en ella muchos de sus antiguos sentimientos, pero no podía obviar los nuevos. Por una parte parecía que estaban retomando su historia donde la habían dejado, pero al mismo tiempo había algo distinto. Como un comienzo nuevo.

Pero probablemente no lo era. Seguramente aquello era sólo un paréntesis, una especie de pausa de la vida real. La idea de volver a empezar, de empezar de nuevo, era simplemente una ilusión por su parte.

Todo aquello no estaba ayudándola a trabajar. Por enésima vez las cifras del documento que tenía delante se volvieron borrosas y los azules ojos de Jack se apoderaron de su mente.

—Maldita sea —espetó. Aquello era ridículo. Miró por encima de su hombro para comprobar que la puerta de la sala de fermentación estuviera vacía.

Entonces, de manera pueril, al saberse sola tiró al suelo su cuaderno de notas y lo pisó. A continuación saltó sobre él. Aquello no ayudó a calmar sus nervios, pero le hizo sentirse un poco mejor. Respiró profundamente y se agachó para tomar el cuaderno.

—Céntrate, Brenna, céntrate —se dijo a sí misma.

—¿Interrumpo algo?

La voz de Jack, que reflejó cierta diversión, provocó que ella se diera la vuelta. Lo vio apoyado en la puerta de la sala mientras contenía una sonrisa. Tenía las manos metidas en los bolsillos traseros de sus pantalones vaqueros, lo que provocaba que la camiseta gris que se había puesto le quedara muy ajustada en los hombros. Su aspecto era absolutamente arrebatador. Llevaba puestas unas botas de trabajo. Un mechón de su negro pelo le cubría la frente.

Aquél era el Jack que ella recordaba.

Carraspeó y tomó el bolígrafo que había estado utilizando.

—Simplemente estaba tomando algunas notas.

—¿Con el pie? —preguntó él, esbozando una divertida mueca.

Brenna se dio cuenta de que Jack había presenciado su pequeña rabieta. ¡Maravilloso! Como si la situación no fuera suficientemente incómoda, él la había visto comportarse como una niña de tres años.

—Es una tradición —se inventó—. Supersticiones de la producción del vino que se transmiten de generación en generación. Es esencial para este tipo de vino.

Jack asintió con la cabeza.

—Ya veo. Ya no pisáis las uvas, por lo que en vez de ello pisáis el material de la oficina. Interesante.

Ella se enderezó.

—Yo no cuestiono los métodos que empleas en tus negocios....

Él levantó una mano para aplacar los ánimos.

—No estoy cuestionando tus métodos en absoluto.

Brenna sujetó el cuaderno de notas contra su pecho a modo de escudo.

—No quiero ser... grosera, pero... ¿qué te trae por aquí?

—¿Un repentino interés en los aparentemente sencillos chardonnays? —contestó Jack, esbozando la sonrisa que normalmente implicaba que estaba pensando en...

Ella sintió como se le debilitaban las rodillas, pero agarró el cuaderno de notas con más fuerza.

—Esto no es chardonnay.

—Ah. Bueno, no estoy realmente...

—Interesado. Lo sé —respondió Brenna por él.

Jack se rió.

—Lo siento —se disculpó sin parecer realmente arrepentido.

—¿Qué te parece si prometo no decirte lo que

hay en esos tanques a cambio de que tú no divagues acerca de acciones, porcentajes y leyes urbanísticas?

—Trato hecho.

Él no se movió de la puerta, pero ella comenzó a sentirse cada vez más nerviosa con su presencia y el interés que reflejaba su mirada. Se preguntó por qué estaría allí y qué estaría buscando.

—¿Jack? ¿Quieres algo de mí?

—En realidad, no. Dijiste que tardarías sólo un par de horas y como no volvías vine para comprobar que todo estuviera bien.

—En ocasiones las cosas no salen como las había previsto. Ya sabes. Bueno, ¿qué tal en la casa? ¿Has encontrado todo lo que necesitabas?

Él la miró de manera extraña.

—He trabajado un poco. He revisado algunas de las cosas de Max y necesito saber si hay algo específico que quieras.

A Brenna le dio un vuelco el corazón. Tener a Jack de nuevo alrededor le había hecho no pensar en que Max ya no estaba a su lado.

—Seguramente será algo que tú no quieras. Un par de fotografías, su cuaderno de bocetos, la licorera del despacho. ¿Por qué no tomas lo que quieras llevarte y yo me ocupo del resto?

—Todo lo que necesito son algunos documentos de Max y algunos archivos antiguos.

—Lo que sea, Jack —dijo ella. Se le quebró la voz ya que le dolía pensar que las pertenencias de Max iban a ser divididas.

Lo que implicaba aquello era que Jack iba a marcharse.

Él se acercó a ella de inmediato. Tenía la preocupación reflejada en la cara y le puso una mano en el brazo con delicadeza.

—¿Estás bien? Había olvidado que tal vez esto sea duro para ti... ya que estabas muy unida a Max.

Brenna respiró profundamente.

—¿Cómo puede ser que no sea duro para ti?

La cara de Jack se ensombreció brevemente.

—Max y yo teníamos nuestros problemas, nuestras diferencias. Ya lo sabes. No digo que no me entristezca, pero sé que para ti es mucho peor —contestó—. Si quieres esperar un poco antes de... No hay prisa, Bren.

—No. Es... es... —ella tuvo que hacer una pausa para recomponerse—. Estoy bien. Podemos hacerlo —dijo por fin, dándole unas palmaditas en la mano a él.

Jack le apretó la mano para darle ánimos. Sorprendida, Brenna levantó la mirada.

Él estaba demasiado cerca, incluso podía oler el ligero aroma del jabón que había utilizado para ducharse. Todavía tenía la preocupación reflejada en la cara, preocupación matizada por algo más. Ese algo que había estado intentando convencerse durante las anteriores horas de que no estaba allí. No pudo continuar pensando con claridad y se sintió aturdida.

—Bren... —susurró él mientras se acercaba

aún más a ella. Se llevó su mano a la boca y le besó los nudillos—. Vuelve a la casa conmigo.

—No creo que sea buena idea, Jack.

—Tienes razón.

Brenna pensó que se había acabado todo. Había sabido que ocurriría y era lo mejor, por lo que no comprendió por qué le dolía tanto.

Él presionó el cuerpo contra el de ella; la única separación que quedó entre ambos era el cuaderno de notas que Brenna todavía sujetaba a la altura del pecho. Ésta pudo sentir como le latía a él el corazón sobre su mano y entonces sintió como le besaba el cuello.

—¿Qué estás haciendo?

—Recordando como hace eco en esta sala ese ruido que haces justo antes de tener un orgasmo.

Ella también lo recordaba… perfectamente. Excitada, dejó caer el cuaderno de notas al suelo. Jack aprovechó el momento y presionó el pecho contra el de ella. A continuación la apoyó en uno de los tanques. Brenna gimió y él no pudo evitar esbozar una sonrisa.

Ella lo agarró por la camisa y sintió como Jack le acariciaba la espalda e introducía la mano por la cinturilla de sus pantalones. La calidez de su piel la excitó aún más. Entonces él volvió a besarle la boca…

La primera vez que Jack la había besado habían estado en aquella misma sala, cerca de donde estaban en aquel momento. El beso la había dejado tan aturdida que había pensado que había algún problema con el sistema de ventilación. Mientras Jack le exploraba la boca con la lengua, se sintió embargada por la misma sensación. A continuación sintió como él le desabrochaba los vaqueros e introducía la mano por debajo de sus braguitas. Pocos instantes después uno de sus sabios dedos provocó que gimiera profundamente…

Pero un ruido del exterior le recordó dónde estaban. La enorme puerta de la sala de fermentación no tenía cerrojo y cualquier miembro del personal de los viñedos podría entrar en cualquier momento. Jadeando, se apartó de Jack.

—Aquí no. Alguien podría…

Él volvió a besarla de nuevo e interrumpió su protesta. La abrazó por la cintura y la llevó alzada hasta detrás del tanque más grande, donde nadie podría verlos.

En la relativa privacidad que habían encontrado, los besos de Jack se volvieron más exigentes y comenzó a quitarle la ropa. En medio de todo aquel torbellino de pasión ella tuvo claro que la decisión que había tomado, decisión que no quería admitir ante sí misma, era la correcta.

Si él iba a marcharse, en aquella ocasión para siempre, quería guardar un buen recuerdo. Aceptaría lo que Jack quisiera darle.

Probablemente se arrepentiría, pero no le importaba. Quería volver a sentirse como cuando había tenido dieciocho años y él la había deseado más que nada en el mundo.

Jack la tomó por la cintura y la levantó. Ella lo

abrazó por la cadera con las piernas y ya no pudo pensar en nada.

Deseaba más, deseaba lo que sólo él podía darle.

No sería suficiente, pero tendría que conformarse.

Capítulo 8

BRENNA tenía una espalda realmente preciosa. Jack le acarició la hendidura de la espina dorsal hasta que la sábana que le cubría la cadera le impidió continuar.

Los rayos de sol que se colaban por la ventana iluminaban su cuerpo y habían teñido su piel de una tonalidad dorada. Estaba tumbada bocabajo en su cama. La última vez que la había mirado a la cara había tenido los ojos cerrados. La conversación que estaban manteniendo era muy relajada.

Pero no podía mantener las manos apartadas de su cuerpo. Era como si quisiera compensar por el tiempo perdido… por todos los años durante los que no había tenido a Brenna en su cama.

Y repentinamente no pudo recordar cuál había sido la razón.

Ella se estiró perezosamente bajo sus caricias y emitió un gemido de placer. Entonces se tumbó de lado para poder mirarlo. Satisfecha, le acarició el brazo sobre el que estaba apoyado.

—La orquesta sinfónica va a ofrecer un concierto el miércoles por la noche en homenaje al apoyo que les ofreció Max durante tantos años —comentó Jack.

Brenna asintió con la cabeza.

—Lo sé. Enviamos vino.

—¿No tienes planeado asistir?

—No.

—¿Por qué no?

—La muchedumbre, las charlas… no se me dan muy bien esas situaciones. Ya lo sabes.

Él lo sabía. Muchas veces habían discutido precisamente por aquello.

—¿Todavía sigue dándote vergüenza estar entre mucha gente?

—No me da vergüenza —rebatió ella—. Simplemente no se me da bien tratar con la gente —añadió mientras le acariciaba el pecho—. Además, tendría que ir hasta la ciudad en coche y como el concierto es tan tarde tendría que encontrar un lugar donde pasar la noche…

—¿Un lugar donde pasar la noche? —repitió Jack, riéndose—. Es una excusa muy mala. Soy el propietario de un hotel que hay muy cerca del auditorio.

Brenna dejó de acariciarlo.

—Sí —dijo, frunciendo el ceño—. Y también está eso.

—Oh, ya veo. No querías encontrarte conmigo en la fiesta.

—No lo diría de esa manera, pero sí. Quiero evitarte —bramó ella—. O por lo menos lo quería.

—¿Y ahora que no quieres…?

—No voy a asistir al concierto. No hay nadie allí que realmente quiera ver…

—Salvo a mí —bromeó él.

Brenna esbozó una mueca.

—Sé que te gusta esta clase de eventos, pero a mí no.

—A nadie le gusta esta clase de eventos —aclaró Jack—. Vas porque tienes que ir.

—¿De verdad? —preguntó ella, apoyándose en un codo—. Siempre parecías muy contento de asistir.

—Sólo si me comparabas contigo y con tu absoluto terror a las fiestas.

Ella sacó la lengua, se tumbó de cara y se cubrió la cabeza con la almohada.

—Deberías asistir a este concierto —añadió él. Al no contestar Brenna, decidió utilizar un gran incentivo—. Por Max.

—No me hagas chantaje emocional —farfulló ella debajo de la almohada—. El evento no es por Max. Es por el dinero de Max. Él no asistiría.

—Cierto, pero como propietaria de Amante Ve-

rano deberías estar allí. Tú representas ahora los viñedos.

Brenna se quitó la almohada de la cabeza y se
giró para mirarlo de nuevo.

—Podrías asistir conmigo —añadió Jack.

—¿Contigo? —respondió ella, horrorizada y
confundida al mismo tiempo.

—Sí, conmigo. ¿Tienes un vestido?

—Desde luego que tengo un vestido —espetó
Brenna, quedándose pensativa a continuación—.
O por lo menos Di tiene uno. Pero es…

—Venga, Brenna. No será divertido, pero tampoco será un infierno.

Ella se tumbó sobre la almohada y miró el techo fijamente.

—No soy precisamente una amante de los con-
ciertos.

—Entonces menos mal que no es una representación, es simplemente un pequeño acto honorifi-
co.

Brenna abrió la boca, pero a continuación la
cerró y se mordió el labio inferior. De nuevo, parecía pensativa.

—¿Estás pidiéndome que salga contigo? ¿Como
si fuera una cita?

Él casi se atragantó, pero se contuvo y carraspeó
mientras ella lo miraba ligeramente impresionada.

—Bueno, tengo planeado darte mucho alcohol
y chocolate para ver si logro que vengas a mi casa
a pasar la noche.

—Ya veo. ¿Y entonces?

Aquella pregunta era muy simple, pero Jack no quería ningún malentendido entre ambos.

—¿Qué estás preguntando exactamente, Bren?

—He pasado muchos años intentando olvidarme de ti. Pero ahora ha ocurrido todo esto con los viñedos y has regresado a mi vida —contestó ella, sentándose sobre el colchón—. Entonces descubro que no sólo no te he olvidado, sino que tampoco te odio. Y ahora estamos aquí de nuevo… —añadió, indicando la cama— y no sé qué camino tomar.

Quería una respuesta, pero Jack no tenía ninguna.

—No sé qué decirte, Bren. ¿No puede ser esto suficiente por ahora?

Ella se rió.

—Demonios, no sé si no es demasiado. Tal vez deberíamos dejarlo antes de ir más allá, antes de que las cosas vuelvan a empeorar.

—Es la segunda vez que hoy mencionas eso —respondió él.

—Quizá merezca la pena que pensemos en ello.

—¿Estás echándome?

—Este lugar es todavía también tuyo —le recordó Brenna, esbozando una sonrisita—. Por el momento.

Jack le acarició la delicada piel del brazo.

—Entonces creo que me quedaré esta noche.

—Sobre el concierto…

Él levantó una mano para que dejara de hablar.

—Enviaré un coche para buscarte. No tienes que subirte a él si decides que no quieres asistir.

—Me parece justo.

—Mientras tanto…

Jack la abrazó y ella se acurrucó en sus brazos. A los pocos segundos él permitió que lo tumbara de espaldas y el cabello de Brenna cayó sobre ambos, que tuvieron la sensación de sentirse apartados del resto del mundo.

Jack no solía pasar de aquella manera los sábados por la noche. Se echó para atrás en la silla en la que estaba sentado en casa de Dianne y Ted y tomó su cerveza.

Había planeado pasar la tarde en la cama con Brenna, pero alrededor de las seis ella le había informado de que había quedado para cenar y que, si quería acompañarla, sería bienvenido.

Sorprendentemente para él, estaba divirtiéndose en aquella sencilla reunión, sentado en un íntimo ambiente nada lujoso.

Brenna tenía a Chloe en el regazo y estaba intentando en vano que la bebita no agarrara las fichas con las que estaban jugando.

—¿Dónde está mi E? —preguntó en un momento dado—. Sé que tengo una. ¡Ajá! —añadió, tomando la ficha que Chloe tenía en una de sus regordetas manos.

Jack miró el juego y leyó lo que Brenna había escrito.

—¿*Olpe*? Eso no es una palabra.

Ella contó sus puntos.

—Sí que lo es. Un olpe es un recipiente donde se guarda el vino. ¿Verdad, Ted?

—Brenna tiene razón. Es una palabra.

Dianne y Ted se habían quedado bastante sorprendidos al ver aparecer a Jack junto a su amiga. Pero tras algunas cómplices miradas entre Brenna y Dianne, habían colocado otro cubierto en la mesa para él. Al principio la conversación había sido muy tensa, pero poco a poco se había tranquilizado el ambiente y en aquel momento estaban tratándolo como a un pariente al que hacía mucho que no veían.

Brenna le quitó a Chloe otra ficha que había agarrado y le dio un juguetito para que se entretuviera con él.

—Hay que saber perder, Jack.

—Me pregunto por qué no busca Dianne un diccionario para demostraros que esa palabra no existe —comentó él. La mujer del viticultor era su pareja en el juego.

—Porque no sería divertido, ¿verdad, Chloe? —le dijo Brenna al bebé, haciéndole unas divertidas carantoñas en el cuello que hicieron a ambas reír tontamente.

Jack pensó que era muy agradable ver a Brenna tan contenta y relajada. No la había visto de aquella manera desde hacía mucho tiempo.

—Brenna, hoy me ha telefoneado Charlie. Me ha dicho que sus chardonnays están casi preparados —comentó Ted.

—Vaya, es mucho antes de lo que esperábamos —respondió ella.

—Mañana voy a acercarme para comprobarlo por mí mismo…

Ted y Brenna estaban emocionándose con aquella conversación, por lo que Dianne decidió interrumpirlos.

—Dejad el tema —protestó—. ¿Podemos hablar de otra cosa por una noche?

—Estoy de acuerdo contigo, Dianne —la apoyó Jack.

—Gracias, Jack. Por primera vez no estoy rodeada sólo por obsesos del vino a la mesa.

Pero Ted y Brenna parecieron tan decepcionados que Jack casi volvió a retomar su conversación. Parecían niños caprichosos y tuvo que contenerse para no reírse.

—Dicen por ahí que van a abrir unos viñedos en Napa… —comentó entonces Ted.

—¡Ted! —lo regañó su esposa.

—¿Qué? —respondió él inocentemente—. No estoy hablando de nuestros viñedos…

Dos horas después, Ted llevó a una profundamente dormida Chloe a su dormitorio mientras Dianne despedía a Brenna y a Jack.

Ambos se dirigieron hacia la vivienda principal. La luna llena que podía verse claramente en el cielo iluminaba con intensidad los viñedos; era un ambiente casi idílico.

En un momento dado, Brenna tomó de la mano a su acompañante. Aquello parecía ser algo más que una tregua; parecía que habían empezado algo distinto.

—Has sido un buen compañero esta noche —dijo ella.

—¿Porque os he dejado ganar al Scrabble?

—No, porque sé que comer tacos y jugar al Scrabble no es tu idea de diversión para un sábado por la noche, pero…

—Lo he pasado bien, Bren —se sinceró él.

—¿De verdad?

—De verdad. Y esto también es agradable. Había olvidado lo silenciosos que se vuelven los viñedos por la noche.

—No es San Francisco, eso seguro.

Jack se detuvo y acercó a Brenna hacia sí.

—Cada lugar tiene su encanto.

Ella se puso de puntillas para darle un fugaz beso en los labios.

—Hace muy buena noche. ¿Te apetece darte un baño? —sugirió.

Jack le devolvió el beso y se la imaginó húmeda y resbaladiza tras darse un baño. Pero entonces la guió hacia la casa.

—Más tarde.

Mientras andaban pensó que Amante Verano tenía algo que no tenía San Francisco: Brenna.

Capítulo 9

BRENNA, no sé si esto es tan buena idea —dijo Dianne mientras quitaba un mechón del pelo de su amiga del rizador eléctrico.

Brenna miró a Di en el espejo. Ésta se encogió de hombros y tomó otro mechón de pelo.

—Lo sé. Quiero decir… ¿Jack y yo de nuevo? Es una locura y no tiene sentido, pero simplemente no puedo evitarlo —respondió Brenna.

—Me refería a este peinado. No sé si tu cabello se quedará rizado por mucho tiempo.

—Oh —dijo una ruborizada Brenna.

—De todas maneras… —contestó Dianne, rizando el siguiente mechón— si quieres hablar del asunto de Jack, estoy deseando escucharte.

Brenna mantuvo silencio durante largo rato.

—¿Crees que estoy cometiendo un error? —preguntó finalmente—. ¿Al tener una relación con él de nuevo?

—¿De nuevo tenéis una relación? ¿Estamos hablando de una aventura esporádica o piensas que puede ser algo a largo plazo?

—Ojalá lo supiera. Este fin de semana ha sido maravilloso… una vez que por fin dejamos de pelear. Es como si todos los malos recuerdos hubieran desaparecido de nuestras mentes y estuviéramos empezando de nuevo.

—No sé, a mí me parece extraño que te marches a San Francisco para verte con un tipo que la semana pasada no podías soportar —comentó Dianne.

—¿Crees que es mala idea que vaya? —quiso saber Brenna, que en realidad no estaba muy segura de lo que iba a hacer.

—No sé lo que pensar —confesó Di mientras continuaba rizándole el pelo—. No conozco a Jack tan bien como tú, pero sí que sé que no tomas buenas decisiones en lo que a él se refiere. Simplemente no quiero que sufras de nuevo. ¿Qué es lo que ha cambiado tanto esta vez para lograr que las cosas no marchen horriblemente mal?

Brenna llevaba preguntándose a sí misma aquello mismo durante dos días.

—Ahora somos adultos, más inteligentes. Menos inestables. Comprendemos mejor las cosas.

—Sólo quiero que seas feliz, Brenna —dijo entonces Dianne—. Si Jack puede lograrlo, estupendo. Pero no permitas que un maravilloso fin de semana en la cama nuble tu visión de la realidad —añadió al terminar de arreglarle el pelo a su amiga—. ¿Qué te parece el peinado?

Brenna miró el maravilloso moño que le había hecho Di, moño del que caían unos bonitos bucles que enmarcaban su rostro.

—Eres un genio, Di —respondió—. Acerca del vestido...

Dianne le subió la cremallera de un bonito vestido de tubo negro que marcaba la estupenda figura de Brenna, que se sintió femenina y elegante. Entonces se puso los finos zapatos de tacón de su amiga y se miró en el espejo.

—¡Vaya! —exclamó.

—Efectivamente, ¡vaya! —dijo Di—. Estás preciosa, Brenna.

—Gracias a tu ropa. Si no fuera por ti, tendría que haber ido en pantalones vaqueros.

—Éste es mi vestido de la suerte. Es el que llevaba la noche que conocí a Ted —comentó Di, sentándose en la silla de la que se había levantado Brenna. Sonrió ante el recuerdo.

Un movimiento de algo negro en la ventana captó la atención de Brenna, que se acercó a ésta para separar las cortinas y mirar qué era.

—Jack ha enviado una limusina. No hace nada a medias, ¿verdad? —comentó, tomando la maletita que iba a llevar consigo.

—Brenna... —comenzó a decir Dianne con la preocupación reflejada en la voz.

—No te preocupes por mí, Di. Ya no soy una niña ingenua —tranquilizó Brenna a su amiga, dándole un cariñoso abrazo a continuación—. Gracias, por todo.

—Diviértete. ¿Cuándo regresas a casa? ¿Mañana? ¿El viernes? —quiso saber Di.

—El viernes estaré de vuelta. Jack se marcha a Nueva York esa misma mañana —respondió Brenna.

No reconoció al chófer que tomó su maleta y la ayudó a entrar en el vehículo que estaba esperándola. Pero el hombre tenía una amistosa sonrisa reflejada en la cara y se presentó como Michael.

—Está usted preciosa, señorita Walsh.

—Gracias —contestó ella, echándose para atrás en el suave respaldo del asiento y suspirando.

Allí sentada en la limusina se dio cuenta de que Di tenía razón en preocuparse por su relación con Jack; ¿por qué irían a salir mejor las cosas en aquella ocasión? En realidad, no sabía qué era lo que esperaba exactamente… si empezar de nuevo con él o simplemente mantener una aventura. Más de ochenta kilómetros separaban Amante Verano de San Francisco, que era un mundo completamente diferente a los viñedos, un mundo que no había sido capaz de disfrutar ni formar parte de él durante su matrimonio.

Se planteó si no estaría dirigiéndose a sufrir un nuevo desastre. Pero entonces pensó que las cosas podrían ser diferentes. Jack y ella no tenían ideas falsas el uno sobre el otro, ambos sabían lo que había y ella era suficientemente adulta como para saber cuándo debía ponerle fin a la relación. Nunca se perdonaría a sí misma si por lo menos no lo intentaba.

Entonces vio el ramo de orquídeas blancas que había en un jarrón en el bar de la limusina. Un pequeño sobre asomaba entre las flores. Lo agarró y vio su nombre escrito en la parte frontal por la letra de Jack. A continuación sacó la tarjeta.

Me alegra que después de todo hayas decidido venir. Nos vemos pronto.

Al agitar el sobre algo brillante le cayó en la mano. Era una tobillera de rubíes y oro. Rubíes. En una ocasión le había comentado a Jack que los diamantes eran demasiado fríos y que los rubíes le recordaban a sus vinos. Le conmovió que se hubiera acordado de ello.

Se puso la tobillera mientras la limusina se desplazaba a toda velocidad hacia su destino. Cuando por fin se detuvieron, miró por la ventanilla y vio el auditorio de San Francisco.

Michael se bajó, le abrió la puerta y tendió una mano para ayudarla a salir.

—¿No tenemos que ir primero a buscar a Jack? —preguntó ella.

—No, señorita Walsh. El señor Garrett me pidió que la trajera aquí directamente.

—¿Está ya él en el auditorio?

—El señor Garrett va a retrasarse debido a una

reunión. Pero se reunirá aquí con usted dentro de poco —explicó Michael, tendiendo la mano de nuevo para ayudarla.

Pero Brenna no quería entrar sola.

—¿Me puede llevar de vuelta…? —comenzó a preguntar. Pero dejó de hacerlo al ver la expresión de sorpresa que reflejó la cara del chófer.

Entonces pensó que era una mujer adulta y que podía entrar sola en una fiesta. Y más importante aún, era la propietaria de Amante Verano, el orgullo y alegría de Max, y aquella fiesta era en su honor. Permitió que Michael la ayudara a salir del vehículo y respiró profundamente para intentar tranquilizarse.

Una hora más tarde, mientras charlaba incómodamente con extraños, Brenna comenzó a maquinar la mejor manera de matar a Jack. Estaban empezando a dolerle las mejillas debido a la falsa sonrisa que estaba esbozando. Deseó no haber acudido a aquel evento.

Un camarero se acercó para ofrecerle otra copa de vino y, por primera vez en la vida, la rechazó. El cabernet estaba demasiado frío y el chardonnay demasiado caliente. Varias personas, al enterarse de que era la viticultora de Amante Verano, la habían felicitado por sus vinos. Incluso un señor mayor propietario de una cadena de restaurantes quería incluirlos en su carta. Jack había tenido razón acerca de aquello; aquél era un evento tanto social como de negocios.

En un momento dado fue al cuarto de baño para comprobar su maquillaje y que el peinado de Di todavía estuviera en su sitio. Por una vez su amiga no había tenido razón; su pelo estaba manteniendo los rizos perfectamente.

Antes de regresar a la fiesta miró la hora en su reloj de muñeca y se dio cuenta de que Jack llegaba ya una hora y media tarde. Maldijo y se preguntó qué estaría reteniéndole.

—Perdone, ¿nos conocemos?

Ante aquella pregunta se dio la vuelta y vio a una mujer de más o menos su misma edad. Su cara le resultaba ligeramente familiar, pero no podía recordar de qué.

—Posiblemente. Soy Brenna Walsh, de los viñedos Amante Verano —respondió, sonriendo—. Los viñedos de Max Garrett —añadió ante la perpleja mirada de la mujer.

—Oh, eres la ex de Jack.

—Sí, eso también.

—¿Está Jack aquí?

—Todavía no, pero va a venir.

—Oh, estupendo. Hace mucho que no lo veo —comentó la mujer, sacando un pintalabios de su bolso.

—¿Y tú eres…? —quiso saber Brenna.

—Libby Winston. Nos conocimos hace algunos años en otra fiesta. Creo que fue poco después de que Jack y tú os casarais.

—Tengo una memoria muy mala —comentó Brenna, que no podía recordar a la mujer.

—No te preocupes. ¡Eras tan vergonzosa y callada! No me sorprende que no recuerdes a muchos de los amigos de Jack. Aunque todos te recuerdan a ti, desde luego. Jack nos sorprendió mucho al casarse como lo hizo. Y no esperábamos que lo hiciera con alguien como tú.

—Es lo que tienen los idilios arrolladores —respondió Brenna, intentando parecer indiferente—. Sorprenden a todo el mundo.

—Menos mal que recobrasteis la cordura. Nunca comprendí lo que pudo uniros.

Brenna sintió un profundo desprecio por Libby Winston.

—Jack y tú no estaréis juntos de nuevo, ¿verdad? —preguntó Libby, curiosa.

—Jack y yo somos socios de negocios —respondió Brenna ya que ni siquiera ella sabía lo que tenía con él.

—Debe de ser interesante, teniendo en cuenta vuestro pasado.

—En realidad, está funcionando muy bien —contestó Brenna.

En ese momento su teléfono móvil le avisó de que tenía un mensaje. Era de Jack.

—Perdóname. Tengo que encargarme de esto.

Entonces salió apresuradamente del cuarto de baño y leyó el mensaje:

Estoy en la barra. ¿Dónde estás tú?

Miró hacia la barra y lo vio allí apoyado. Cuando él la vio a ella la saludó con la mano. Brenna sintió una gran alegría a pesar de su enfado ante aquella tardanza.

—Bren, estás estupenda —comentó Jack, acercándose a ella. Le dio un suave beso en la mejilla.

—Llegas tarde —murmuró Brenna.

—No he podido evitarlo —respondió él, susurrando—. Pero te compensaré —añadió, echándose para atrás y analizándola con la mirada—. Estás mejor que estupenda.

—Los halagos no te llevarán a ninguna parte —comentó ella, sintiendo como la excitación la embargaba.

Jack la tomó de la mano y la acercó a su cuerpo.

—Entonces permíteme que empiece a compensarte ahora mismo.

—¿Qué? ¿Cómo?

Él la guió hacia una puerta lateral que había junto a la cocina.

—¿Dónde me llevas? —continuó preguntando Brenna mientras andaban por un pasillo.

Como respuesta, Jack abrió una puerta donde había un cartel de privado. Una vez que estuvieron dentro de la sala, una de las salas de ensayo, la puerta se cerró tras ellos.

—Me disculpo por haber llegado tarde. Surgió un problema con la propiedad de Nueva York —explicó él.

—¿Y tenías que traerme aquí para disculparte? —contestó ella.

—No, te he traído aquí porque te he echado de menos —dijo Jack, sentándose sobre un piano que había en la sala. A continuación, sentó a Brenna a su vez en su regazo—. Esta habitación está insonorizada —añadió antes de besarla…

Capítulo 10

BRENNA, me gustaría presentarte al director de la orquesta —dijo Jack, indicando al hombre que tenía a su derecha.

Ella todavía tenía las rodillas débiles debido a la apasionada visita que habían hecho a la sala de ensayos. Y sabía que todavía estaba ruborizada. Conocer al director de la orquesta tras haber disfrutado de un increíble orgasmo era surrealista.

Según fue transcurriendo la velada, Jack la dejó a solas en algunos momentos y ella se sintió utilizada. Aunque estar junto a él mientras charlaba con sus conocidos no le resultaba mucho más agradable. No tenía nada que aportar a las conversaciones y se sentía como una extraña.

No sabía si resistiría hasta el final de la fiesta;

se le estaba agotando la paciencia... aunque en ningún momento dejó de sonreír. Después de todo, aquéllos eran los amigos y socios de Jack y le debía a éste el hacer un esfuerzo después de lo bien que se había portado él con Di y Ted.

Cada vez más gente se enteró de que era la exesposa de Jack y tuvo que soportar numerosas miradas. Los más directos incluso le preguntaban qué hacía con su exmarido. Le resultó muy irritante que comenzaran a referirse a ella como la ex de Jack... y que éste no los corrigiera. Tampoco quería que todo el mundo supiera que estaban manteniendo una relación de nuevo, pero suponía que su pequeña aventura en la sala de ensayos confirmaba que era algo más que su ex.

—¡Jack! Por fin estás aquí —exclamó Libby Winston, acercándose demasiado a él al darle dos besos. Entonces lo tomó por el brazo.

—Libby, ¿te acuerdas de Brenna? —le preguntó él a su amiga.

—Desde luego. Brenna y yo nos hemos encontrado hace unos momentos en el cuarto de baño. Habéis despertado mucha especulación al haber acudido juntos a este evento —comentó Libby.

—Brenna dirige ahora los viñedos de Max —respondió Jack.

—Me ha dicho que sois socios, ¿es cierto? —indagó Libby.

Brenna pensó que era increíble que aquella mujer le preguntara aquello a Jack estando ella delante. No era la primera vez que se sentía invisible aquella noche, pero al haber sido Libby la autora de aquella impertinencia se puso muy nerviosa.

Él inclinó la cabeza a modo de afirmación, pero no dijo nada.

—Te echamos de menos en casa de Harry y Susan el sábado por la noche —comentó entonces Libby.

—He pasado el fin de semana en los viñedos —explicó Jack.

—¿Tú? —respondió Libby, muy sorprendida—. Me dejas impresionada.

—Hay una primera vez para todo —comentó él, esbozando ante su amiga una arrebatadora sonrisa.

—Supongo que no será algo habitual, ¿verdad? Fines de semana en el campo.

—Me conoces muy bien, Libby.

Libby se dirigió entonces a Brenna, que no había dejado de sonreír en ningún momento.

—Les prometí a Tom y a Margaret que les llevaría a Jack cuando llegara —dijo—. ¿Los conoces?

—No he tenido el placer —contestó Brenna, consciente de que Libby ya lo sabía.

—Es una pena —respondió Libby—. Pero les prometí que les llevaría a Jack para que puedan terminar los planes para el torneo de golf. ¿Te importa, Brenna?

—En absoluto —dijo ella, decidiendo que sólo se quedaría en la fiesta veinte minutos más.

—Bren, ¿te…? —comenzó a preguntarle Jack.

Pero Brenna le hizo un gesto con la mano para que guardara silencio.

—Creo que tomaré algo más de beber mientras habláis de negocios.

Él la miró con extrañeza.

—Sólo tardaré un minuto —aseguró.

—No hay problema.

Libby se llevó a Jack antes siquiera de que Brenna hubiera terminado de decir aquello. Ésta pensó que él ni siquiera jugaba al golf… a no ser que se hubiera aficionado a aquel deporte durante la anterior década.

Tras terminarse su soda, le dio el vaso vacío a un camarero que pasaba por su lado y buscó un lugar donde sentarse. Se quitó los zapatos de Di y estiró los dedos, aliviada… aunque la sensación no se extendió a su mente.

Aquella noche parecía un recordatorio de lo que había supuesto para ella su matrimonio; incómodas conversaciones con los amigos de Jack y la sensación de ser una extraña. Después de aquello siempre habían solido marcharse a casa, pelear y hacer el amor para reconciliarse.

Una risita irritante captó su atención. Miró a su alrededor y vio a Libby Winston con la cabeza echada para atrás riéndose compulsivamente ante algo que había dicho Jack… algo que parecía resultarle extremadamente gracioso. Pero entonces lo agarró del brazo y le susurró algo al oído. Él esbozó una expresión de diversión mientras ella prácticamente le restregaba los pechos por la cara.

Era algo nauseabundo. Aunque sabía que no debía importarle, no pudo evitar sentirse enferma.

No debía haber acudido a aquella fiesta, pero por lo menos no había hecho el viaje en balde. Había realizado algunas buenas conexiones de negocios. Pero aquel evento le había hecho ver claramente la realidad que había estado intentando ignorar. Aunque por lo menos en aquella ocasión se había dado cuenta de ello antes de involucrarse demasiado en la relación. Jack y ella pertenecían a mundos distintos. Salir con él no le llevaría a una situación mejor que la vez anterior…

Algo preocupaba a Brenna. Aparentemente estaba bien, sonría y charlaba con algunas importantes personalidades de San Francisco, pero Jack sabía que le ocurría algo. La tensión se reflejaba en cada palabra que le decía y por la postura de sus hombros sabía que se sentía incómoda. Incluso su sonrisa había perdido su chispa.

Cuando entró en la limusina suspiró, aliviada.

—Gracias a Dios que se ha terminado —comentó al sentarse frente a él.

—Lo has hecho muy bien.

—Eso no quiere decir que no haya sido horrible.

—Bueno, ya se ha acabado y la noche ya sólo puede mejorar, ¿no es así?

—Yo no contaría con eso —respondió ella, tomando una de las licoreras del bar del vehículo y sirviéndose una copa.

—¿Todavía estás enfadada porque llegué tarde? —preguntó Jack, sintiendo la tensión que se respiraba en el ambiente.

—Es desde luego uno de los aspectos a tratar —contestó Brenna, mirándolo con dureza.

—Ya te he dicho que no pude evitarlo.

—Siempre es así contigo. Querías que yo viniera a esta fiesta y ni siquiera te has molestado en llegar a tiempo.

—¿Cuántas veces voy a tener que disculparme? —quiso saber él, suspirando.

—No te molestes. Ya hemos tenido esa pelea antes. Sé cómo termina.

—¿Entonces qué? —exigió saber Jack, exasperado ante la actitud de ella.

Aquello enfureció a Brenna.

—Ni siquiera sé por dónde empezar. Tal vez por el aquí te pillo aquí te mato de la sala de ensayos…

—¿Aquí te pillo aquí…? ¿Qué demonios…?

—O por el hecho de que justo después tuve que observar como coqueteabas con la mitad de la población femenina de San Francisco.

—Simplemente estaba siendo agradable.

Ella gruñó y se giró para mirar por la ventanilla de la limusina.

—¿Estás celosa, Bren? —preguntó él.

—No, en absoluto. Simplemente me parece grosero esperar que yo tenga que estar allí de pie

observando como flirteas con esas mujeres de risita tonta.

—¿Así que preferirías que fuera mal educado
con ellas?

—Charlar amigablemente no implica que tengas que meter la cabeza en el escote de Libby. Podías haberla contenido, pero no lo hiciste. Era
como si yo no estuviese delante.

Tardaron sólo un par de minutos en llegar a Garrett Towers y el chófer detuvo el vehículo frente a
la entrada del complejo. El portero nocturno abrió la
puerta de la limusina de inmediato y Brenna se apresuró a salir.

Pero sonrió educadamente al portero y anduvo
tranquila junto a Jack hasta el ascensor, en el que
ambos entraron. Para él, los celos de ella eran algo
nuevo y se sintió extrañamente satisfecho.

—Pensaba que la visita a la sala de ensayos te
habría demostrado que no tienes que tener celos
de ningún tipo. De hecho, estoy deseando pasarme
la noche demostrándotelo.

—De ninguna manera —espetó Brenna—. Simplemente subo para tomar mi maleta. Regreso a
casa.

—¿A casa? —repitió Jack, aturdido—. ¿Ahora?

—Sí, ahora —contestó ella al abrirse las puertas del ascensor—. En esta ocasión ni siquiera tienes que pedirme un taxi; puedo hacerlo yo sola.

Su maleta estaba justo detrás de la puerta del
piso. La agarró y se giró con la obvia intención de

dirigirse de nuevo al ascensor. Pero Jack la detuvo al cerrar la puerta y colocarse delante de ella.

—¿De verdad te vas a marchar sólo porque tienes celos de Libby y de su grupo de amigas?

—Me marcho a casa porque esta noche me he dado cuenta de que he sido una estúpida al pensar que algo podía ser distinto esta vez. Libby Winston sólo es parte del asunto. No voy a volver a ser tu accesorio de nuevo.

—¿De nuevo? —preguntó él, que no estaba seguro de a qué se refería.

—Jack…

—Habla, Brenna. Si no tienes simplemente celos de Libby, ¿entonces cuál es el problema?

Ella dejó caer la maleta al suelo. Se cruzó de brazos y levantó una ceja.

—El problema eres tú.

—¿Yo?

—Sí, tú. ¿Quieres una lista?

—Sí, por favor.

—Está bien —concedió Brenna, dirigiéndose al sofá del salón para sentarse. Lo hizo muy rígidamente. Parecía realmente enfadada y su voz reflejó una sarcástica educación—. Dejaremos a un lado la tardanza ya que es lo habitual. También dejaremos a un lado el hecho de que hayas permitido que todos se refirieran a mí como tu ex, ya que técnicamente lo soy… a pesar de los cinco minutos en la sala de ensayos.

Él se sintió ofendido ante aquel insulto. No habían sido cinco minutos, sino casi veinte y muy buenos. Sintió ganas de recordarle que en aquellos momentos no se había quejado de nada, pero se mordió la lengua.

—La mitad del tiempo has actuado como si yo ni siquiera estuviera allí y has permitido que el resto de la gente también lo hiciera. Simplemente porque no me mueva en los mismos círculos de amistades que tú no significa que sea invisible —continuó ella.

—Sé que no te gusta esta clase de eventos y pensé que preferirías no ser el centro de atención.

—¿Pensaste que no podría soportarlo? ¿Después de que tuviera que estar una hora a solas? ¿Por qué demonios querías que acudiera a esa fiesta?

—Sé que puedes soportarlo, Bren. Simplemente pensé que no querrías hacerlo.

—¿Y no te diste cuenta de que era como si hubiéramos retrocedido diez años?

Brenna estaba alterándose aún más y aquél no había sido el plan de Jack para aquella noche.

—Demonios… —continuó ella— parecía que Libby y tú os habías olvidado de mi presencia.

—A Libby Winston le encanta flirtear —respondió él, sentándose junto a Brenna en el sofá. Pensó que era obvio que ésta estaba celosa—. Pero no supone ninguna amenaza para ti.

La sinceridad de Jack impresionó a Brenna. Así como también lo hizo su cercanía.

—No me siento amenazada por Libby ni por sus encantos creados en el quirófano —respondió.

No quería sentir celos de Libby Winston. No le gustaba lo que ello implicaba sobre ella y sobre su inhabilidad para encajar en la vida de Jack. De nuevo.

Y lo que desde luego no le gustaba era el efecto que tenía en sus sentimientos el que Jack le hubiera asegurado que no deseaba a Libby, sino que la deseaba a ella.

Todo aquello significaba que estaba demasiado involucrada sentimentalmente. Iba a resultar herida y ni su corazón ni su ego podrían soportarlo. Mientras parte de ella estaba deseando marcharse a Amante Verano de inmediato, no parecía ser capaz de reunir la energía para levantarse del sofá.

—Bren... —comenzó a decir él, colocándole una mano en la rodilla y acariciándole la piel de ésta hasta que a ella se le puso la carne de gallina.

Brenna lo maldijo, pero de inmediato se maldijo a sí misma ya que aunque estaba muy enfadada con él no podía evitar que su cuerpo respondiera ante su seducción.

—Jack... —intentó protestar.

—Si hubiera sabido que no te importaba que todo San Francisco se enterara de cómo hemos pasado el fin de semana, muy alegremente habría corregido a cualquiera que se refiriera a ti como mi ex —explicó él, subiendo la mano hacia la pelvis de ella.

Aquello distrajo a Brenna, que tuvo que forzarse para lograr concentrarse en la conversación.

—Y si Libby Winston o cualquier otra persona en la fiesta se mereciera tus celos, yo no te habría impulsado a que vinieras a San Francisco... ni te habría llevado a la sala de ensayos.

El enfado que había estado sintiendo Brenna se desvaneció ante la seductora promesa que reflejaba la voz de Jack. Al acercársele éste, incluso le costó respirar.

—¿Dudas de mí, Brenna?

Ella pensó que él emanaba sexo por cada poro de su cuerpo.

—No dudo que me desees. Pero yo... yo... —no podía decirlo. Tuvo que hacer una pausa para carraspear—. Esta vez no es suficiente. Quiero más que eso.

La cara de Jack reflejó una expresión que Brenna no había visto desde hacía muchos años. Al reconocerla le dio un vuelco el corazón. Aquél era su Jack.

—¿Más, eh? —dijo él, esbozando una pequeña sonrisa.

—Más.

Jack le tomó la mano y ella se acercó tanto a él que sólo les separaban unos pocos centímetros.

—Pues me parece muy buena idea —comentó Jack.

—No sé si somos capaces de hacerlo. Siempre terminamos peleando... como ha ocurrido esta noche —respondió Brenna con voz temblorosa. Ha-

bían peleado y en aquel momento debían reme-
diarlo. Sus músculos se relajaron y se le aceleró el
pulso.

—Hay algunas cosas por las que merece la
pena luchar. Y tú eres una de ellas —aseguró él,
bajándole la cremallera del vestido.

Ella sabía que no podía seguir luchando contra
aquello… y tampoco quería. ¡Que Dios la ayudara… todavía estaba enamorada de Jack!

Capítulo 11

EL teléfono móvil de Brenna estaba sonando. El animado timbre la despertó. Aturdida, se dio cuenta de que no había luz, por lo que debía de ser o muy tarde o muy temprano. Jack la tenía abrazada estrechamente. No le apetecía levantarse… y mucho menos para contestar a alguien que probablemente se había equivocado de número.

El teléfono dejó de sonar, por lo que volvió a relajarse. Estaba agotada, gracias a Jack. El sexo de reconciliación entre ambos nunca había sido tan maravilloso como el que habían practicado la noche anterior.

Pero el teléfono volvió a sonar. Suspiró. En aquella ocasión el ruido despertó a Jack.

—¿Es tu teléfono móvil?

—Sí. Seguramente se hayan equivocado de número.

—¿No vas a contestar?

—No.

—Bien —dijo él, acercándola aún más a su cuerpo. La acurrucó contra su pecho.

Satisfecho, suspiró profundamente y ello provocó que Brenna sintiera como se le ablandaba el alma. Sonrió y cerró los ojos...

El teléfono de Jack comenzó a sonar como una sirena y alteró a ambos. Él maldijo y se sentó en la cama mientras ella comenzaba a preocuparse. No era posible que a ambos les telefonearan por equivocación a aquellas horas. Había ocurrido algo.

Jack agarró sus pantalones del suelo y tomó su teléfono móvil del bolsillo. Brenna se dirigió a la habitación contigua para tomar su bolso. De él sacó su teléfono y lo abrió. Oyó como Jack respondía a la llamada, pero no logró comprender lo que decía ya que estaba concentrada en buscar el número que la había telefoneado a ella. Por fin lo encontró. Tenía dos llamadas perdidas del teléfono fijo de Amante Verano. Le dio un vuelco el corazón.

Entonces Jack apareció en la puerta de la sala... con el teléfono todavía en la mano. Tenía la preocupación reflejada en la cara. Obviamente no eran buenas noticias. A Brenna le temblaron las rodillas.

—Era Ted —dijo Jack.

—¿Ha habido algún accidente? ¿Hay alguien herido? ¿Di?

—No hay nadie herido. Todos están bien —aseguró él.

—¿Entonces qué pasa, Jack? Dímelo —exigió ella.

Él respiró profundamente.

—Ha habido un incendio.

—¿Un incendio? —repitió Brenna—. Oh, Dios mío. ¿Dónde? ¿Cuándo? —preguntó, entrando de nuevo en el dormitorio. Tomó su maleta y, con manos temblorosas, sacó ropa para vestirse.

Jack la agarró por los brazos para que se estuviera quieta. La forzó a mirarlo a la cara.

—Ha sido en las bodegas. Bren... —en ese momento hizo una pausa y respiró profundamente—. El edificio está completamente destruido.

—Completa... —Brenna no era capaz de decirlo—. Oh, Dios mío.

—Lo siento tanto, Bren.

—Tengo que... tengo que... —añadió ella, mirando la ropa que tenía en la mano sin saber qué hacer con ella.

—Vístete. Nos marcharemos en cuanto estés preparada.

Brenna nunca había estado tan cansada en su vida, pero de ninguna manera podía dormir. Había demasiado que hacer. Habían llegado a Amante

Verano al amanecer y habían visto los restos car-
bonizados de las bodegas. Todo lo demás tenía el
mismo aspecto a como lo había dejado el día anterior. Le parecía increíble que hubieran pasado menos de veinticuatro horas.

Jack había estado a su lado sujetándole la mano
mientras Ted le había informado de todos los detalles de lo ocurrido. Así mismo, se había encargado
de telefonear a la compañía aseguradora y de hablar con el jefe de bomberos. Había supuesto una
gran ayuda.

De hecho, Jack se encontraba en su despacho
en aquel momento, donde en realidad debía estar
ella, donde estaría en cuanto encontrara fuerzas
para levantarse. Estaba sentada con las piernas
cruzadas en el suelo, incapaz de dejar de mirar lo
que quedaba de sus bodegas. Las paredes del edificio estaban retorcidas y apenas sujetaban lo que
quedaba del techo. El enorme agujero que había
en una de las paredes, causado según le había explicado Ted por la explosión de uno de los tanques, le hacía sentir aún peor.

Pero debía dejar de regodearse en su pena. Ted
estaba intentando por todos los medios encontrar
algún comprador para las uvas. Llevaba horas tele-
foneando a contactos. Todavía tenían que seguir
con la vendimia la semana siguiente, pero necesitaban algún lugar donde enviar las uvas. Sabía que
debía ayudar, sabía que debía hacer alguna de la
docena de cosas que esperaban ser resueltas... y
lo haría.

Pero en otro momento.

Si Max hubiera estado vivo, Jack le habría reprendido por el increíble hecho de no haber contratado un seguro en toda regla para los viñedos. Se encontraban en un lío tremendo. Sin duda alguna Max había sabido las consecuencias de asegurar los viñedos por menos valor del real, por lo que Jack suponía que su padre había preferido arriesgarse y utilizar su dinero en caso de que algo terrible ocurriera. Parecía que Brenna también sabía que los viñedos no estaban completamente asegurados y había planeado arreglar la situación, pero por alguna razón aún no lo había hecho. Iba a resultar muy difícil salir de aquella situación. Sin una seria inversión de dinero, Amante Verano tal vez nunca se recuperaría.

No había visto mucho a Brenna desde que habían llegado a los viñedos. En una especie de acuerdo silencioso, ella se había ocupado de los aspectos del vino, junto con Ted y Dianne, mientras él había hecho lo que se le daba mejor: había estudiado todos los documentos de los viñedos y había realizado numerosas llamadas telefónicas.

Repentinamente oyó pisadas en el pasillo de la vivienda e instantes después Brenna entró en el despacho. Tenía un aspecto muy frágil, un gran contraste con la energía y fuerza que siempre emanaba. Unas grandes ojeras la hacían parecer extremadamente cansada.

—¿Cómo marchan las cosas? —preguntó, sentándose en la silla que había delante del escritorio de Max.

—Sinceramente, Bren, no muy bien —contestó él—. Hay opciones, pero…

—Pero no son estupendas. Me lo figuraba —confesó ella, suspirando mientras se restregaba la cara con las manos.

Jack se dio cuenta del hollín que cubría sus manos. Debía haber sabido que no sería capaz de mantenerse alejada de las bodegas, tal y como había recomendado el jefe de bomberos.

—¿Cómo estás? —le preguntó.

Brenna se rió amargamente.

—No muy bien. Ted no está teniendo mucha suerte en encontrar compradores para el vino —respondió, suspirando—. Vino de cartón. Mis uvas van a servir para hacer vino de cartón barato. Mi madre debe de estar revolviéndose en la tumba.

—Estás haciendo lo mejor que puedes dadas las circunstancias, Bren.

—Lo sé, pero no me hace sentir mejor —concedió ella, suspirando de nuevo—. ¿Alguna otra noticia que deba conocer? ¿Qué ha dicho el jefe de bomberos?

—¿Te refieres a aparte de que no nos acercáramos a las bodegas? —contestó él—. Todavía son sólo suposiciones, pero cree que sabe qué provocó el fuego.

Aquello captó la atención de Brenna.

—¿De verdad? ¿Tan pronto?

—Sí. Está seguro de que la causa ha sido eléctrica. Parece que todo empezó con un cortocircuito en la bomba principal.

Impresionado, Jack observó como ella palidecía aún más.

—¿En la bomba? —preguntó Brenna, susurrando.

Parecía que estaba a punto de desmayarse. Él se apresuró a acercarse a ella al ver como comenzaba a respirar profundamente.

—¿Estás bien?

—Oh, Dios mío. El incendio es culpa mía.

—¿Cómo va a ser culpa tuya?

Brenna se levantó y se abrazó el estómago.

—La bomba estaba dando problemas últimamente. La semana pasada incluso la desmonté. Dos veces —explicó, mirando a Jack con el horror reflejado en los ojos—. Es mi culpa. He incendiado mis viñedos.

—No es culpa tuya. Además, las conclusiones son todavía preliminares y podrían cambiar.

Ella comenzó a protestar, pero dado el estado en el que se encontraba, él decidió que debía calmarla.

—Aunque haya sido la bomba, sigue sin ser tu culpa. Te conozco, Bren, y sé que podrías desmontar una de esas bombas con los ojos cerrados. No has provocado el incendio.

No pareció que aquello le sirviera a Brenna de consuelo. De hecho, se alteró aún más.

—Mi familia siempre ha producido la mejor

fruta y el mejor vino del valle fueran cuales fueran
las circunstancias. Pero cuando me encargo yo de
los viñedos destruyo todo en menos de un mes
porque no soy capaz de volver a montar en condiciones una estúpida bomba.

—Bren… —comenzó a decir Jack, intentando
acariciarla.

Pero ella se apartó bruscamente.

—¡No! —espetó—. Por favor, no me toques —
pidió con un tono de voz más tranquilo—. No
puedo soportarlo. Estoy esforzándome mucho en
no desmoronarme.

—Pareces agotada. ¿Por qué no vas a descansar
un rato? —sugirió él—. O si prefieres podríamos
preparar algo para comer. Más tarde podemos sen-
tarnos y decidir qué hacer.

Brenna tragó saliva con fuerza.

—Tienes razón. Me vendría bien descansar. Creo
que voy a ir a echarme. Te veré más tarde —contestó, saliendo de la sala mientras murmuraba algo para
sí misma.

Un pitido en el ordenador volvió a centrar la
atención de Jack en lo que había estado planeando.
No podía dejar sola a Brenna en aquellos momentos, por lo que le había enviado un correo electrónico a Roger hacía algunos minutos para informarle
de la nueva situación. Como no podía posponer las
reuniones de Nueva York con tan poco tiempo de
antelación, Roger tendría que ir en su lugar. Pero de-
safortunadamente, informarle de todos los detalles
estaba llevando más tiempo del que había esperado.

Tras una hora de intercambio de correos y de hablar por teléfono, finalmente resolvió el asunto. Brenna no había vuelto a aparecer y todo parecía muy tranquilo, por lo que se dirigió a la cocina para tomar una cerveza.

Un momento después, Brenna asomó la cabeza por la puerta. Tenía mejor color, pero todavía parecía muy cansada. El cabello, que le caía alrededor de la cara, estaba levemente húmedo. Obviamente acababa de ducharse. Llevaba puestos unos pantalones de pijama y una camiseta.

—Siento lo de antes —comentó tras carraspear—. No debí haberte hablado de esa manera.

—Es comprensible.

—Gracias. Ha sido un día horrible.

—Superarás esta situación.

—El caso es que… —ella hizo una pausa y respiró profundamente—. Realmente significa mucho para mí que estés aquí. No tenías por qué venir…

—Claro que sí.

Brenna negó con la cabeza.

—En realidad no tenías que hacerlo. Y te he oído antes hablando por teléfono. Sé que has cancelado tu viaje a Nueva York para poder quedarte aquí estos días. Aprecio mucho lo que estás haciendo.

En ese momento hizo una pausa y comenzó a alisar el dobladillo de su camiseta… claro signo de que quería decir algo más.

—Sabes… —continuó— me he sentido un poco sola en los viñedos y cuando vi… —se le quebró la voz y tragó saliva con fuerza antes de continuar hablando— cuando vi lo que ha quedado de las bodegas pensé que había tocado fondo. Nunca antes me había sentido tan sola y asustada como en ese momento. Pero tú estabas allí conmigo y me di cuenta de que no estaba sola. Y de que no tenía que estarlo —añadió, mirándolo a los ojos—. No quiero estar sola.

Aquellas palabras impresionaron a Jack, que contuvo el aliento. No sabía qué decir.

—Ven aquí —dijo finalmente.

Ella se acercó a él y se echó en sus brazos. Hundió la cabeza en su pecho y respiró profundamente mientras lo agarraba con fuerza. Jack pudo sentir como con cada toma de aire se tranquilizaba. Los temblores que le habían recorrido el cuerpo poco a poco fueron desapareciendo.

No supo durante cuánto tiempo estuvieron allí de pie. La calidez de Brenna le llegó a los huesos al respirar el cítrico perfume de su pelo y acariciar los suaves mechones de éste. Cuando finalmente ella lo soltó y lo miró de nuevo a los ojos, él pudo ver un poco de su Brenna emergiendo de entre tanta preocupación y fatiga.

Poniéndose de puntillas, ella lo abrazó por el cuello y atrajo su boca a la suya. El fuego, la pasión, el salvaje deseo… todo estaba contenido en aquel beso y le recorrió el cuerpo a Jack como una corriente eléctrica. Pero aquello fue templado por algo más en el beso de Brenna.

Aquella sensación le impresionó y gimió al levantarla del suelo. Le encantó la manera en la que ella se aferró a él. La llevó en brazos a su dormitorio, donde se tumbó en la cama y la colocó sobre su cuerpo.

Brenna profundizó el beso e introdujo los dedos por su pelo. Le restregó delicadamente las uñas por el cuero cabelludo. Suspirando, dijo su nombre al abrazarla Jack estrechamente.

Él pudo sentir como un temblor, en aquella ocasión de placer, le recorría el cuerpo a ella.

Brenna no quería estar sola. No tenía que estar sola.

Ni él tampoco.

El intenso dolor de cabeza que tenía Brenna estaba empeorando. Debía haberse vuelto a acostar tras la primera llamada telefónica que había atendido aquella mañana. La mujer del norte de Napa que había oído que Brenna estaba vendiendo sus uvas y quería comprar varias cajas para hacer mermelada había sido toda una bofetada para su ego. Las uvas pinot noir de su madre convertidas en mermelada. ¡Vaya! En aquel momento había pensado que el día sólo podría mejorar.

Pero entonces Ted le había llevado más malas noticias. La cabeza iba a explotarle, pero estaba conteniéndose. Las lágrimas no ayudarían a mejorar nada.

La situación era realmente deprimente. Pero respiró profundamente y se dijo a sí misma que tal y como le había dicho Jack la noche anterior, superaría aquello. Si se repetía aquello a sí misma una y otra vez, tal vez terminara creyéndoselo.

Jack no solía despertarse pronto y había estado profundamente dormido cuando ella se había levantado al amanecer. En aquel momento oyó ruido en la cocina; los inconfundibles sonidos de alguien que estaba preparando café. Cuando él entró en el despacho un par de minutos después, llevaba dos tazas en las manos, una de la cuales dejó delante de ella al acercarse a darle un beso en la cabeza.

—¿Has dormido algo?

—Sólo un poco —confesó Brenna—. Me cuesta desconectar de la situación.

—¿Qué es eso? —preguntó Jack, señalando el bloc de notas que tenía ella delante.

—Las últimas malas noticias.

—¿Y?

—A Ted le preocupa que se contamine la tierra… con los residuos del incendio. Todos los productos químicos y cenizas que había en el agua se han filtrado a las parras. No sabemos qué consecuencias habrá. Vamos a perder la media hectárea de detrás de los viñedos. Incluso tal vez un poco más.

Jack esbozó una leve mueca.

—Siento oír eso. ¿Cuánto tardaréis en reemplazarlos?

—Una vez que reemplacemos la tierra y la replantemos se tardarán de tres a cinco años antes de que podamos obtener fruta de los nuevos viñedos.

—Vaya. Por lo menos la compañía de seguros sí que cubre esa pérdida.

Brenna sabía que él estaba intentando parecer optimista para animarla pero, aunque apreciaba el gesto, Jack estaba dejando pasar por alto lo verdaderamente importante.

—El problema no es el dinero —explicó.

Él miró los documentos que ella tenía delante.

—Esas cifras deberían ser suficiente.

Angustiada, Brenna pensó que Jack realmente no comprendía nada.

—Jack, mi tatarabuelo plantó esas parras hace casi sesenta años. Son unas parras muy buenas y productivas, la fruta que dan es increíble… y voy a tener que arrancarlas de la tierra. Créeme; el dinero no es el problema.

—Pero puedes sustituirlas.

Ella se preguntó si él la había escuchado.

—No, no puedo.

—Sólo tú podrías tener apego sentimental por una planta —comentó Jack con una leve risita.

Aquello alteró por completo a Brenna, que se giró en la silla para mirarlo fijamente.

—¿Qué se supone que significa eso?

—No te enfades, Bren. Simplemente estoy diciendo que estás emocionalmente involucrada con este lugar…

—Sí, bueno… —interrumpió ella, pensando que él ya sabía lo que Amante Verano significaba para ella.

Pero Jack continuó hablando como si no hubiera dicho nada.

—Tanto que a veces no ves la realidad de las cosas. Son sólo parras. Las reemplazaremos con algo mejor.

Aquello realmente impresionó a Brenna, que se sintió profundamente herida.

—Para mí son algo más que simplemente parras. Para mí no pueden ser reemplazadas tan fácilmente… y mucho menos con «algo mejor». Esas parras son el eje central y la historia de Amante Verano. Siento si no lo comprendes, pero ésa es la verdad.

—¿El eje central y la historia? Bren, tienes que mantener tus emociones separadas de los negocios.

Ella pensó que él no la conocía en absoluto.

—Ésa es la respuesta que tienes para todo. Mantener los negocios y la vida personal separados. Lo siento, pero para mí no es tan fácil. Éste es mi hogar y mi medio de vida. No puedo separar los dos.

—Entonces es algo bueno que yo esté aquí, ¿no te parece?

Para Brenna no estaba tan claro. La arrebatadora sonrisa de Jack no estaba afectándola como de costumbre en aquella ocasión.

—¿Estás queriendo decir…?

—No estoy queriendo decir nada. Lo has dicho tú misma… estás demasiado implicada con los viñedos como para ser objetiva.

Ella pensó que muy alegremente estrangularía a Jack en aquel momento.

—La producción de vino es algo muy subjetivo. No tengo que ser completamente objetiva.

—Entonces es algo bueno que yo todavía posea la mitad de los viñedos, ¿no crees?

La furia se apoderó de Brenna. Aquello era realmente ofensivo. Completamente alterada, abrió los cajones del escritorio hasta que encontró la carpeta que estaba buscando... la carpeta que contenía el contrato en el que Garrett Properties compraba un veinticinco por ciento de acciones de los viñedos. Agarró un bolígrafo del escritorio, abrió el contrato por la última página y firmó en la parte de abajo.

Entonces se levantó y se acercó a Jack. Le dio bruscamente en el pecho con el contrato para que lo agarrara.

—Ahí tienes, ahora ya no eres dueño de la mitad de los viñedos.

—Bren... —contestó él, tomando el contrato.

—Tal vez Amante Verano esté hecho un desastre, pero es mi desastre. Y no voy a permitir que seas tan arrogante conmigo ni que me digas cómo debo dirigir mi negocio. Saldré adelante.

—Simplemente estoy intentando ayudarte, Bren.

—No quiero ni necesito tu ayuda. Ahora, sal de mi propiedad.

Sin esperar a ver qué hacía Jack, volvió a sentarse en el escritorio de Max, su escritorio en aquel momento, donde se centró en los documentos que tenía delante.

Oyó como él suspiraba.

—Si eso es lo que quieres, Bren, está bien —contestó Jack con el enfado reflejado en la voz—. Buena suerte —añadió antes de salir de la sala.

Un minuto después ella oyó como se cerraba la puerta principal de la vivienda y como arrancaba el vehículo de él. Se quedó allí sentada hasta que el ruido desapareció en la distancia. Entonces se echó para atrás en la silla. Cerró los ojos y sintió la irrevocabilidad de lo que acababa de ocurrir apoderarse de sus sentidos.

Una vez más había perdido a Jack. Lo había alejado de ella. Sintió un increíble dolor. Incluso le costó respirar debido a la opresión que tenía en el pecho.

Podía sentir como las lágrimas le quemaban los ojos, aunque se recordó a sí misma que llorar no serviría de nada.

Pero era demasiado tarde. Apoyó la cabeza en el escritorio y comenzó a llorar…

Capítulo 12

D URANTE las dos semanas que habían transcurrido desde que Brenna lo había echado de
su propiedad, no había tenido noticias de
ella. Aunque tampoco había esperado tenerlas; ella
había sido más que clara y, por si a él le había quedado alguna duda, el paquete que había llegado a su
casa con la tobillera que le había regalado había cla-
rificado todo. Brenna y él habían vuelto a ser lo que
habían sido hacía tan sólo unas semanas. Ex.

Aquello le molestaba… mucho más de lo que
jamás habría pensado.

Su vida había vuelto a su rutina habitual y se
sentía extremadamente aburrido. Echaba de menos
la energía y chispa que aportaba Brenna con sólo
estar en la misma habitación. Todo era igual que

hacía unas semanas, pero en aquel momento le parecía monótono e insulso. Además, estaba cansándose del hecho de que todo el mundo estuviera de acuerdo con él todo el tiempo.

Los negocios marchaban bien. Habían llevado a buen puerto el proyecto de Nueva York y en aquel momento Garrett Properties estaba establecido en ambas costas. Las ganancias estaban aumentando. Sus empleados y sus accionistas estaban muy contentos con él. El día anterior le habían informado de que iban a entregarle el premio al Extraordinario Esfuerzo Empresarial en la ciudad de San Francisco.

Pero le estaba costando lograr un mínimo de entusiasmo por nada y el origen de su profunda insatisfacción se encontraba en Brenna.

Aunque ella estaba ignorándolo, él seguía teniendo acceso a información de lo que ocurría en Amante Verano. Su empresa todavía tenía la propiedad de un veinticinco por ciento de los viñedos, por lo que conocía todos los detalles de los esfuerzos que estaba realizando Brenna para recuperar la productividad de Amante Verano.

Pero la situación no marchaba bien. Los viñedos simplemente no gozaban de los fondos necesarios para mantenerse en pie hasta que la compañía aseguradora pagara algún dinero y pudieran reedificar las bodegas. El banco le había negado a Brenna su petición de ampliar el crédito que había solicitado. Él comprendía por qué; Amante Verano suponía un gran riesgo en aquel momento.

Ella estaba perdiendo mucho dinero mientras intentaba arreglar la situación en la que se encontraba, pero tardaría un año en simplemente poder volver a vendimiar… y bastante más tiempo en tener vino preparado para vender. Se encontraba al borde de la bancarrota y, si juzgaba lo que algunos de sus empleados le habían contado, Brenna sabía que estaba en una situación límite.

Todo aquello debía de estar destrozándola, pero él sabía que ella jamás acudiría a pedirle ayuda. Su testarudo orgullo jamás se lo permitiría… no después de la manera en la que habían terminado las cosas entre ambos.

Brenna lo había acusado de no comprenderla, pero sí que la comprendía. Probablemente mejor que nadie más. Aunque no entendía el apego emocional que sentía por Amante Verano, tenía claro que los viñedos formaban parte de su ser tanto como su pelirrojo cabello y su temperamento.

Y la amaba a pesar de ello.

Suspiró y giró la silla en la que estaba sentado. Miró el Golden Gate Bridge y se dio cuenta de que estaba enamorado de su exmujer.

Le apenaba no saber cómo ayudarla a arreglar la situación de Amante Verano. Él tenía mucho de lo que Brenna necesitaba en aquel momento, dinero, pero las posibilidades de que ella lo aceptara si él se lo ofrecía eran… escasas.

Pero como muy bien había dicho Brenna, el apellido Garrett podía abrir muchas puertas. Tal vez ella no quisiera su ayuda, pero iba a obtenerla.

Era lo mínimo que podía hacer por su exmujer.

Cuando tomó el teléfono supo que Max, estuviera donde estuviera, debía de estar riéndose mucho de todo aquello.

La inactividad estaba volviendo loca a Brenna. Nunca había tenido tanto tiempo libre. Cada mañana cuando se despertaba y se daba cuenta de que no tenía trabajo esperándola en las bodegas se disgustaba mucho.

Pero pasarse el día realizando frustrantes llamadas telefónicas y observando como la situación no dejaba de empeorar era peor que no hacer nada en absoluto.

El desastre de su vida profesional sólo había sacado a relucir otra cosa: la poca vida personal que en realidad tenía. No tenía aficiones. Y muy pocos amigos aparte de Di y Ted. Aquello siempre le había parecido suficiente, pero en aquel momento ya no lo era. Jugar al solitario con su ordenador le parecía muy triste.

Jack tenía razón; necesitaba salir más de los viñedos.

Jack. Pensar en él le hizo sentir el mismo intenso dolor que había estado sintiendo desde hacía un par de semanas. Como en Amante Verano ya no había trabajo que hacer, había tenido mucho tiempo para pensar en él y en todo lo que había ocurrido… hasta que el dolor y el vacío la habían abrumado.

Había permitido que su temperamento se apo-
derara de ella. Aunque intentara echarle la culpa de
su último arrebato a haber tenido un día muy malo,
tenía que admitir que había sido algo más que estrés lo que la había alterado tanto. La cantidad de
tiempo que había tenido para pensar le había dejado claro un par de cosas. Había utilizado los viñedos como medio para aplacar su ansiedad durante
los anteriores años; no había tenido que llorar por
su divorcio de Jack ya que había tenido Amante
Verano para distraerla. Había seguido siendo una
conexión con Jack, pero incluso eso había cambiado en aquel momento.

Haber perdido a Jack una segunda vez había
sido terrible y se sentía como una zombi caminan-
do por lo que quedaba de su vida. Enfrentarse a la
destrucción de las bodegas había sido mucho más
fácil cuando él había estado a su lado; en aquel
momento le resultaba insoportable.

Por la noche, cuando había todavía menos cosas que hacer, la ausencia de Jack le resultaba aún
más dura de soportar. Echaba mucho de menos la
fortaleza que le transmitía con el simple hecho de
estar allí.

Se preguntó a quién estaba intentando engañar.
Simplemente lo echaba de menos a él. El dolor
que había sentido cuando había firmado los papeles del divorcio no era nada comparado con aquello… ya que se había involucrado con él siendo
consciente de la realidad, sin las ideas románticas
de los jovencitos.

Y se había enamorado de Jack incluso más profundamente que años atrás.

Ya no lloraba por las noches antes de dormirse simplemente porque ya no le quedaban más lágrimas.

Sopló para apartar los mechones de pelo que tenía sobre la cara y miró la pantalla del ordenador para intentar recordar lo que se suponía que estaba haciendo. Debido a Jack ni siquiera era capaz de concentrarse en el desastre que tenía delante.

Desde donde estaba sentada en el sofá vio como Di entraba en la casa por las puertas francesas. Estaba andando más rápido de los normal y prácticamente entró de sopetón en el salón.

—Cada día es un día maravilloso en Amante Verano, ¿verdad?

—Yo no diría maravilloso, Di —contestó Brenna.

Pero al ver la sonrisa de emoción que estaba esbozando su amiga sintió cierta esperanza.

—Bueno, seguro que esto te alegrará un poco el día —comentó Dianne, agitando una carta delante de Brenna.

—¿Porque…? —provocó ella.

—El banco ha aceptado tu solicitud de ampliación de crédito.

—¿Qué? Pero si la rechazaron porque decían que suponíamos un riesgo demasiado alto.

—Obviamente lo han reconsiderado. Mira, Brenna… —dijo Di, entregándole la carta— dinero. Mira todos esos ceros. Es una cantidad suficiente para que podamos seguir adelante hasta que la compañía de seguros nos pague y podamos recuperarnos —añadió, casi bailando de la emoción.

Aquello no tenía sentido pero, delante de sí, Brenna vio la salvación que habían necesitado. Parecía demasiado bueno para ser cierto.

—Acércame el teléfono, por favor —le pidió a su amiga.

Dianne hizo lo que le había solicitado Brenna.

—¿A quién vas a telefonear?

—A Mia Ryan, del banco. Quiero estar segura de que esto no se debe a un fallo informático antes de comenzar a gastar dinero que realmente no tengo.

Dianne levantó una ceja. Se encogió de hombros mientras Brenna marcaba el número del banco.

—Mia, soy Brenna Walsh. ¿Puedes explicarme qué ha ocurrido con nuestra línea de crédito?

—Desde luego, Brenna —respondió la empleada del banco, marcando algunos datos al ordenador—. ¿Cómo marchan las cosas?

—Si la carta que he recibido hoy es cierta, las cosas van a comenzar a mejorar muy pronto.

—Me alegra oírlo. Mira… déjame ver… —Mia hizo una larga pausa mientras consultaba algo, tras lo que volvió a teclear al ordenador—. Interesante…

—¿Interesante? ¿El qué?

—Tu petición de ampliación de crédito se volvió a considerar hace dos días. Se aprobó debido a un aumento de tu fluidez económica y a una garantía sobre la deuda.

—¿Aumento de mi fluidez económica? —repitió Brenna, que no tenía fluidez económica en absoluto.

En Amante Verano no dejaban de perder dinero en vez de ganarlo.

—¿Estás segura?

—Eso es lo que dice aquí —contestó Mia, leyéndole a Brenna a continuación el crédito del que disponía en su cuenta bancaria.

El buen humor de Brenna desapareció de inmediato.

—Es un error.

—Creo que no, Brenna. Permíteme que compruebe algo… —respondió amablemente la empleada del banco.

Brenna intentó ser paciente al ponerla Mia en espera, pero las preguntas que comenzó a realizarle Dianne sólo lograron aumentar su confusión y agitación acerca de aquella situación. Levantó una mano para silenciar a su amiga al volver a ponerse Mia al teléfono.

—Está bien, Brenna, todo es correcto. Jack Garrett ingresó todo ese dinero en tu cuenta al mismo tiempo que garantizó la deuda.

—¿Jack? —dijo Brenna, sintiendo un nudo en la garganta—. Querrás decir Garrett Properties. Son los otros socios de Amante Verano. No Jack.

—No —corrigió Mia—. Fue Jack Garrett personalmente. Tengo una copia del cheque y del acuer-

do de ampliación de crédito. ¿Estás bien, Brenna?
—añadió al oír como se atragantaba.

Muy impresionada, Di le acercó a su amiga su vaso de agua.

Pero Brenna le indicó con la mano que no quería.

—Estoy bien —contestó tanto para Mia como para Dianne—. Gracias por comprobarlo, Mia.

—De nada. Y buena suerte.

Brenna colgó entonces el teléfono y miró a Di, que estaba boquiabierta.

—¿He oído bien? —preguntó Dianne—. ¿Jack tiene algo que ver con esto?

—Mia dice que él garantizó personalmente nuestra línea de crédito y que depositó una cuantiosa suma de dinero en nuestra cuenta —explicó sin todavía poder creérselo.

La expresión que reflejó la cara de su amiga le dejó claro que a ésta también le costaba creérselo.

—¿Tú no lo sabías? ¿Jack no te lo dijo?

—No tenía ni la más remota idea.

Di se encogió de hombros.

—¿Entonces qué quiere esto decir?

—No lo sé. Me cuesta mucho creer que Jack haya tenido el repentino deseo de invertir en unos viñedos… mucho menos en uno que está al borde de la quiebra.

—A mí también me cuesta creerlo. Fue tan firme acerca de…

—Sí, lo sé —interrumpió Brenna, pensando que en realidad él había comenzado a cambiar de postura… por lo menos hasta que lo había echado de los viñedos.

—Entonces todo esto es por ti —supuso Di, esbozando una petulante sonrisa.

—¿Por mí? —respondió Brenna, sintiendo como le daba un vuelco el corazón—. No, debe de tener algo que ver con proteger las acciones de Garrett Properties. O algo… —añadió, levantándose del sofá y dirigiéndose al pasillo—. Te veré después, Di.

—¿Dónde vas?

—A San Francisco. Para hablar con Jack.

Mientras todavía tuviera el coraje.

Torneos de golf. Jack los había patrocinado, pero no iba a participar en ellos. Contestó al correo electrónico que le había enviado Libby Winston invitándolo con una serie de vagas excusas. Garrett Properties enviaría un cheque y eso tendría que ser suficiente. Decidió ignorar las nada discretas peticiones de Libby de que la acompañara.

El interfono de su escritorio sonó.

—Señor Garrett, hay aquí una señorita llamada Brenna Walsh que quiere verle. No tiene cita…

A él se le revolucionó el pulso. No quería escuchar el resto.

—Hágala pasar.

¡Brenna estaba allí! Se levantó y se colocó delante de su escritorio justo en el momento en el que la puerta de su despacho se abrió y ella entró.

—Hola, Jack.

Brenna tenía mucho mejor aspecto que el que había tenido dos semanas atrás. Sus mejillas tenían mejor color y no tenía ojeras… aunque su cara todavía reflejaba un gran estrés.

—Siento haber venido sin avisar.

Jack no había esperado sentirse tan contento de verla… ni no saber qué decirle.

—No pasa nada, Bren. ¿Cómo marchan las cosas por Amante Verano?

—¿No lo sabes? —respondió ella con sarcasmo.

Él se dio cuenta de que Brenna ya se había enterado. El banco debía de haber actuado rápidamente. Pero la voz de ella no reflejaba ninguna emoción aparte del sarcasmo, por lo que no supo cómo se había tomado la noticia.

—Sí, sé cómo marchan las cosas económicamente hablando en Amante Verano. ¿Pero cómo estáis Dianne, Ted y tú?

—Vamos marchando. Es duro, pero hacemos los que podemos.

Jack sintió muchas ganas de acercarse a tocarla, pero…

—Mira, voy a ir al grano —dijo Brenna, sentándose en la silla que había frente al escritorio de Jack—. Quiero saber por qué has garantizado mi línea de crédito.

Él se sintió muy decepcionado al darse cuenta de que aquella visita era de negocios. Volvió a sentarse en su silla y miró a Brenna desde el otro lado del escritorio.

—Porque el banco no iba a darte más crédito si no había una garantía. En este momento supones un riesgo demasiado alto.

—¿Y el dinero que ha aparecido en mi cuenta?

—Considéralo un regalo —contestó Jack, encogiéndose de hombros.

Ella se quedó boquiabierta.

—Esa cantidad de dinero no es un regalo. De ninguna manera puedo aceptarla. No necesito tu caridad.

Jack pensó que obviamente Brenna había olvidado que él conocía el estado de sus finanzas.

—Entonces considéralo un préstamo. Podrás devolvérmelo cuando te recuperes económicamente.

—¿Así de simple? ¿Ni siquiera quieres que te firme un pagaré?

—Creo que no lo necesitamos.

—¿Estás borracho? ¿O te has golpeado la cabeza?

—No y no —contestó él, conteniendo la risa.

—Entonces te has vuelto loco.

—Probablemente. ¿Por qué?

—Porque la gente cuerda no le regala dinero a sus exesposas ni garantizan sus préstamos.

—Tal vez yo crea que Amante Verano es una buena inversión.

—Realmente has perdido la cabeza —comentó ella—. No querías ser propietario de los viñedos cuando marchaban bien, ¿por qué querrías serlo ahora?

—Simplemente quiero que seas feliz, Bren, y sé que lograr que Amante Verano vuelva a ser productivo te hará feliz.

—No comprendo —respondió ella con la sospecha reflejada en los ojos—. ¿A ti qué te importa?

Jack guardó silencio durante largo rato y Brenna se alteró aún más.

—Bueno, Jack. Dime qué puede importarte a ti.

—Me importas tú.

—Yo no... quiero decir que... no comprendo —comentó Brenna, alterada—. ¿Qué quieres decir con que te importo yo?

—No serías la misma sin Amante Verano —respondió Jack, mirándola a los ojos—. No quiero decir que comprenda la conexión... pero tampoco entiendo la atracción por el golf. Pero sé que para ti es importante y que te hace feliz —añadió, suspirando—. Si de nuevo tengo que invertir dinero en tus viñedos para volver a hacerte feliz y para que vuelvas a ser tú, lo haría.

—¿Harías eso? ¿Por mí? —preguntó ella, impresionada.

—Sí, mujer exasperante.

—Pero no quieres unos viñedos —insistió Brenna.

—Pero te quiero a ti —contestó él, mirándola de nuevo fijamente.

—¿De verdad? —quiso saber ella con las lágrimas inundándole los ojos.

—Bren…

Brenna se levantó y se tambaleó ligeramente al intentar comprender aquella situación.

—Pensé que simplemente sentías pena por mí, o que estabas intentando proteger los intereses de tu empresa. No podía pensar que… no después de la manera en la que te traté.

Jack se acercó al otro lado del escritorio y se apoyó en éste.

—Tienes mucho genio, Bren. Lo sé. Pero ya deberías saber que yo también lo tengo —comentó, agarrándola del brazo y girándola para que lo mirara—. Te estoy diciendo que comprendo lo mucho que tus viñedos significan para ti y que no debería haberlo pasado por alto.

—Ése es el asunto, Jack. Durante las últimas semanas he tenido mucho tiempo para pensar. Los viñedos marchan muy mal, pero eso sólo ha sido parte de mi angustia. Me he dado cuenta de que he utilizado Amante Verano como excusa durante demasiado tiempo. Lo utilicé para refugiarme en él tras el divorcio y se ha convertido en un hábito. Pero lo que he sufrido con el incendio de las bodegas no es nada comparado con lo que he sufrido al no tenerte a ti.

Jack pareció realmente sorprendido, pero de inmediato esbozó una bella y dulce expresión.

—La noche del incendio te dije que no quería estar sola —continuó ella—. Pero es más que eso. Quiero estar contigo.

—¿De verdad, Bren? —preguntó él con el brillo reflejado en los ojos.

—Sí… y quiero más que eso —respondió ella.

—Ah, ya estamos con que quieres más… —dijo Jack, cruzándose de brazos.

—Sí, hacerme feliz va a requerirte más que invertir dinero en mis viñedos. Y has dicho que quieres hacerme feliz.

—Está bien. ¿Qué más quieres?

—A ti —se sinceró Brenna.

Al ver la brillante sonrisa que esbozó él, pensó que los malos ratos de las anteriores semanas habían merecido la pena.

A los pocos instantes, Jack se le acercó y ella se echó a sus brazos. Él la abrazó estrechamente y ella pudo sentir la calidez que desprendía su cuerpo.

Entonces Jack la besó y a Brenna se le revolucionó el corazón.

—Te amo, Jack, siempre te he amado.

—Y yo te amo a ti. Vámonos a casa.

A casa. La sola idea emocionó a Brenna y le hizo sentir una punzada en el corazón al mismo tiempo. Debió de notársele en la cara ya que él la echó para atrás y la miró con la preocupación reflejada en la cara.

—¿Qué ocurre, Bren?

—Nada —contestó ella, que no quería que nada arruinara aquel momento.

—Es mejor que me lo digas —insistió Jack—. Nuestra falta de comunicación fue lo que provocó que nos divorciáramos. No quiero repetir los mismos errores.

—Me cuesta considerar una habitación de hotel como mi casa —se sinceró Brenna.

—A mí me ocurre lo mismo con Amante Verano, lo sabes, ¿verdad?

—Lo sé, es sólo que…

—¿Qué te parece si vamos a vivir a algún lugar intermedio? —sugirió él.

—¿Perdóname? ¿Dejarías San Francisco?

—Sí —respondió Jack, acariciándole los brazos—. Lo haría para que fueras feliz.

—Ya me haces feliz —aseguró ella, sintiéndose completamente satisfecha.

Epílogo

BRENNA se estremeció al tirar los muchachos contratados por Jack la pared de lo que había sido su cocina.

—A Max no le gustaría esto.

Jack le puso un brazo por encima de los hombros y la abrazó.

—A Max le encantaría. Créeme. Sus dos cosas favoritas, los hoteles y los vinos, en un conveniente emplazamiento.

Ella sabía que él tenía razón, pero le costaba ver su casa, o lo que había sido su casa, tan cambiada. Ya no vivía allí… desde hacía casi dos años.

—Lo sé, pero todo esto es extraño.

—Pero va a ser muy rentable. Dianne ya ha comenzado a recibir llamadas… está reservando habitaciones y todavía faltan seis semanas para la gran apertura.

—Lo sé. Está muy pesada con ello. Jamás me imaginé que se involucraría tanto en el proyecto.

A Dianne le había encantado la idea de Jack de convertir Amante Verano en un complejo donde ofrecer seminarios de vino y construir un hotelito en lo que había sido la casa de Brenna. Los viñedos se habían convertido en un destino turístico digno de mención.

Y como ya se había conocido la noticia de que Garrett Properties iba a abrir un hotel en el complejo, numerosas personas, desde aficionados al vino hasta novias en busca de una boda única, estaban interesados en reservar habitaciones.

—¿Realmente estará todo terminado en seis semanas?

—En cinco —respondió Jack, guiñándole un ojo—. Por cierto, esa revista de vinos que tanto te gusta va a enviar a alguien para cubrir la apertura del complejo.

—¡Qué interesante! Hace dos años ni siquiera me contestaban al teléfono. No estaban interesados en Brenna Walsh. Pero parece que Brenna Garrett es otra historia.

—¿Te das cuenta? Ser una Garrett conlleva muchas ventajas.

—Muchas —concedió ella, poniéndose de puntillas para besar a su marido—. ¿Qué haces aquí hoy? —preguntó, echándose ligeramente para atrás—. Pensaba que ibas a ir a Sacramento a una reunión.

—No me apetecía —confesó él—. He mandado a Martin en mi lugar.

—¡Vaya! ¡Abandonando el trabajo de esa manera!

—Es otra de las ventajas de ser un Garrett. De todas maneras, tenía que venir a comprobar cómo marchaban las cosas por aquí —comentó, mirando a su alrededor—. Y parece que progresan muy bien. Supongo que ya he terminado de trabajar por hoy.

En ese momento entrelazó los dedos con los de Brenna y acercó a ésta a su cuerpo.

—¿Qué te parece si nos marchamos pronto a casa?

—¿Estás loco? —respondió ella tras repasar mentalmente todo lo que tenía que hacer—. Algunos de nosotros no tenemos una multitud de empleados en los que delegar nuestras responsabilidades.

—Pues contrata algunos.

—Tú dirige tu negocio que yo dirigiré el mío. Recuerda que aquí eres sólo un socio silencioso.

—Silencioso, pero no mudo.

—Mudo sería estupendo —refunfuñó Brenna.

—Ah, pero si lo fuera, no podría decirte lo que he planeado para esta tarde… —contestó Jack, acercándola de nuevo a su cuerpo y susurrándole algunas ideas al oído.

A ella se le revolucionó el corazón al oír las apasionadas sugerencias que le hizo.

—Eres un diablo, Jack Garrett. Comenzar toda esta expansión y construcción fue idea tuya, ¿y ahora quieres que deje de lado mi trabajo?

—Simplemente te quiero a ti —dijo él, encogiéndose de hombros—. En serio, Bren, este lugar es ahora demasiado grande como para que tú sigas haciendo todo. Incluso Dianne tiene una tropa de asistentes. No puedes continuar haciéndolo todo sola. Últimamente estás muy cansada.

Aquélla era la oportunidad que ella había estado esperando durante los días anteriores.

—Tienes razón. Debería contratar a alguien que me ayudara.

—¡Ya era hora! —exclamó Jack, sorprendido—. Jamás creí que te oiría diciendo eso.

Brenna necesitaba sentarse para mantener aquella conversación, por lo que se acercó al jacuzzi y se sentó en el borde de éste… ya que no había otro lugar donde hacerlo debido a las obras.

—Sí, bueno, voy a necesitar ayuda muy pronto. La vendimia de este año me va a resultar un poco difícil.

Él se acercó a ella y se sentó a su vez en el borde del jacuzzi.

—¿Porque…? —incitó.

—¿Alguna vez te contó Max cuáles eran las tres cosas que más deseaba?

Jack negó con la cabeza y la miró con curiosidad.

—La primera era un hotel de cinco estrellas en Manhattan —comenzó a explicar Brenna.

—Eso ya existe —respondió él, esbozando una petulante sonrisa.

—La segunda era una medalla de oro al buen vino.

—Eso también lo hemos conseguido… gracias a ti.

—La tercera era un nieto.

—¿Y…?

—Bueno, pues también va tener uno.

Emocionado, Jack la abrazó por la espalda con un brazo y con la otra mano le acarició su todavía delgada tripa. Parecía realmente contento.

—Brenna, has conseguido hacerme realmente feliz —dijo antes de besarla.

JULIA™

HELEN R. MYERS
ROMANCE TRAS LAS CÁMARAS

La presentadora del telediario Hunter Harding estaba acostumbrada a dar las noticias, no a ser su protagonista. A su nuevo jefe, Cord Rivers, un conocido mujeriego, no le unía más que una historia que prefería no recordar.

Cord Rivers podría tener a cualquier mujer que quisiera. Sin embargo, a la única que deseaba le culpaba de haber roto sus sueños, tanto personales como profesionales. Ahora tendría que convencer a Hunter de que podía aspirar a mejores sueños y de que él podía ayudarla a hacerlos realidad. Pero para ello, ella tendría que permitirle formar parte de su vida…

N.º 465

KIMBERLY LANG
PASIONES DEL PASADO

A Jack Garrett le gustaban las mujeres dóciles… y compartir con su rebelde exmujer los viñedos que había heredado no le apetecía mucho. Tenía claro lo que iba a hacer: visitar a Brenna, hacerle una oferta y… marcharse. De inmediato.

Pero con sólo mirar una vez la bronceada piel de Brenna su cuerpo no pudo evitar recordar las apasionadas noches que habían compartido…

¡YA EN TU PUNTO DE VENTA!

JAZMÍN.

SHIRLEY JUMP
CUENTAS PENDIENTES

El rebelde Matt Webster había regresado para reconciliarse con su familia y su pasado, lo que no esperaba era que acabaría convirtiéndose en el prometido de una mujer vestida de plátano. Pero ¿cómo podría rechazar la proposición de alguien tan valiente como Katie Dole? Especialmente después de que ella lo besara con aquella increíble dulzura en medio del supermercado.

LINDA GOODNIGHT
PLANES DE BODA

Solo al cuidado de un bebé, el soltero empedernido Colt Garret necesitaba una niñera urgentemente. Por fortuna, Kati Winslow aceptó el empleo con una condición muy sencilla: que Colt se casara con ella para asegurarle la adjudicación de un cuantioso préstamo. Colt accedió, pero sabía que, si se casaba con la encantadora Kati, iba a tener que hacer un enorme esfuerzo para recordar que aquel matrimonio no era de verdad.

N.º 570

REBECCA WINTERS
SOLO UN DESEO

A cambio de que se casara con él, Perseus Kostopoulos estaba dispuesto a concederle a Samantha Telford tres deseos. Un matrimonio práctico, en el que ella solo sería su mujer durante el día. Sin embargo, el cumplimiento de sus tres deseos no era lo que había llevado a Samantha hasta allí. Perseus era el premio que ella estaba buscando.